JN324333

にぎやかな天地(上)

宮本 輝

講談社

目次

にぎやかな天地（上）

第一章

死というものは、生のひとつの形なのだ。この宇宙に死はひとつもない。

きのう死んだ祖母も、道ばたのふたつに割れた石ころも、海岸で朽《く》ちている流木も、砂漠の砂つぶも、落ち葉も、畑の土も、おとし日盛りの公園で拾ってなぜかいまも窓辺に置いたままの干からびた蟬《せみ》の死骸《しがい》も、その在り様を言葉にすれば「死」というしかないだけなのだ。それらはことごとく「生」がその現われ方を変えたにすぎない。

二十五歳のとき、病院のベッドで考えに考え抜いてノートに書きつけた文章を読み返しながら、船木《ふなき》聖司《せいじ》は、祖母の死とともに消えてしまったものとしていまのところ考えつくのは五つだなと思い、狭い仕事場の南向きの窓から初冬の夕曇りの空に目を移した。

まず祖母そのものが視界から消えてしまった。

祖母が大切にしていた手編みの毛糸の靴下は祖母の遺体と一緒に棺《ひつぎ》に納められて消えた。それは祖母の一歳の誕生日のために、祖母の母が編んだ靴下だったという。祖母にとってはその小さな靴下は自分の母の名残りをとどめるただひとつの形あるものだったのだ。

祖母が死んで二ヵ月後に、祖母が三十年間丹精込めて生かしつづけた糠床《ぬかどこ》が腐敗し、いかなる手を尽くしても元の健康な糠床には戻らないと知った聖司の母は、仕方なくそれを捨てた。

三十年間、船木家の食卓に広くて浅い鉢状の陶器に盛られて供されつづけた胡瓜《きゆうり》や茄子《なす》や大根や牛蒡《ごぼう》や茗荷《みようが》の「祖母の作る漬物のための宝の桶《おけ》」は消えたのだ。

その糠床の消滅とほぼ時期を同じくして、犬のタンクが十三歳で死んだ。生まれて二ヵ月ほどであろうと推測される茶と白の斑《まだら》の毛色のオスの仔犬《こいぬ》は、駅の前で祖母に拾われて船木家にやって来て、祖母のあとを追うように死んでしまった。

祖母、靴下、糠床、犬のタンク……。これで四つだが、夕曇りの空を西から東へと速い速度で動いていく薄墨色の雲の隊列が、大きな耳をうしろにたなびかせて走っているタンクの形に変化していくのに気づいたとき、船木聖司は「ヒコイチ」も祖母とともに消えてしまったのだと思った。「ヒコイチ」も入れて五つだ、と。

ヒコイチ……。いったいそれは何であろう。

脳梗塞《のうこうそく》で倒れて入院した祖母を見舞った聖司は、病気のせいなのか八十四歳という年齢のせいなのか、あるいはその両方の作用によるのかもしれない急激な痴呆《ちほう》症状の只中《ただなか》にいる祖母が、

「ヒコイチ、ヒコイチ」

と動くほうの腕で手招きしたので、どう応じたらいいのかわからず、ぎごちなくその手を握った。

祖母は触れると折れてしまいそうなほどに細い喉《のど》を震わせ、ヒコイチ、ヒコイチと繰り返しながら、握られている手を振りほどき、聖司の顔を撫《な》でさすった。当惑し、気味悪さを感じながらも、聖司は自分の顔を祖母が撫でるがままにさせていたのだ。

祖母は倒れてから四ヵ月後の紅葉の真っ盛りのころに亡くなった。聖司が二十五歳のときで、自分のあきらかな過失による交通事故で頭部を強打して入院中のことだった。

入院中に、聖司が勤めていた美術書を専門とする小さな出版社が倒産したが、それは祖母の死とほとんど同時期だった。

松葉伊志郎《まつばいしろう》という奇妙な人物と出逢《であ》ったのは、聖司が退院して間もなくのころである。

倒産した会社の社長の紹介で、松葉伊志郎から出版物の編集を頼まれ、それが縁で三十二歳になったいまでも京都市左京《さきよう》区の松ケ崎というところにあるワンルームマンションの一室を住居兼仕事場として、松葉が年に二、三冊依頼してくるいわゆる豪華限定本なるものを作る仕事で生活の糧《かて》を得ているのだ。

松葉伊志郎自身が作りたいと思って作る本もあれば、松葉の紹介で老舗《しにせ》の料亭であるとか、絵画や焼物の蒐集家《しゆうしゆうか》の私家版を作る場合もある。そのどれもが非売品で値段はついていなくて、営利を目的として製作された本ではない。

本にかかる費用が三百万円であろうが一千万円であろうが、松葉伊志郎は依頼主に編集料として二百万円を船木聖司に支払うよう要求してくれる。

一冊の本を完成させるのに一年以上もかかるような場合は、松葉伊志郎は聖司が求めなくてもそれに見合った報酬の加算を考慮してくれるのだ。

ことし七十二歳になったという松葉伊志郎がいかなる人物であるのか、聖司は知らない。

　とにかく大金持らしいこと。

　革や特殊な布を使った装幀の豪華本作りで松葉が一銭も儲《もう》けようとは考えていないこと。

　政界や財界に知己が多く、それらの人々から全幅の信頼を得ているらしいこと。

　松葉が喋《しゃべ》る言葉には関西訛《なま》りがまったくなく、東京での生活が長かったらしいこと。

　京都のMホテルの一室を事務所としていて、聖司とおない年くらいの女性秘書が休日以外はそこに出勤してくること……。

　それ以外のことを聖司は知らないのである。

　この松葉伊志郎からの仕事が失《な》くなれば、年に約五、六百万円の収入がたちまちゼロになってしまうので、聖司はいつまでもこんな何者ともつかない老人をあてにしているわけにはいかないとは思っている。だが誰にも拘束されない自由な時間が得られるいまの状況が居心地良くて、妻も子もいるわけでもないのだから、仕事が失くなったら身の振り方はそのとき考えればいいという結論に達してしまうのだ。

　聖司はパソコンのスイッチを切り、窓のカーテンを閉めるとマンションの部屋から出た。七時に松葉伊志郎の事務所に呼ばれていた。

夜の七時という時間を指定されたのは初めてのことだった。松葉伊志郎の秘書である河野有理子《こうのゆりこ》に言わせると、松葉は午前中に事務所での予定が入っているとき以外は昼過ぎにやって来て、夕方の五時半か六時には帰っていく。松葉がそれよりも遅く事務所で人に応対することはないはずだったのだ。

聖司は二、三日前とは異なる、あきらかに冬の兆しを秘めた風の吹く京都市北部のマンション前の道を東へ歩きながら、「ヒコイチ」とは何なのかと考えた。人間の名前のようでもあるが、あるいはどこかの地名かもしれない。もっと他の、思いも寄らない何かということも考えられる。

「それやけどあのときのおばあちゃんの言い方は、やっぱり俺をヒコイチという人と間違えてるみたいやったよなァ……」

聖司はそう胸のなかで言って、真正面に見える東山の濃い朱色に縁取られた山道を見つめた。

整然とした碁盤の目状の京都市の地図を見ると、船木聖司の住むマンションは、その碁盤の線の最も上部にあたる北山通の東側に位置している。

西へ少し歩けば京都府立植物園があり、東へ向かえば出町柳と八瀬比叡山口《やせひえいざん》とをつなぐ叡山電鉄の線路があり、鴨川の上流である高野《たかの》川《がわ》に沿う形の川端《かわばた》通に達する。さらに東に進めば白川通と交叉する。

冬になると、同じ京都市内ではあっても、河原町《かわらまち》あたりの中心部はただ底冷えするだけなのに、北山通の近くまで来ると雪がうっすらと積もっていたりするので、とりわけ冬には聖司は車を使わないようにしていた。

聖司の住むマンションの入口から、数年前に開通した地下鉄烏丸《からすま》線の「松ヶ崎駅」の降り口までは歩いてたったの一分なのだ。

かつては畑であった場所は、いまはすっかり造成されて閑静な住宅地となり、洒落《しやれ》たブティックやレストランや喫茶店が点在している。

その北山通の東側から土蔵のある古い家の横をほんの少し入ったところに駐車場があって、聖司はそこを月極《つきぎめ》契約で借りていた。

「ヒコイチ、ヒコイチ」

聖司は駐車場への小道を曲がりながら、そうつぶやいた。

痴呆症状のなかにいる老人は、その長い人生のさまざまな場面や光景から植えつけられたつながりのない潜在意識に動かされたりするのであろうから、祖母の記憶の断片のそのごく一部のかけらのようなものが、「ヒコイチ」という四文字となって出たのかもしれない……。

聖司はそう思い、駐車場に入ると、走行距離が十万キロに達した自分の四輪駆動車に乗り、エンジンをかけた。

三年前に、とにかく早急に現金が必要になったので五十万円で買ってくれないかと大学時代の友人に泣きつかれ、預金をはたいて買った車だった。

そのとき車は買ってまだ一年ほどで走行距離は一万八千キロだった。大事に乗られていたので傷ひとつなかった。聖司は友人から買って三年間で約八万二千キロ走ったことになる。

聖司は行き先が京都市内や大阪である場合はなるべく自分の車を使わないようにしていた。電車や地下鉄のほうが早いし、そのたびごとの駐車料を払わなくてもすむ。主に仕事で遠出をする場合と、西宮市甲陽園《にしのみやしこうようえん》の実家にたまに帰るとき、それに深夜に出かけなければならなくなった際に自分の車を使うので、三年間で八万二千キロというのは、いかに遠出の仕事が多かったかだと聖司は思っている。

自分の車を使ってこれまでに最も遠くへ行ったのは、祇園《ぎおん》の有名クラブのママの自叙伝を書く仕事をした際、佐賀県の唐津《からつ》まで行ったときだったなと、聖司はそのときの仕事の厄介さとともに思い浮かべた。

当時七十五歳だったクラブのママは、二十八歳で店の規模八坪ほどのバーを開店し、やがて祇園でも一、二の高級クラブ「おんだ」の経営者となり、マンション経営にも成功して、資産十数億円という身にはなったが、後継者に恵まれず、この国を襲った不景気と、高級クラブというものの行き詰まりに見切りをつけて店を閉めた。

閉店するにあたって、自分のこれまでの来し方を何か形あるものとして残したいと思い立ち、店の歴史と自叙伝を兼ねたものを一冊の本にまとめたいが、そのためにはどうしたらいいだろうと松葉伊志郎に相談した。

松葉は、そんな本は作らないほうがいいと答えた。あなたには墓場まで持って行かねばならないものが多すぎる、と。

店で生じた人間模様は、胸におさめて生涯口外しないというのが、あなたの仕事だ。それがあなたの世界で生きる一流といわれる人たちの掟《おきて》ではないのか、と。

けれども恩田《おんだ》依子《よりこ》という名のママは、書いてはいけないことは決して書かないと約束し、学歴も、社会で通用する資格もなく、何の後ろ盾もない女が水商売に入って、自分の力で今日に至るための努力や工夫や労苦を書き残すことは、それを読む人にとって決して無益ではないはずだと引き下がらなかった。

「船木さんには面白くない仕事どころか、いろんな面倒に対処するはめになるだろうが、作ってやってくれないか」

　松葉はそう聖司に言って、そのママの自叙伝作りに反対したこともつけくわえた。

「あの店でいろいろと遊んだ男どものことなんかどうでもいいが、その家族が恥かしい思いをするだろうと予想できることは書かないように上手にまとめてやってくれ。女は喋りたがるもんなんだよ。あの口の堅いおんだのママといえどもね。歳《とし》をとって、自分てものを何かの形で残そうとすれば、なおさらだよ」

　左京区下鴨《しもがも》にある屈指の住宅地に建つ数寄屋《すきや》造りの屋敷を訪ね、何日かをかけて、船木聖司は恩田依子の生い立ちから今日に至るまでを思いつくままに喋ってもらい、それをカセットテープに録音した。

　彼女は実在する人物をアルファベットのイニシアルで口にしたが、それらは政界、財界、芸能界、スポーツ界、さらには文化人と称される人物にまで及び、K氏がどのK氏で、S氏がどのS氏かわからなくなったり、逆にどんな匿名を使っても、ああ、あの男かとわかってしまったりで、延べ三十四時間にもわたるテープの三分の二は使い物にならなかった。

　七十五歳の恩田依子が自叙伝でとりわけ書き残したかったのは、三十歳のときから十二年間つづいた、ある財界人の愛人としての期間の、極めて性的な逢瀬《おうせ》の一部始終であった。

「これだけは書いてもええんどす。あの人もとうの昔に死んでしもたし、奥さんも公認で、子供さんらも私らのことを知っといやしたし」

と微熱を帯びたような顔を細かく左右に揺らしながら恩田依子は言った。

知っていて「公認」していたことと、それを一冊の本のなかで書かれることとは別の次元の問題ではないのかと聖司は言葉を選びながら遠慮ぎみに言ったが、恩田依子は、あの人との十二年間を書かなければ、この自叙伝は何の意味もないのだと言い張ってきかなかった。

聖司は、松葉伊志郎が言わんとしたのはこのことだったのだなと思ったが、とりあえずその愛人との一部始終をどう書くかは保留にして、恩田依子が自叙伝のなかでどうしても載せたいという写真のうちの一枚である唐津の、彼女の生家跡地を撮影するために、当時フリーになったばかりの桐原耕太《きりはらこうた》という写真家とともに車で九州へ行ったのだ。

生家跡地の写真くらいならば聖司の素人写真でもかまわないのだが、恩田依子が自叙伝に挿入《そうにゅう》したがっている写真には、彼女自身の顔写真もあったし、大切に所有している美術品五点と、思い出の着物とドレスもあった。

確かに遅々として進まない難儀な仕事ではあったが、一年近くも恩田依子という女性と接しているあいだに、聖司は祇園や先斗町《ぽんとちょう》や上七軒《かみしちけん》などの花街のさまざまな風習やしきたりや、幾多の置き屋と料亭とクラブと、それ以外のバーや小料理屋などの相関関係を知った。

夕日を浴びた東山は、いまが紅葉の真っ盛りのように見えたが、実際は山の上のほうでは紅葉は散ってしまっていて、中腹から下のあたりが見頃らしかった。

道を右折し、白川通を南へ下って行くと、両側の銀杏《いちょう》並木の下で、長い棒を使って銀杏の実を落としている人が何人かいた。ことしの夏は異常気象で雨が多く、そのぶん秋になってから長く暑さがつづいたので、銀杏が実をつける時期も例年よりも遅いのであろうと聖司は思った。

銀杏の実を茶封筒に入れて電子レンジで温めると手間をかけずに熱が通り、殻も簡単に剝《む》けることを教えてくれたのは恩田依子で、自叙伝が完成した年の晩秋から毎年きれいに洗った銀杏の実を百粒近く宅配便で送ってくれるのだが、ことしはまだ届いていない。

百粒も食べきれないので、聖司は二十粒ほど自分で食べて、残りは西宮市甲陽園の実家に持って行くのである。その銀杏の実は、母の路子《みちこ》が楽しみに待っている。

Mホテルに着くと、聖司はフロントに置いてある館内電話を取り、松葉伊志郎が事務所として使っている部屋番号を押そうとした。すると、顔見知りのフロント係が、

「コーヒーショップでお待ちですよ」

と言った。

松葉伊志郎は、濃いチャコールグレーの背広にオレンジ色と紫色とがストライプになったネクタイをして、ミルクティーの入ったカップを持ったまま夕刊を読んでいた。

そのネクタイは、聖司がしめてもいささか派手な色使いであったが、七十二歳の松葉を身ぎれいで上品な、けれどもなんとなく只者ではない老人に見せていた。

「急にお呼びたてして申し訳ないね」

と言い、松葉伊志郎は夕刊をたたんで、ウェイトレスを呼んだ。

「河野さんがおめでたでね、きょうからしばらくお休みなんだ」

「えっ！　おめでた？　それは確実ですか？　河野さんは以前、子供ができにくい体だって医者に言われたって、すごく寂しそうに仰言《おつしや》ったことがあるんです」

聖司は、そう言ってからコーヒーを註文《ちゆうもん》した。

「うん、間違いないそうだよ。それできょうから出勤してはならぬって、ぼくが命令

したんだ。三十八歳で初めての妊娠だ。結婚して十二年間子供ができなかったんだから、大事にしなきゃあ」

「三十八歳？　私は河野さんは私とおない年くらいやとばっかり思ってました」

聖司の言葉に微笑《ほほえ》み、

「船木さんは三十二歳だったよね。おない年だって思われたなんて知ったら、彼女、喜ぶだろうな」

と松葉伊志郎は言った。

松葉は、相手がどんなに若くても、さんづけで呼ぶ。河野くんでも船木くんでもない。誰に対してもそうであった。

「また時間をかけていい本を作ろうと思ってね。こんどのは、誰に頼まれたのでもない。ぼくが作りたいんだ」

「どんな本ですか？」

「微生物の世界だよ」

「微生物……」

「日本の優れた発酵食品を、もうこれ以上のものはないというくらい丁寧《ていねい》に取材して後世に残すための書物だよ」

きのう東京で用事があったので、ついでに大きな書店を二、三軒廻《まわ》って、発酵食品に関する本を十冊ほど買ったと言い、松葉は足元に置いてあった大きな手提げ用紙袋をテーブルに載せた。

「河野さんが妊娠してるかもしれないって言ってくれてたら、こんな重い物を持たせたりしなかったのに……」

聖司は十冊の本を紙袋から出し、何冊かのページをめくった。チーズの専門書もあれば、ヨーグルトだけについて書かれた本もあった。「乳酸菌研究」という学術書もある。

「発酵食品は、いまちょっとしたブームらしくて、相当な数の本が出てるよ。スローフードの見直しとかでね」

松葉伊志郎は、チーズやヨーグルトの本をテーブルの片方に押しやりながらそう言って、

「ぼくは日本伝統の発酵食品に限りたいと思うんだ」

とつづけた。

「糠漬《ぬかづけ》、納豆、くさや、熟鮓《なれずし》、酒、酢、味噌《みそ》、醬油《しょうゆ》、鰹節《かつおぶし》。どれもみんな発酵食品だ。発酵菌なんてものの存在を知らなかった大昔から、人類は偶然と経験と知恵と工

夫とで、こんなすばらしいものを作りつづけてきたんだ。ぼくは、最近の子供や若い人たちに、昔にはなかった病気とかアレルギーとかが蔓延《まんえん》してるのは、有益な微生物とのつきあいが減ったからじゃないのかって気がしてね。船木さんは、くさやとか熟鮓なんか食べられるかい？」

松葉の問いに、

「ぼくは、チーズと納豆と、おばあちゃんが作ってくれる漬物で育ったようなもんなんです。くさやも熟鮓も平気どころか大好きです。おばあちゃんは、しょっちゅうへしこを焼いてくれました」

と答えた。

「ほう……。何歳くらいから、そういうものを食べてたんだい？」

と松葉は訊《き》いた。

聖司は、母の乳の出が悪かったこと、赤ん坊の自分が人工乳も牛乳もまったく飲もうとしなかったことを話して聞かせ、

「それで仕方なくて、おばあちゃんがいろいろと工夫して、なんとかこの弱い赤ん坊を育てようと知恵をかたむけてくれたそうなんです」

とつづけた。

「まだ歯も生えてない赤ん坊ですから、いま考えると乱暴なことをしたもんやって、おばあちゃんは笑ってました」

「ほう……。乱暴なことって、どんなことだい？」

聖司の祖母は、どこかからエメンタルという名のチーズを買ってきて、それをチーズのおろし器で細かくおろし、おもゆに少量入れて、ことこと煮た。そしてそこに少し砂糖も混ぜ、試みに赤ん坊の聖司に哺乳壜《ほにゅうびん》で飲ませてみたのだった。牛乳を受けつけない子だからチーズもきっと口から吐き出すだろうが、駄目で元々だ……。そんな一種の賭けのような思いだったという。

しかし案に相違して、赤ん坊の聖司はそれを飲んだ。最初は少し下痢をしたが、構わず飲ませつづけた。そのうち下痢はしなくなった。

「おもゆが十に、チーズが一の割合やったそうです。それ以外にもリンゴの絞り汁とか蜜柑《みかん》の絞り汁とかも哺乳壜で飲ませたって言うてました。白身魚のスープも試したけど、それは生後八ヵ月くらいたって、やっと飲むようになったそうです」

「エメンタル・チーズ……。どんなチーズなんだろうね」

「牛乳から作ったスイスのチーズです。スイスのエメンタルっていう地方のもので、かなり黄色味がかってて、硬質で、チーズフォンデュには必ず使うそうです。かなり濃厚で匂いも強いですから、なんぼ少量でも、まだ歯の生えてない赤ん坊がよう飲んだなと思います」

聖司の説明に、松葉伊志郎は微笑み、

「船木さんのおばあちゃんは、またどうしてたくさんの種類のチーズのなかから、そのエメンタル・チーズを選んだのかねェ」

と言った。

「たまたま入ったお店で、何種類かのチーズを売ってて、べつにチーズの知識もないままに、そのなかでいちばん高かったチーズを買《こ》うたんやって言うてました。高いものは、いい物だとは限らんけど、いい物は高い、って信念を持ってたんです。ぼくのおばあちゃんは」

やがて離乳期に入ると、また新たな問題が発生したのだと聖司は言った。

「新たな問題って？」

「ぼくがひどい卵アレルギーやったんです。煎《い》り玉子を小指の先ほど食べても、全身に湿疹《しっしん》が出て……。それで、おばあちゃんは納豆を細かく刻んで、それをお粥《かゆ》に混ぜてみたら、ぼくが喜んでなんぼでも食べたので、野菜とか魚の身をほぐして、それと一緒に納豆も混ぜたお粥が一歳八ヵ月までぼくの主食やったそうです」

自分が生まれたのは、昭和四十六年なので、多くの食品メーカーがさまざまな種類の離乳食を販売していたが、祖母はそうした市販のものをあまり信用していなかったのだと聖司は説明した。

「ぼくはなにかっちゅうとすぐに熱を出したりお腹をこわしたりする子でしたから、おばあちゃんは、ほとんどぼくのために糠漬を作ったり、へしこを焼いたり、鰹節を削ったりしてくれてました。ああいう発酵食品がお腹にええんやっちゅうことを、ぼくのおばあちゃんも経験で知ってたんやと思います。いまでもエメンタル・チーズと納豆だけは、ぼくの必需品です」

食欲がなく時間もないときは、エメンタル・チーズを薄くスライスして、パンに挟んで食べるのだと聖司は言った。

「いまはどうなんだい？　牛乳とか卵とかは」

と松葉は訊いた。

「どっちも大丈夫です。卵は三歳くらいのときに、食べてもアレルギーを起こさんようになったそうです」

松葉は笑顔で、ほとんどすべて銀色と化した清潔そうな髪の生え際に手をやって、

「じゃあ、船木さんは、おばあちゃんの知恵と工夫と愛情と発酵食品のお陰で今日が

あるわけだ」

と言い、背広の内ポケットからぶあつい封筒を出した。とりあえずの費用として百万円入っているという。

それは松葉伊志郎が聖司に本造りを依頼するときのいつものやり方だった。資料の購入、取材のための費用、その他諸々の雑費がその百万円で賄《まかな》われる。装幀や印刷、造本、あるいは写真家やイラストレーターへの支払いとは別のもので、聖司への報酬もそこには含まれていない。

聖司は、たとえ十円の金でも、一冊の本を作るために要した費用のすべてを記載し、領収書も必ず添えて、本が完成した際に松葉に見せるようにしてきた。領収書が貰《もら》えない少額な出費であっても、出金伝票にその内容を書いて添付した。

だが松葉がそれを細かくチェックしている様子はなかった。自分の財布と他人の財布を決して混同しないという、聖司の数少ない生活信条を見抜いているといった風情を見せたりもしないが、聖司はこれまでの幾つかの仕事で松葉が自分を信頼してくれていることを知っていた。

「どういう造りにしましょうか」

と聖司は封筒をジャケットの内ポケットにしまいながら言った。

「まかせるよ。百年たっても表紙が反《そ》ったり、なかの写真が色褪《あ》せたり、紙が劣化しない本だよ。歴史に耐えていく本が出来たらいいんだ。ただ内容は日本古来の発酵食品の伝統的な製法と、それによって作られた食品の紹介だからね。どうしても写真が主力になるだろうね。丈夫な革装がいいんじゃないかって思ってるんだ。鰹節には鰹節の、熟鮓には熟鮓の、仕込む時期があるから、完成はちょうど一年後ってのはどうかな。時間をかけていい本を作りたい」

と松葉は言った。

「写真は、桐原耕太さんがいいと思うんです。仕事のやり方も気心もよくわかってますし、丁寧な、しっかりした写真を撮ります」

「ああ、桐原さんの写真は、色に濁《にご》りがなくて、めりはりがあって、妙に静かだね。何を撮っても、静まりかえっているって感じで、ぼくも好きだな。写真は桐原さんにお願いしよう」

……何を撮っても、静まりかえっている。なるほど、桐原耕太が撮る写真は、松葉のその表現が最も的を射ている、と聖司は思った。裸の女を撮らせても、海や山を撮らせても、群衆を撮らせても、確かに静まりかえっている。

あいつ、最近仕事がなくて困っていたから、きっと喜ぶだろうと思い、聖司は、桐原耕太へのギャラは、三分の一くらいを前払いにしてやってはもらえないかと松葉に頼んでみた。

「ああ、いいよ。あした小切手を用意しとくよ。船木さんも、多少は前払いにしたほうがいいだろう？」

「助かります。ありがとうございます」

聖司はテーブルに額がつくほどに頭を下げた。

松葉伊志郎は腕時計に目をやり、下鴨にうまい寿司屋《すしや》があるのだが、いまから行かないかと誘った。

それもまた初めてのことだった。夜の七時に仕事の打ち合わせをするのも、それを松葉の事務所ではなくホテル内のコーヒーショップでやるのも、食事に誘われるというのも、これまで一度もなかったのだ。

聖司がとまどっているのを別の意味に捉《とら》えたらしく、松葉は少し申し訳なさそうに、

「いや、予定があるんなら、無理しなくてもいいんだ」

と言った。

「いえ、きょうは久しぶりに実家に帰るつもりで自分の車で来たんです。実家には遅

く帰ってもべつにどうってことはないです。おいしい寿司が食べたいなァって、きのう寝る前に考えたりしたもんですから……。よろこんでお伴させていただきます。最近、動いてる寿司しか食べたことがないもんですから」

「動いてる寿司？」

松葉は首をかしげて訊いた。

「目の前でぐるぐる廻りつづけてる回転寿司です」

松葉は笑い、その寿司屋の寿司は動いてないが、ネタが新鮮なので、車海老《くるまえび》もアワビも生きて動いてると言った。

「恩田依子さんの豪邸から歩いて十五分くらいのとこだよ」

聖司は、ホテルの玄関で待っていてくれと松葉に言い、コーヒーショップを出ると駐車場から車を出しかけて、慌《あわ》てて携帯電話で桐原耕太に連絡を入れた。

「仕事が入ったぞ。こんどは発酵食品や」

携帯電話を耳に当てながら、どこか人通りの多いところを歩いているらしい桐原は、野太い声で、

「何？」

と訊き返した。発酵を発光と勘違いしたようで、光る食い物なんて気持悪いもの、

俺は撮りたくないという。

あれ？　こいつ、きょうは機嫌が悪いなと思いながら、

「納豆とか熟鮓とか醤油とか酢とか味噌とかの、あの発酵食品や」

と聖司は言い、電波状態が悪くて雑音の混じる携帯電話を強く耳にあてがい、

「一年がかりの仕事や。ギャラの前金、あした小切手で払うで。やってくれるのか？」

そう大声で訊いた。

「前金をくれるのか？　やる、やる。どんな仕事でもやるで。透明人間でも撮って撮って撮りまくるで。女房のお腹のなかになァ、子供が入りこみよった。俺はお父ちゃんになるんや。金を稼がなあかんのや」

その桐原耕太の、子供が入りこんだという言い方がおかしくて、

「おめでとう。いつ生まれるねん？」

と聖司は訊き返しながら、車をホテルの玄関前へとゆっくり走らせた。

「いま三ヵ月に入ったばっかりやそうや。予定日はいつかなァ……。さっき女房が病院から俺の携帯に電話をくれたんやけど、聞き取りにくうて……」

あすの午後一時に俺のマンションに来てくれと頼み、聖司は電話を切って、姿勢良

く立っている松葉伊志郎の前に車を停《と》めた。

助手席に坐《すわ》った松葉に、いま携帯電話で桐原に連絡したと聖司は言った。

「あした、早速打ち合わせをします」

「全部まかせるよ。あとは船木さんと桐原さんとで好きなようにやってくれ。部数は五百部にしよう。いつもどおり非売品でね」

堀川通に入るまでは道は混んでいたが、寿司屋には三十分ほどで着いた。

どこかで賀茂川へと注ぐのであろう澄んだ水が浅く流れる細い川を挟むようにして、どれもこれもが豪邸と呼んでもいい家が並んでいる。「すし峯」と染められた薄墨色の暖簾《のれん》が出ていなければ、誰もがそこだけ他の家々よりもとび抜けて小さな町家《まちや》と思うであろう地味な店構えだった。店には駐車場がなかった。

聖司はすし峯の格子戸《こうしど》をあけ、カウンターのなかにいるまだ十八、九歳とおぼしき寿司職人に、どこに車を停めておけばいいかと訊いた。その聖司の声で、カウンターの奥の暖簾をくぐって顔を出した主人らしき男が、松葉伊志郎ににこやかに挨拶《あいさつ》をした。

「理事長、いつもご贔屓《ひいき》におおきにありがとうございます。お車は店の前の川べりに停めといてくれはったら大丈夫です。これまでいっぺんも駐車違反にひっかかったことはおまへんので」

主人はそう言って、若い職人に目で促《うなが》した。職人はカウンターの奥から出てくると、聖司から車のキーを受け取り、

「私が川べりに停めときますよってに、どうぞお掛けやして」

と歯切れのいい口調で言った。

カウンター席には、二人の舞妓《まいこ》を伴なった中年の男がいた。客はその三人だけだった。

理事長？　松葉はこの店では理事長と呼ばれているのか。何かの理事長職にあるから理事長と呼ぶのであろう。いったいいかなる団体の理事長職にあるのだろう……。

聖司はそう考えながら、松葉に勧められるままに、まだ木の香りがするすし峯のカウンター席に坐った。その木の香りは一枚板のぶあついカウンターの匂いではないことは、聖司にはわかる。これまでの幾つかの老舗料亭の取材で、料理屋、とりわけ寿司屋のカウンター用の木に檜《ひのき》や杉は使わないことを知ったからだった。寿司屋のカウンターに最も適した木材はイチョウなのだ。

すし峯の外観は、いかにも京都の古い町家といった感じだったが、店内は、天井も、カウンターのうしろ側に一部屋だけ設けてある座敷の柱にも檜が使われていて、

それらはまだ新しかった。

「ぼくは、酒を一合だけ、ぬる燗《かん》で貰おう。まず何よりも先にぬる燗を一本だな」

と松葉は言い、カウンターの上に置いてある細長い和紙を聖司の前に差し出した。

細筆で書かれた品書きだった。握り以外の料理が、十五、六種類したためられている。

「ぼくは車ですので、まずお茶を」

「松茸《まつたけ》もそろそろ終わりだな。土瓶《どびん》蒸《む》しはどうだい？　この店はいつもいい松茸を仕入れてるんだ」

と松葉が勧めた。

聖司は、土瓶蒸しと甘鯛《あまだい》の焼き物を頼んだ。松葉伊志郎は、先に日本酒のぬる燗を、唐津焼の猪口《ちょこ》ともぐい飲みともつかない大きさの容れ物に手酌で注いで、それを二杯、無言で飲んだ。聖司は酌をしようとしたのだが、松葉はそれを手で制したのである。

酌をされるのは好きではないのだと松葉は言い、それから聖司と同じものを註文した。

「さっきの話だけど……」

と松葉は笑みを浮かべて聖司に言った。

「船木さんのお母さんのおっぱいが出なかったことだけど……」

「はい、姉のときは良く出たんやそうです。ぼくが生まれたときも、一ヵ月間はちゃんと出てたんですけど、ある日、突然出なくなったんです。理由はまったくわからんかったそうです」

「ほう、そうすると赤ん坊の船木さんは、生まれて一ヵ月間は、お母さんのおっぱいを飲めたのか。それはありがたいことだったねえ」

と松葉は言った。

「母親の初乳ってのには、摩訶不思議《まかふしぎ》な力があるそうだからね。それを飲んだか飲まなかったかは、その後の人生に大変な違いがあるって、医者が言ってたよ」

「でも、お乳が突然出なくなって、ぼくのおふくろは、ひどい乳腺炎にかかって入院したそうです。お乳が出えへんのやから、赤ん坊のぼくをつれて入院する必要はないわけで、そこでぼくのおばあちゃんの奮闘が始まったそうです」

「おばあちゃんがいてくれてよかったねェ。お父さんだけだったら、お乳を飲めない赤ん坊と、まだ小さなご長女とで、右往左往するところだよ」

その松葉の言葉に、

「父は、ぼくがまだおふくろのお腹にいるときに死んだんです」

と聖司は言った。

「もうあと二ヵ月ほどでぼくが生まれるってころに」

「ご病気で？」

正直に話していいものかどうか迷ったが、

「見も知らん男に駅で殺されたんです。人まちがいで……」

しばらく無言で聖司を見つめてから、

「知らないこととはいえ、余計なことを喋らせてしまうことになったねェ。いや、心遣いが足りなくて申し訳ない」

そう言って、松葉は小さく頭を下げ、手酌で三杯目の酒をゆっくり飲んだ。

「ぼくも、そのことを知ったのは中学生になってからです。姉はぼくよりも三つ歳上ですが、姉も本当のことはそれまで知りませんでした。病気で死んだんやって教えられてきましたから」

ここまで喋っておきながら、中途半端に話題を変えてしまうのは、かえって礼儀に反するというものであろう。聖司はそう思い、

「殺されたというのは正しくないかもしれませんが、ぼくはいまでもやっぱり、殺さ

れたんやと思てるんです」

と言い、自分が知る限りの、事のいきさつを松葉に話して聞かせた。

聖司の父・船木佑司《ゆうじ》は、その日、勤め先の製紙会社の大阪支店がある淀屋橋《よどやばし》から地下鉄で国鉄の大阪駅に向かった。

取引先の担当者と神戸で待ち合わせをしていたが会議が予定より長引いたため、約束の時間に遅れそうで、ひどく気が焦っていた。会社から地下鉄の駅まで走っている姿を、同じ会社の者たち数名が目撃していたという。

船木佑司は地下鉄の梅田で降りると大阪駅の構内まで走り、三ノ宮までの切符を買うと、さらに走って改札口を通り抜け、西明石行きの快速電車が発着するホームへ駆けのぼろうとした。

そのとき、「そいつや。ひったくりや」という声がした。追って来た二人の男の声で、ちょうど佑司と階段ですれちがいかけた別の男が佑司の背広の襟《えり》をつかんだ。

男の力がよほど強かったのか、あるいは電車に乗り遅れまいと必死で階段を駆けのぼっていた佑司の勢いによるはずみなのか、まるでくるっとうしろに半回転するかのように佑司は頭から階段に叩《たた》きつけられる格好で倒れて、後頭部を強打し、意識を失なった。

「この人とちゃうがな。あいつや」

追って来た男たちがホームを走っていく別の男を指さして言った。

佑司の襟をつかんだ男は、いったんその場から姿を消したが、救急車が大阪駅に着き、タンカに乗せた佑司を救急隊員が救急車のところまで運んで来たとき、どこかから姿をあらわし、ひったくり犯だと思って咄嗟《とつさ》にこの人の背広をつかんだのは自分だと名乗り出た。

佑司の後頭部には三ヵ所の骨折があり、脳内出血を起こしていた。脳の腫《は》れがひどくて、それがおさまるまでは開頭手術はできないとのことだった。

佑司は一度も意識を取り戻すことなく、三日後の夜に死んだ。二十七歳だった。

「正しくは事故なんでしょうけど……」

そう言って、聖司は、酌をされるのは好きではないという松葉の言葉を忘れて徳利《とつくり》を持ち、カウンターに置かれている盃《さかずき》に酌をした。

「ぼくの親父は、ひったくり犯と間違えられて殺されたんやって、ずっと思ってきたんです」

松葉伊志郎はカウンターに頬杖《ほおづえ》をつき、

「なんてこったろうねェ」

とつぶやき、酒を飲んだ。そして、しばらくガラスケースのなかに丁寧に並べられているヒラメや鯛や貝類やウニなどの、寿司ネタに無言で視線を向けてから、ふいに話題を変えた。

「終戦の日、ぼくは十四歳で、両親と妹と一緒に岩手県の疎開先にいたんだ。日本は負けて無条件降伏をした、戦争は終わった……。それがわかるとすぐにぼくの親父は東京へひとりで戻った。岩手の盛岡駅から三日かかったそうだ。何をしに東京へ戻ったか……。兵隊としてフィリピン群島のどこかにいるはずの長男が生きて無事に日本に帰って来たら、家族がどこにいるかがすぐにわかるようにって、空襲で焼けちまった世田谷の家の跡地に杭《くい》を打ち込んで、そこに板きれを針金でくくりつけて、鎌倉にいる自分の姉の家の住所を書くためだったんだ」

父は岩手の疎開先に帰ってくると、すぐに荷造りをして、こんどは家族を伴なって鎌倉へ向かった。東北のあちこちに疎開していて、東京に戻ろうとする人々が列車の屋根にまでのぼっている状態だった。他人を蹴落《けお》としてでも列車に乗ろうとする人々は殺気立っていて、自分たちもとにかく死に物狂いで列車につかまっていた。

鎌倉に着いたとき、妹はほとんど意識がない状態だった。いまでいう熱中症にかかっていたのだと思う。八月三十一日のことだ。列車のなかの暑さと喉の渇《かわ》きは、いまでも忘れることができない……。

「親父はぼくたちを自分の姉夫婦に託すと、有り金すべてを持って横浜へ行ったよ。戦争で閉鎖されてた勤め先の工場へ行ったんだ。これから日本の再建が始まる。自分たちの会社も再建のために動き出すだろう。そう思ったそうだ」

松葉は運ばれてきた土瓶蒸しを聖司に先に手をつけるよう促し、

「戦死の報もないまま、兄貴は一年たっても帰ってこなかった」

と言った。

やがて、フィリピン群島における日本軍の惨状が伝わってきた。その有り様を耳にするたびに、兄の生存と帰還はほぼ絶望に近いと、十四歳の自分でも考えないわけにはいかなかった……。

「でもねェ、ぼくはそんな自分の考えを母親にも妹にも言わなかったよ。絶対にそれだけは口にしちゃあいけないって思ったんだ。ところがねェ……」

松葉は自分の前に置かれた土瓶蒸しには手をつけず、

「兄貴は昭和二十二年の秋に日本に帰って来たんだ。顔から上半身にかけてひどい皮膚病にかかってて、痩《や》せて骸骨《がいこつ》みたいで、とても二十四歳には見えなかったなァ。十六歳のぼくには、兄貴は五十代半ばの人に見えたよ」

と言った。

心身の回復がまず第一だと母や伯母夫婦にさとされるまでもなく、兄は半年近く床に臥《ふ》して起きあがれなかった。原因不明の皮膚病もいっこうに治らなかった。

「でも昭和二十三年の春頃になると、兄の体力も回復してきて、東京の有名な皮膚科の病院に行こうかって思うくらいに気力も戻ってきてね……」

松葉はそこでやっと土瓶蒸しの容器に手を伸ばし、

「ちょうどそのころに、兄貴はフランス人の神父さんと知り合いになって、その人から、さまざまな国のさまざまなパンとチーズの伝統的な製法を二巻にまとめた本を見せてもらったんだ」

と言った。

「パンとチーズですか」

聖司は訊き返した。松葉は小さく頷《うなず》いて、

「うん、パンとチーズに関するじつに詳細な研究書なんだけど、兄貴が驚いたのは、その本のあまりの立派な造りになんだ」

と答えた。

その本は、第一次大戦が始まる少し前に、当時八十五歳だったフランス人の造本職人によって造られたものだった。ヨーロッパでは名を知られた本造りの職人に、イタリア人の大金持の好事家《こうずか》が依頼して各三冊ずつ造ったのだという。

依頼主のイタリア人は三十歳で財を成してから、個人的に興味があったパンとチーズの製法に関する研究を始めて、六十五歳のときにそれを二巻の本にまとめた。そしてその自分の著作を本にしてくれるようフランス人の造本職人に頼んだのだ。

いかなる動物のものなのかわからないが、その厚い革表紙にも、本の綴《と》じにも緩みはなく、上質の紙に印刷された何百種類ものパンとチーズの写真の画像の鮮明さは、当時の日本の印刷技術では出せない美しさと精緻《せいち》さがあった。

「兄貴はねェ、その本を見て生き返ったんだな。大学では通信工学を学んでたから、べつにパンやチーズに興味があったわけじゃないだろう。まして当時の日本人のほとんどは、チーズなんて口にしたこともなかったはずだよ。兄貴は、その長い年月をかけて書かれたものが、ひとりの専門外の人間の趣味から始まって、やがて専門家をはるかにしのぐ域に達したってことに心を打たれたんだろうけど、書物というもの、本そのものの持つ力にも打たれたんだと思うね。それも安物の、一度目にしたらあとは捨ててしまって構わないっていう雑な本じゃない。名人といわれる職人がその技術を駆使して、最良の素材を用いて、丹精込めて造った本そのものにね」

松葉伊志郎はそう言い、そのころの自分はといえば思春期の真只中《まっただなか》で、ひとりの少女に胸が痛くなるほどの片思いをして、いかにも用があるふりをしながらその少女の家の近くを歩きつづけたり、少女とふたりきりで森や浜辺で坐っている光景の空想にひたりつづける日々で、見事な造本技術によって造られた本も、食べることのできないパンやチーズの美しい写真も、まるで眼中になかったと笑った。

「そのくせ、腹ばかり空《す》かせて、とにかくご飯を腹一杯食いたいってキリスト教徒でもないのに教会で神様にお願いしたりしてたよ。兄貴がほとんど毎日神父さんの家を訪ねてその二巻の本に見入り、立派な革表紙をそっと撫で、その本のたたずまいにひたりつづけてるとき、ぼくは『片思いと空腹の日々』をすごしてたんだ。兄貴と一緒に神父さんの家に行ったのは、片思いの相手が神父さんの家の真向かいに住んでたからでね。まああのころは、育ち盛りの子供だけじゃなく、日本中の人間が腹を空かせてたんだけどね」

そして松葉は、甘鯛の焼き物にも箸《はし》をつけ、

「兄貴はぼくたち一家が東京で暮らすようになって二年目の昭和二十八年に死んだよ」

と言った。

「マラリアにかかってたんだ。フィリピンの島のジャングルで蚊からマラリアの原虫を貰って日本に帰って来たんだな。それが戦争が終わって八年もたってから、兄貴の肝臓のなかで暴れだした。ひどい熱と貧血を繰り返して、マラリアだとわかってから一年後に死んだよ」

それから松葉は空になった徳利を持ち、しばらく考えてから、いつもは一合だけと決めているのだが、きょうはもう一合飲むことにしようと、なんだか自分に弁解するようにつぶやき、ぬる燗をもう一本頼んだ。

「親父は兄貴が好きだった鎌倉に墓を造ったんだ。その新しい墓に兄貴の遺骨を納めるために、ぼくたち一家は二年ぶりに鎌倉に行った。そのとき、フランス人の神父さんも来てくれてね……。ぼくは二十二歳で、東京の大学を卒業して、親父のコネで大手の建設会社に就職したばかりだったよ。納骨が済んで、ぼくはふっとあの二巻の本のことを思い出してね。兄貴はどうしてあんなにもあの本に惹《ひ》かれたんだろうって思って、それで神父さんに頼んで、二巻の本をあらためて見せてもらったんだ」

松葉伊志郎はさらに話をつづけた。

十六歳のときには感じられなかったが、その革表紙の本の造りは、かつて自分が目にした「本」というものの概念を超えていた。

革表紙には表にも裏にもちょうど漢字の「日」という形に丸い真鍮《しんちゅう》の鋲《びょう》が固く打ち込まれていた。その鋲は飾りでもあったが、表紙の革が何かと擦《す》れることによって傷がつかないようにする役目も担っていた。机の上に置いたまま動かしたり、本棚にしまう際に、いわばプロテクターの役割を果たすのだ……。

「このイタリア語で書かれた本は、第二次大戦が終わってすぐにフランス語に翻訳されて、次にドイツ語に、そして次に英語に訳されて出版されたって、神父さんが教えてくれたよ。もちろん、もっと手頃な造りの本らしいけどね。いまやヨーロッパ中のパン職人やチーズ職人だけじゃなく、料理の研究家や料理人が読んでおかなくちゃいけない重要な書物になってるって……。ぼくにはイタリア語で書かれてる本の内容のことはわからなかったけど、チーズを使った料理のレシピも、百数十品目書かれてあるようだったよ」

そう言って、松葉は二本目の徳利を持った。

三人づれの客が二組同時にやって来て、カウンターは満席になった。

松葉は聖司が土瓶蒸しをたいらげ、甘鯛の焼き物も食べてしまったのを見て、品書きを指差し、食べたいものがあれば遠慮なく註文するようにと言った。

「こんなにおいしい土瓶蒸しも甘鯛も食べたことがないです。舌も胃もびっくりしてるって感じで……」

聖司はそう応じ返し、寿司を握ってもらいたいのだが、こんなに高級な寿司店では何から握ってもらったらいいのか、そのルールのようなものがわからないと小声で言った。

「ルールなんてないよ。食べたいと思うものを好きなように握ってもらったらいいんだ」

松葉は笑みを浮かべてそう言ったが、

「じゃあ、ご主人におまかせしたらどうかな」

と促した。

「はい、じゃあ、おまかせします」

聖司の言葉に、すし峯の主人は笑顔で、

「ほな、おまかせで握らせてもらいます。最初はひらめとこはだで」

と寿司職人独特の威勢のいい声で言った。松葉伊志郎はさよりの糸造りを註文した。

「ぼくと兄とは八つも歳が離れてたから、共通の話題ってものがなくてね。小さいときも一緒に遊んだっていう記憶がないんだ。兄貴は気難しい性格で神経質な性分だったけど友だちが多かったよ。そのたくさんの友だちのほとんどは戦地で死んだんだ。生きて終戦を迎えられたのは兄貴も含めて三人。そのうちの二人は、病弱で徴兵されなかったんだ」

と松葉は言った。

「鎌倉で静養してるときも、東京に戻ってからも、兄貴はしょっちゅう物思いにふけってたよ。山岡はミンダナオ島で、佐々木、今村、寺崎は満州で、大沢、浅野、熊谷は特攻隊として片道切符の小さな飛行機で太平洋に撃沈されて死んだって妙な笑いを浮かべてつぶやくんだ。どうして俺のような役立たずが生きて帰って、あいつらのようにとびきり優秀な連中が無駄死にをしなきゃあいけなかったんだろう、って……。あいつらが生きてたら、いまごろそれぞれの分野で立派な仕事を成していたことだろうに、何の取り得もないこんな自分が生きて帰るなんて……。頭が変になったんじゃないかって家族が本気で心配するくらい、おんなじことばっかり繰り返し言ってたよ」

聖司は、こんなに饒舌《じょうぜつ》な松葉伊志郎と接するのは初めてだなと思った。大事な用件以外は口にしない人物だと、知り合って七年間ずっと思い込んできたのだった。

「親父もお袋も死んで、妹も三人の子の母親になって、ぼくも紆余曲折《うよきょくせつ》はありながらも、昭和四十二年に自分の会社を興《おこ》し、それがうまく軌道に乗ったころにねェ……」

と松葉は言った。

「何かの本を捜して本屋に入ったんだ。本屋に足を踏み入れるのは何年ぶりだろうなんて思いながらね。そしたら本屋の店頭に並んでる本のあまりの猥雑《わいざつ》さに少々腹が立ってきてね。本それ自体も、書かれてる内容も、いわばその場かぎりの消耗品だ。へえ、日本はこんなに豊かになったんだなァと思いながらも、人間が書物から得なければならないものは、こんなものではないって腹が立って……。あれ？　俺はどうしてこんなに腹を立ててるんだろうって考えた瞬間、兄貴が憑《つ》かれたように見入ってたあの二巻のすばらしい本を思い出した。それからだよ、あの二巻の革表紙の本が兄貴の心に灯《とも》した火の正体を探り始めたのは……」

松葉はそこまで喋ると口をつぐみ、それきりその話題に触れないまま、車海老と中トロとこはだの握りを食べた。

聖司は松葉が黙り込んでしまったので、自分のほうから何か別の話題をと思ったが、どんなことを話題にしたらいいのかわからなかった。

すると松葉は、

「船木さんの本造りはじつに優れてるよ。最初に船木さんを大門《だいもん》さんから紹介されたとき、まだ二十五歳の若者に大丈夫かなと思ったけど、大門さんの『あいつには本造りの急所はこの三年間でほとんど教えました』って言葉を信用することにしたんだ。さすがにあの大門さんが見込んだだけのことはあった。だけど、たったの三年間で、ズブの素人がよく学び取れたもんだねェ。『急所は教えた』って大門さんは太鼓判を捺《お》したけど、『急所』だけ教えられたって『応用と展開』はできないからね」

と言った。

「大門さんの足元にも及びませんが、三年間、いい本をたくさん見せてもらって、たった一本の罫《けい》の位置や太さが紙面にどんな影響を与えるか、書体の選び方や、写真の使い方や、本造り、編集に関する要《かなめ》を、もうこれでもかって教えてもらいました」

聖司は照れを抑えながらそう言った。

自分が大学を卒業して大門社という美術書専門の出版社に入社したとき、社長の大門重夫《しげお》は、まだ現場で編集と造本に直接かかわっていたなと聖司は思った。

聖司が大門社で働くようになったのは大学生のときで、アルバイトとしてであった。編集の雑務を手伝ったり、在庫の管理業務の助手という仕事だったが、なぜか大門重夫に目をかけられ、いつのまにか大門専任の助手にさせられて造本という専門職の世界に足を踏み入れたのだ。

だが聖司が入社して一ヵ月もたたないうちに、大門重夫は網膜剝離《もうまくはくり》という目の病気にかかって手術をした。手術はうまくいったのだが、緑内障も併発していて、手術後それが急速に悪化したのだった。

そのころ、大門が趣味的に発刊した「波のかたち」という写真集が、いったい何事が起こったのかと驚くほどに売れた。

日本中のさまざまな海の波だけを、何の説明文もなしに載せてあるだけの写真集は、もとより売れるなどとは予想もしなかったが、大門が信頼する五人の写真家に依頼して六年かかって撮影したものだったので、損を覚悟で三千部刷り、知り合いの書店に頼み込んで置いてもらったのだ。

それがいつのまにか口づてで評判となり、註文が殺到し、重版に重版を重ね、それがまた話題となってテレビで取り上げられ、一年間で五十万部も売れたのだ。

損を覚悟だったとはいえ、大門は若い人たちが気軽に手に取れるようにと、可能なかぎり廉価にするために、その写真集のサイズを文庫本と同じものにした。写真そのものに力があったこともあるが、文庫本と同じサイズにしたことも売れた原因かもしれなかった。

大門重夫は目の病気で現場に復帰できないまま、「波のかたち」の続編の刊行を決めた。それを求める読者の声が多かったし、大門社という小さな美術出版社にとって五十万部のヒット商品の誕生は、経営者の正常な理性に歪《ゆが》みも与えたのだ。

聖司は、そのころの大門重夫には、次第に視力を失なっていくことへの不安と焦りがあったのだと思っている。

大門重夫は、祖父が創業した地味ではあるが丁寧で優れた造本と編集で信頼を得てきた大門社という社員十数名の出版社が大きく飛躍する千載一遇《せんざいいちぐう》の好機が来たと考え、「波のかたち」の延長上に位置するグラビア雑誌を創刊した。

けれどもその雑誌はまったく売れなかった。見た目だけは先端を行くエディターでございといった若いフリーの編集者をかき集めて、彼等《かれら》の理想だけの、どこか軽薄な雑誌が出来あがってしまったのだ。

その雑誌は五号で廃刊となったが、大門社のつまずきの大きな発端であった。

聖司はそのころのあらましを語り、そんな渦中《かちゅう》にあっても大門重夫は自分にはすぐれた本造りの勉強に没頭させつづけたのだと言った。

「大門さんがこれはと評価するデザイナーやイラストレーターや写真家や、印刷屋さんのベテランの職人さんたちを紹介してくれましたし、こんな本があるから見に行ってこいって日本中の図書館とか個人の蔵書家のところに行かせてくれたんです。会社の倒産が避けられなくなったときは、大門さんが大切に蒐集してきた百数十冊の貴重な本を、ぼくに預からせてくれました。それは二十冊だけぼくのマンションに置いて、あとは全部、ぼくの実家に保管してあります」

「大門さんは、よほど船木聖司さんていう青年を見こんだんだね。こいつは才能があると思ったんだよ。船木さんをいずれは大門社の造本と編集の大黒柱にと考えたんじゃないかな」

松葉はそう言って、穴子とこはだを註文し、

「ぼくはもうこれでお腹が一杯だな。赤出しの吸い物を少なめに貰おうか。船木さんは遠慮せずにもっと食べなさい」

と勧めた。

すし峯の主人は、聖司の前に車海老と中トロの握りを置いた。

「会社の倒産からの五年間は、大門さんにとってはつらい時期だったろうね。会社の規模にかかわらず、倒産ていうのは大変なことだよ。経営者に対する社会的制裁っていうのは、覚悟してた以上に厳しいからね。しかしそれは甘んじて受けなきゃいかん。それが『責任を取る』ということだ。大門さんは、もう幾つになったのかな？」

と松葉は聖司に訊いた。

「年が明けたらすぐに六十三歳になると思います。たしか一月五日が誕生日のはずですから」

聖司の言葉に、

「倒産から七年だなァ。法的に片づくことは片づいたし、片づかないものも片づくだろう」

と松葉は言った。

その言葉の真の意味はわからなかったが、歳月というものがいつのまにか物事を納めていくことを自分は自分なりに理解できると聖司は思った。

何事も時間というものが必要なのだ。いまの世の中は、時間をかけていない、拙速なものだらけだ。いかなる先端の技術をもってしても、この時間というものだけは短縮できない。時間が作りだす絶妙な作用は、金でも技術でも高尚な理論でも獲得することはできないのだ。三次元とか四次元とかの物理学で、祖母のあの糠床は作れないのだ……。

聖司は、父の不意の死から今日までの、自分が記憶していないぶんを含めての約三十二年間を思いながら、すし峯の主人がさらに握ってくれたシマアジとトリ貝を食べ

た。トリ貝とはこんなにも豊かな甘味を持っているものかと感嘆しながら食べ終え、

「もうぼくもお腹が一杯です。ご馳走《ちそう》さまでした」

と松葉とすし峯の主人に言った。

そして聖司は、このような機会は二度とないかもしれないと思い、他者の依頼で作った本ではなく、これまでに松葉伊志郎が自主的に作った本がどのようにしていかなる人々の手に渡っていったのかを訊いてみようとしたが、結局、それを口にはできなかった。

訊きたいことは他にもたくさんある。

松葉伊志郎の本業は何なのか……。

大金持だという噂《うわさ》が本当ならば、その財力をどうやって手にしたのか……。

政界や財界に知己が多く、それらの人々から全幅の信頼を得ているというが、それはどうやって築きあげたのか……。

とりわけ政界などというところは、そのときそのときの流れによって互いを利用しあうだけの世界だという認識しかなかったので、聖司はいかにも若造の愚問のふりをして訊いてみたかったが、そんな自分を抑えた。

心を開いて、自分の兄の話をしてはくれたが、だからといってこちらが調子に乗っ

てしまっていい相手ではないという思いは、これまでよりも強くなっていた。三十二歳の自分には、三十二歳の分というものがある……。そんな思いだった。

松葉は主人にタクシーを呼んでくれるよう頼み、あしたの十一時には小切手を用意しておくと聖司に言った。

やって来たタクシーに乗った松葉に、聖司は訊いた。

「松葉さんのお兄さんがご覧になった二巻の本、ぼくも見ることはできるでしょうか」

タクシーの後部座席の窓をあけ、

「いや、あの神父さんは昭和三十三年にフランスに帰ったんだ。本は教会のものじゃなくて、神父さんの私物だったから、たぶんフランスに持って帰ったと思うね。神父さんは当時五十五、六歳だったからねェ、もしまだご健在なら百歳を超えてるよ。生きてらっしゃる可能性は極めて低いね」

松葉は微笑みながらそう言った。

タクシーが人通りのない道を東のほうへ消えてしまうまで見送ってから、聖司は自分の四輪駆動車に乗り、堀川通を南に下って名神高速道路に入った。

茨木《いばらき》インターを過ぎてすぐに中国自動車道のほうに入り、宝塚インターで降りて、逆瀬川《さかせがわ》の川べりを少し走り、六甲山系への曲がりくねった道を行くと、昔から名門と称されるゴルフ場の横を通って、さらに昇ったり下ったりする甲山《かぶとやま》森林公園の横の道を甲陽園駅まで速度を落として進んだ。

途中に「播半《はりはん》」という有名な料理旅館がある。

創業して半世紀にもなる和風の、広い庭に幾つもの棟を持つ旅館だが、宿泊せずに料理だけを目当てに訪れる客も多い。棟のなかには、どことなく古い中国風の白い楼門を持つものもあって、聖司はこの播半という空間が好きだった。

子供のころ、阪急電鉄の甲陽線の甲陽園駅に近い家から甲山大師道をのぼって、播半の前をさらにのぼり、甲山森林公園のあたりで遊んだものだが、一度だけ門のあいている播半の庭に忍び込んだことがあった。

みつからないように庭木の陰に隠れて、苔《こけ》の生えた細い径《みち》を這《は》って進むと、ふいに目の前が展《ひら》けて、神戸の海だけではなく、遠くに島が見えた。あとになってそれが淡路島だと知った。

阪急甲陽線の甲陽園駅周辺も阪神淡路大震災の被害を受けたが、阪神間のなかでは比較的被害が少なかった。夙川《しゅくがわ》駅のほうから見ると一駅手前の苦楽園口《くらくえんぐち》駅周辺は、倒壊した家も多く、そのなかで圧死した人も何人かいた。

年代を経た純和風の木造建築の播半はひとたまりもあるまいと聖司は思ったのだが、土蔵にひびが入った程度で、びくともしていなかったという。

聖司は、月に一度、甲陽園駅の近くにある実家に帰るたびに、播半の前に車を停めて、そのたたずまいを眺める。そして必ずあの大地震を思いだす。

あのとき聖司は二十三歳で、大学の四年生だった。大学は京都にあり、友だちの多くは京都に住んでいて、月のうち半分近くはその誰かの家とか下宿とかアパートとかに泊まっていたのだ。

平成七年の一月十七日、聖司は中京区室町《なかぎょうむろまち》にある和菓子屋の三階建てのビルのなかにいた。同じ学部の赤木琢郎《あかぎたくろう》がその和菓子屋の三男坊で、三階に彼の部屋があったのだ。

京都もかなり強く揺れ、一階の店舗のガラスケースが割れたし、三階の赤木琢郎の部屋にあったスチール製の棚が倒れ、そこに乱雑に積んであった雑誌やＣＤなどが寝ている赤木琢郎と聖司の顔に落ちた。

赤木琢郎の父親が階段を駆けのぼってきて、震源地はどうやら淡路島のようで、阪神地方、とりわけ神戸や西宮の揺れは尋常ではなかったようだと聖司に教えてくれた。

慌てて琢郎の部屋の小さなテレビをつけると、ヘリコプターからの映像がいやに静かな朝の風景として映し出された。大地震が起こったことは間違いないが、いったいどれほどの被害が生じているのか、報道機関もまだ把握しかねているといった様子だった。

やがて、ヘリコプターからのカメラは、倒壊している阪神高速道路の神戸線を映しだした。倒れた高速道路と一緒に落下したらしい何台かの車も見えたが、乗っている人がどうなったのかはわからなかった。

「これ、西宮のどのへんやろ……」

聖司は自分の脚が震えだしたのを感じながらそうつぶやいた。ヘリコプターのカメラがもっと山側を映してくれないものかと願った。

赤木琢郎もそれまで二度、甲陽園の聖司の家に遊びに来たことがあったので、なんだか呆《ほう》けたようにテレビの画面を見つめていたが、

「電話や。聖司、家に電話せえ！」

と叫んだ。

当時は携帯電話を持っている大学生など皆無に等しかった。

聖司は琢郎と一緒に二階の赤木家のリビングに走り、母と祖母と姉が住む甲陽園の

家に電話をかけた。電話はつながらなかった。

それからあとのことを聖司は順序立てて思いだすことができなかった。

赤ん坊を背負った若い夫婦にお握りを貰ったのが、京都から甲陽園に向かっていた国道171号線のどこかだったのか、あるいはやっと辿《たど》り着いた阪急電車の宝塚駅の近くだったのか、それすら思いだせない。

夙川沿いの、盛り上がって深い割れめが生じているアスファルト道につまずいて転び、膝頭《ひざがしら》に裂傷を負ったのが、母の路子とともに「守口《もりぐち》医院」へ向かっているときなのか、それとも自治会の組織したボランティアに参加して動き廻っていたときなのかさえも分明ではない。

聖司は播半の前から車を発進させ、大師道を低速で走らせて、甲陽園駅から少し西へ入ったところにある実家に着くと、地震による亀裂を補修した跡が、そこだけ血管のように浮いている部分に目をやってから、合鍵でドアをあけた。

狭い居間ではテレビがつけっぱなしになっていたが、母の路子の姿はなかった。風呂場のほうで音がしていた。

聖司は、風呂場のドアの前で、

「ただいま！」

と大声で言い、車のキーをテレビの上に置いてから台所で水を飲んだ。

「書いておかなければ消えてしまう」という一節をある作家が何かのエッセイで書いていたなと思った。

たしかにそのとおりだ。書いておかなければ消えてしまうのだ。自分も折々に記憶をたぐって、あの平成七年一月十七日の朝からのことを書いておかなければならない。べつにそれが何かの役に立つということはないであろう。しかし、書いておけば消えずに残りつづける……。

これから約一年間、桐原耕太と一緒に日本を代表するさまざまな発酵食品の取材であちこちを旅するであろうから、そのときどきで時間が空《あ》いたときに書き綴《つづ》っていこう……。

聖司はそう決めた。

「びっくりするやろ？　お風呂場のとこであんな大きな声を出したら。私、シャワーを浴びながらひっくり返りそうになったわ」

風呂からあがった母の路子が丸い体をさらに丸く見せる大きすぎるパジャマを着て、冷蔵庫から缶ビールを出しながら言った。路子は先月、五十八歳になった。いまも守口医院で看護師をしている。

看護学校を出て、すぐに神戸市内にある大きな総合病院に勤め、結婚と同時に辞めたが、夫の死後、再びその病院に復職して、聖司が高校を卒業するまで十七年間ずっと同じ病院で看護師として働きつづけた。

退職したのは、その病院で長く内科医長をしていた守口秀幸《ひでゆき》という医師が阪急電車の夙川駅と苦楽園口駅とのちょうど中間あたりに土地を買い、そこで開業することになり、守口医師に請《こ》われてその新しい個人病院に職場を変えたからだった。

守口医院なら徒歩でも通勤できるし、守口医師とは気心も知れている。それに守口先生は医師として信頼できるだけでなく、人柄も好きだから……。

路子は守口医院で働くことが決まった日、とても嬉《うれ》しそうにそう言って、明石まで行って自分で大きな鯛を一尾買ってきた。路子と聖司、それに祖母の篤子《とくこ》、姉の涼子《りょうこ》だけでは食べきれないほどの見事な鯛だった。

その鯛は、半身を塩焼きにし、頭はアラ煮にし、半身のさらに半分を刺身に、残りの身は鯛しゃぶにして、三日がかりでたいらげた。

料理はすべて祖母の篤子の手によるものだった。

聖司の祖母・篤子は二十九歳のときに夫と離婚し、大阪の北新地にある「孝兵衛」という名の料理屋に勤めた。仲居と洗い物係を兼ねた時間給で雇ってもらったのだが、厨房《ちゅうぼう》に出入りしているうちに板長の作る料理を目と耳で憶《おぼ》え、やがて従業員のための賄《まかな》い食をまかされるようになった。

祖母は三十二歳のときに再婚し、路子を産んだが、二人目の夫は路子が八歳になる少し前に死んだ。

それを伝え聞いた孝兵衛の主人が、もう一度うちで働かないかと勧めてくれて、路子が成人し、結婚し、聖司を産んで一年半が過ぎるまで孝兵衛で働きつづけた。

祖母が仕事をやめたのは、夫に先立たれて看護師として復職しなければならなくなった路子に代わって、まだ一歳半の聖司と四歳の涼子の面倒を見るためだった。

路子の勤務時間は、大きな総合病院の三交代制の不規則なものだったから、聖司も涼子もほとんど祖母に育てられたといっても過言ではない。

それは、路子が家事のすべてを自分の母にまかせきって、もうひとつ別の仕事をつづけてきたからである。

路子は夜勤明けの午後一時から午後七時まで、同じ神戸市内にある知能に障害を持つ者たちが作るクッキーを売る店を手伝ってきた。

この無給の仕事を決してやめようとはしない路子には、先天的に障害を持って生まれた子供たちへの何か強い思いがあることを聖司は高校生のときに知った。

店の利益に応じて障害者たちに支払われる月給のあまりの少なさを知った姉の涼子が、

「なんでこんなに報われんことを、週に三日も体をぼろぼろにしてまでつづけるのん？　売り上げが多かった月でも、ひとり七、八千円しか給料を貰われへんなんて……」

と言い、母の体を気遣って、その店の手伝いをやめさせようと説得したとき、

「あの子らは、私が来るのを待っててくれてるねん」

そう静かに言い返した路子の強い微笑に聖司はなにかしら到底かなわないものを感じたからだった。

それは「強い微笑」という言い方以外になかった。

高校生の聖司の持つ語彙《ごい》には、その「強い微笑」にあてはまる別の言葉はなかったのだが、三十二歳になったいまでも、それはみつかっていない。

「きょう、新しい仕事が入ったんや。一年がかりの仕事や」

聖司は、母がいれてくれた熱い茶をすすりながら、祖母が愛用していた椅子《いす》に坐った。「ファースト・クラス」という商品名のついた椅子で、レバーを引くとほとんど

真横に寝そべられるようになっている。路子が自分の母のために通販雑誌でみつけて買ったのだ。

「そこ、私が寝る前にビールを飲むための場所やねん。のいてんか」

母に襟をつかまれて、聖司は仕方なく別の小さなソファに移った。

「お姉ちゃんは、きょうは夜勤か？」

と聖司はテレビの上の壁に掛けてある時計を見ながら訊いた。

「あしたの朝の九時からオペやて言うてたから、夜勤のはずはないわ。どこかで遊んでるんやろ。順調にいってても七時間はかかるオぺらしいから、もうそろそろ帰ってくるやろ」

「俺、お姉ちゃんのナース姿、いっぺんも見たことないなァ。あいつ、出るとこは出てるし、くびれるところはくびれてるし、顔も見ようによっては美人やから、男の患者の目をかなり楽しませてるやろなァ、ナース姿で」

聖司の言葉に母は笑い、

「そやそや、あの子、ナイスバディーやで。顔も私に似て可愛《かわい》らしいしなァ。見ようによっては美人やなんて失礼やわ。上中下に分けたら上の並くらいや。私は、女の器量は上の下くらいがええと思うけど、涼子は私の理想よりもワンランク上やわ。そこが私としてはちょっと不満やけど」

と言って、缶ビールをグラスに注いだ。母の路子は寝る前のグラス一杯のビールと湯呑《ゆの》み茶碗《ぢゃわん》に半分の日本酒を欠かすことはない。

その配合と分量が変わったのを聖司は一度も目にしていない。それ以上飲むと気分が悪くなるし、それよりも少ないとなんだか寂しいのだという。

「他人が聞いたら笑いよるやろなァ。母親が自分の娘を、ナイスバディーで、顔は上の並くらいやなんて……。そやけど母親が認めるナイスバディーも三十五歳になったら、やっぱりちょっと崩れてきてると思うなァ。あいつ、彼氏、いてるのか？」

「我が家は男運が悪いから、私は一生結婚せえへんて言うてたわ」

「男運かァ……。うん、たしかにあんまりええことないなァ。おばあちゃんは最初の亭主と離婚して、再婚した相手も四十になるかならんかで死んでしもたし、お母ちゃんも、お父ちゃんに早《は》ように死なれてしもたし……」

「おばあちゃんのお父さんは大酒のみで道楽者やったそうやしなァ」

女は慌てて意に添わないつまらない男と結婚なんかするものではない。そう母は言い、湯呑み茶碗に半分だけ日本酒を入れた。

「女は、ひとりで生きていけるための何かの資格を取得せなあかんていうおばあちゃんの確固たる信念は正しいわ」

　と母は言った。

　路子が高校を卒業したあと看護学校に入学したのは母の勧めによるものだったが、聖司の姉・涼子は高校二年生のときに自分で看護師になる道を選んだ。

　それまでは、母の仕事がいかに苦労の多いものかを見て育ったので、涼子はどんな職業を選ぼうとも決して看護師にだけはならないと言いつづけたし、路子も強要などいっさいしなかった。

　ただ、社会的に通用する何等《なんら》かの資格を取ることだけは折に触れて勧めていた。

　ところがある日、涼子は自分で神戸にある看護学校に行き、そこの職員に、入学するために必要な手続きとか、費用とかを訊いてくると、入学試験を受ける準備を始めた。そして高校を卒業すると看護学校に進み、そこで三年間学んだあと、国家試験を受けて合格し、正看護師となった。

「涼子もナイチンゲールになってくれて、おばあちゃん、生きててよかったわァ」

　国家試験の合格が決まった日に、祖母が嬉しそうにそう言ったときの顔を聖司はよく覚えている。

「おばあちゃんは、看護師というたらナイチンゲールやねんから」

祖母を茶化すように言った姉の顔が得意気だったことも聖司はよく覚えている。

毎夜の決まりの分量を飲んで、すでに瞼《まぶた》が落ちかけている母に、「ヒコイチって何やろ……。お母ちゃん、心当たりないかァ？」

と聖司は訊いた。

「ヒコイチ？　何やのん、それ」

聖司は、祖母がそれを口にしたときのことを母に話して聞かせながら、どうして自分はいままで黙っていたのだろうと考えた。

「おまえ、なんでそんなことといままで内緒にしてたん」

と母は訊いた。

「なんでやろなァって、俺もいま考えてたんや。正常な意識のないおばあちゃんが口にしたことやから、たいして気にしてなかったんやなァ。そやのに、きょう、突然あのときのおばあちゃんを思い出して……。そしたら急に気になってきて」

「七年も忘れてたのに？」

「うん。どう考えても、人の名前みたいな気がするねん」

母は、ヒコイチとつぶやき、天井を見つめて考え込んだ。

「おばあちゃんのお葬式の日に、山口県の岩国からわざわざ来てくれはった九十六歳のおじいさんがいてはったやろ？　覚えてる？」

母は聖司に視線を移して、そう訊いた。

ステッキをつきながらも、焼香の際には息子の嫁と孫とに両側から体を支えられて、丁寧に両手を合わせ、その場で長いこと遺影に見入っていた老人を聖司は思い出した。

「お骨あげのあと、ここで親戚《しんせき》の人らに仕出し料理を食べてもろたやろ？　お孫さんの仕事の都合で夜までに岩国に戻らなあかんからって、お料理に手をつけずに、息子さんらと車で帰ってしまいはったんやけど、あのおじいさんは、私のお母ちゃんの従兄《いとこ》やねん。あの人が仲を取りもって、おばあちゃんは最初の結婚をしたそうやねん」

九十六歳の老人の話は脈絡がなく、言葉も聞き取りにくいうえに、孫たちが帰りを急いでいるので、老人の昔話は途中で打ち切りとなってしまったと母は言った。

「そのとき、自分に人を見る目がなかったから、篤子ちゃんにあんなしょうもない男を引き合わせてしもたって、あのおじいさんは言いはってな、おばあちゃんの最初の結婚相手の名前を口にしはってん」

「へえ……」

「大前《おおまえ》っていう名前やったわ。大前政彦《まさひこ》って」

「大前政彦……」

「うん、そのとき『因果なことや。一駅しか離れてないとこに、あの大前が住んどるんやからなァ』って言いはったんや。私、びっくりして、『一駅って、苦楽園口ですか？』って訊き返したんやけど、『そうや、神戸の春日野道《かすがのみち》やがな』って。……九十六歳やもんなァ。いろんな記憶がごっちゃになってはるんやろって思て、私、それ以上訊くのをやめてたん。そうしてるうちに、お孫さんにせきたてられて、車に乗せられてしもて……」

あの老人もそれから二年後に死んだ。自分は早朝に新神戸駅から新幹線に乗り、葬儀に参列して、すぐにまた岩国から新幹線で帰って来たのだと母は言った。

「そやけど、一駅しか離れてないとこに、あの大前が住んどるんや、っていう言葉が気になって……」

聖司は母の次の言葉を待ったが、路子はそれきり口を閉ざしてしまった。

この甲陽園駅の近くに聖司の父が家を買ったのは、路子と結婚して半年ほどたったころだと聖司は聞かされていた。築後三年の家で、持主の事情で手放さなければならなくなったことを聞きつけた不動産屋が、聖司の父に話を持ちかけたのだという。

まだ若くて、土地付きの家を買えるだけの収入も貯金もなかったが、当時としては破格の好条件だったので、聖司の父は自分の父親に頼み込み、頭金を出してもらった。勤めていた会社も一部上場の企業で、銀行もすぐに融資してくれたらしい。

「おばあちゃんは、私が結婚したころは神戸の春日野道に住んでたから……」

と母は言い、眠気が醒《さ》めてしまったといった顔で洗面所に行くと歯を磨いた。

そして二階への階段のところで立ち止まり、

「私には種違《たねちが》いのお兄さんがいてるってことは知ってるやろ？」

と聖司に言った。

「うん、知ってるで。おばあちゃんが最初に産んだ子供やろ？」

「おばあちゃんはその男の子が三歳のときに離婚したんや。その子を相手の家に残して」

自分が記憶しているかぎりでは、おばあちゃんが前の夫のことや、その夫のもとに残してきた息子について語ったことは一度もないのだと路子は言った。

「何回か私のほうから訊いてみたりはしたんやけど、おばあちゃんは『そんな昔のことは忘れた』の一点張りで……。そのことについては喋りとうないんやなァと思て、私もいつのころからか訊けへんようになって……」

　だから前の夫の氏名が大前政彦だということも、おばあちゃんのお葬式の日に、その九十六歳の老人の口から初めて聞いたのだと母はつづけた。

「私、そのときは、へえ、おばあちゃんの最初の結婚相手は大前って名前やったんかァって思った程度で、それほど気にしてなかってん。父親が違う私のお兄ちゃんは、私よりも七つ歳上やねんなァ……。どんなんやろ。私と似てるんかなァ、とか……。そやけど、そんなことを考えてみたのも、おばあちゃんのお葬式が終わったときだけで、あとはもう忘れてしもて……」

　母は何かさらに言いかけたが、

「おやすみ」

　と聖司に小さく手を振って、二階の自分の寝室へと階段をのぼっていった。

　だがしばらくすると降りてきて、聖司の横に坐った。

「苦楽園口の駅の近くに『トースト』ってお店があるやろ？」

　と母は言った。

　聖司は頷き返して、母が残した缶ビールを飲んだ。

　トーストという輸入食料品を専門とする店が、もともとは神戸の元町の山側にある住宅街でパン屋を営んでいたことを聖司は知っている。

そのトーストが神戸の店を閉め、苦楽園口駅の近くで開店したのは、聖司が生まれる三年ほど前だった。

そのことを聖司が知ったのは、阪神淡路大震災のあと、トーストの主人が、使わなくなっていた煉瓦《れんが》造りのパン焼き窯を修復し、それでトーストパンを焼いて、周辺の被災者たちに無料で提供しつづけたからだ。

ある新聞の阪神版でそのことが報道され、トーストという店名の由来や、貴重な煉瓦造りの窯の使用を中止してトーストパンの製造をやめ、輸入物のチーズやジャムや蜂蜜《はちみつ》などだけを扱う店になった理由も簡略に説明されていた。

「あのお店のいまの経営者は大前道明《みちあき》って名前やけど、その人のお父さん、つまりトーストの前の経営者の名前、大前彦市《ひこいち》っていうねん」

母はそう言いながら、テーブルの上に人差し指で大きく彦市と書いた。

「ヒコイチ」

聖司は思わず大きな声で言って、母を見つめた。

「その人、おばあちゃんの子供か？　お母ちゃんのお兄さんやがな。えっ？　そうするとやなァ、ぼくとお姉ちゃんの……何になんねん？」

「あんたらにとったら、えーっと、父親は違うけど私の兄やから、……やっぱり伯父さんやんか」

聖司と母は、長いこと無言で見つめ合った。

それから聖司は、母のさっきからの話を要領よく頭のなかで整理しようとしてみたが、それよりも先に言葉が出た。

「お母ちゃんは、なんでトーストのご主人が大前彦市って名前やってこと、知ってるねん？」

それは、九十六歳の老人が話したことなんかすっかり忘れていたという言葉と矛盾するではないか……。

聖司は母の表情をうかがいながら、缶ビールを飲み干し、最近にわかに祖母に似てきた面立ちに見入った。祖母は若いころから痩身《そうしん》で、その体形は亡くなるまで変わらなかったそうだから、母の体の丸みは父親ゆずりなのであろうと思った。

母は、つい最近、トーストがまたかつての店の看板商品であったトーストパンを、名物の煉瓦造りの窯で焼くようになったという噂を聞いて、おととい一斤買ったのだと言った。

「ビニールに包んであるねんけど、そのビニールに製造年月日と製造責任者の名前とが印刷されてる小さなラベルが貼《は》ってあって、それが大前道明になってるねん。その名前を見たとたん、おばあちゃんのお葬式の日の、あの九十六歳の人の言葉を思い出して……」

あっ、大前だ。トーストの経営者の姓は大前で、甲陽園駅とは一駅離れているだけの苦楽園口駅の近くなのだ。これは自分の母の従兄であるあの老人の言葉どおりではないか。

ということは、トーストのいまの経営者は、かつて自分の母の夫であった人物の息子あるいは孫なのだ……。

ほとんどそう確信して、トーストの店舗の前に立ち、それとなく店の看板の下に目をやると表札がかかっていた。そこには、「大前彦市、道明、美佐緒《みさお》、由香里《ゆかり》」と書かれてあったのだ……。

母はそう説明した。

「それはもう疑う余地もないやんか。大前彦市さんは、おばあちゃんと最初の結婚相手とのあいだに生まれた子や。九十六歳のおじいさんが言いはったことは間違いではなかったんや」

と聖司は言った。

「おばあちゃんが七年前に病院のベッドで、ヒコイチやと思い込んで、顔を撫でたのは、ぼくと違《ちご》うてその大前彦市さんやったんや」

母は何も応じ返さず、なんだか誰かに叱《しか》られているかのようにうなだれてフローリングの床を見つめつづけた。

電車が甲陽園駅に入ってくる音が聞こえたので、聖司は自分の腕時計を見た。最終よりもひとつ前の電車だった。

「涼子、たぶんこの電車で帰ってくるわ」

と母は言った。

「おばあちゃんが赤ん坊のおまえのために捜してきたスイス製のチーズ、あれはトーストで買うたんや。あのエメンタル・チーズを売ってたのは、トーストだけやねん。おばあちゃんは、エメンタル・チーズが失くなるとトーストに買いに行ってはった。ついでにジャムとかママレードを買うたりもしてはった。おばあちゃんは知ってたんやろか……」

その母の言葉で、

「おばあちゃんの最初のご亭主もパン屋さんやったんか？」

と聖司は訊いた。

母は、かぶりを振り、

「小学校の先生やったそうやねん。それはおばあちゃんが何かのひょうしに私に喋ったんや」

と言った。

「そしたらトーストっていう名でパン屋を始めたのは彦市さんか？」

「そんなこと、私にはわかれへんわ」

小さな門扉《もんぴ》のあけしめの音がして、それから玄関のドアがあき、涼子の「ただいま」という声が聞こえた。

「姉上、お元気そうでなによりです」

聖司は姉の涼子と目が合うと、ソファから立ちあがり、わざと剽軽《ひょうきん》に言った。

「苦しゅうない、らくにせえ」

涼子もそう笑顔で言い返し、聖司の頭を軽く叩くと、あしたは六時からオペの準備にかかるので朝の四時半に起きなければならないと言って、すぐに自分の部屋に行き、パジャマを持って風呂場に入った。

母は風呂場のドアのところで、朝食は作っておいたからちゃんと食べて行くようにと涼子に言った。

「守口先生の奥さんがきょう作りはったちらし寿司、ぎょうさんいただいてきてん。錦糸玉子は冷蔵庫に入ってるし、お味噌汁《みそしる》も冷蔵庫や。それをあったためて……」

「心配せんでも、ちゃんと食べていくから」

涼子の返事を聞くと、母はさっきの話はまた日を改めてしようと聖司に言い、二階にあがっていった。

ヒコイチは漢字で彦市。祖母が二十六歳のときに産み、その三年後に夫のもとに残して生き別れた息子だったのか……。

おばあちゃんはそれと知っていてトーストでチーズやジャムやママレードを買っていたのだろうか……。

もし仮に、祖母が最初にトーストという店でチーズを買ったとき、その経営者がかつての夫、あるいは息子の彦市だとは夢にも思わなかったとしても、何度か買い物をしているうちに気づいたのではないだろうか……。

聖司はそう考えた。

三十二年前、祖母は……。

「えーと、何歳やったんかなァ」

聖司はテーブルの上の夕刊の余白部分にボールペンで数字を書いて計算してみた。

祖母は八十四歳で死んだのだから、もし生きていればいま九十一歳。

「九十一引く三十二や。五十九歳かァ……」

彦市は祖母が二十六歳のときの子だから、三十二年前は三十三歳だったのだ。

三歳のときに別れて、三十年間会わなかった息子の面影を、祖母はトーストの店内で見いだすことができただろうか。

母親というものの眼力は、長い空白の時間をひとつ飛びにして、三十三歳になった男の風貌《ふうぼう》のなかに三十年前の我が子のしるしに気づくことができるかもしれない。

だが、祖母がそれとはまったく気づかないまま、二十五年間トーストで月に一度か二度、チーズやジャムやママレードを買いつづけていたとしたら……。

風呂からあがった涼子に声をかけられるまで、聖司は自分がさっきの母と同じように、誰かに叱られてうなだれている人間に似た風情でテーブルに視線を落としつづけていたことに気づかなかった。

「どうしたん？　何があったん？　お母ちゃんの様子も、いつもと違うかったし」

と涼子は言って、紙パックに入っている野菜ジュースを飲んだ。

姉にも話しておかなければならない事柄だったが、聖司はあすの朝四時半に起きて、午前九時から開始される手術のチームの一員として長時間緊張を強いられる涼子の安眠をさまたげてはいけないと考え、今夜は話さないでおこうと決めた。

「こんどは発酵食品の本を造るんや。全部ぼくにまかされたから、さあ何から取材を始めようかなと思って……」

と聖司は言った。

「発酵食品？　いまちょっとしたブームやなァ。私、ついこないだまで、お酢も発酵食品やってこと知らんかってん」

そう言って涼子は笑顔を向け、噴霧式の化粧水を顔に噴きつけた。

「私の五年後輩に、滋賀県の高島町ってところに実家がある子がいてるねん。その子の実家から五十メートルも離れてないところに『喜多品《きたしな》』っていう屋号の鮒鮓《ふなずし》屋さんがあって、お正月に帰省して、そこの鮒鮓をお茶漬にして食べるのが楽しみやって言うから、あんな臭いもん、私は死んでも食べへんて言うたら、喜多品の鮒鮓はそんじょそこいらの鮒鮓とは違うって、えらい怒ってしもて……」

聖司は喋っている姉の笑みを見て、「上の並」は親の欲目だろうが、「並の上」と評価してもいい顔立ちだなと思った。

「あんまり熱心に誘うてくれるから、ことしのお正月にその子の実家に遊びに行って、喜多品の鮒鮓をお茶漬にして食べてみたら、ほんまにおいしかったからびっくりしたわ」

自分はこれまで二度、鮒鮓というものを食べさせられたことがあるが、あれはいったいどのような鮒鮓なのであろう。喜多品が作る鮒鮓は、たしかに発酵によってもたらされる独特の匂《にお》いはあるが、それは香味といっていいもので、味も深いまろやかさがあった。

涼子はそう言った。

「私の後輩、名前は寿美礼《すみれ》ちゃんていうねんけど、寿美礼ちゃんのおばあちゃんは、お漬物造りの名人で、十年くらい前までは自分で鮒鮓も作ってたそうやねん。とても七十八歳には見えへんくらい肌には艶があって血色もええし……。寿美礼ちゃんのお母さんもきれいな肌をしてはる。あれは絶対、糠漬とか鮒鮓とかを日常的に食べてはるからやわ」

聖司は手帳を出し、「鮒鮓。滋賀県高島町。喜多品」と書いた。

そして、

「うちのおばあちゃんの糠漬もおいしかったなァ」

と言った。

「うん、おいしかったなァ。いろんなもんを漬けてくれはったから……」

涼子は指を折ってかぞえながら、

「胡瓜、茄子、白菜、牛蒡、茗荷、蕪《かぶ》、瓜《うり》、生姜《しょうが》、人参《にんじん》、大根」

と言った。

「山葵《わさび》もうまかったでェ。あっ、蕗《ふき》も。俺はおばあちゃんがときどき漬けてくれる山葵が好きやったなァ」

聖司もそう言って、祖母が糠漬にしてくれたものも手帳に書きつけた。

台所の流しの横にある食器棚の抽斗《ひきだし》から薬の錠剤を出すと、涼子はそれを服《の》んだ。

「睡眠薬か？」

聖司の問いにかぶりを振り、

「精神安定剤。私、朝早ように起きなあかんときは、睡眠薬よりもこっちのほうがええねん。睡眠薬を服んでうまい具合にすっと眠られへんかったら、目を醒ましてからがしんどいから」

と涼子は言い、パジャマの上に薄手のセーターを着て、またソファに戻った。

「発酵食品ていうても、いろんなものがあるやろ？　発酵食品のすべてを取材して載せるのん？」

「いや、日本の伝統的なものだけや」

聖司は、松葉伊志郎から渡された大きな手提げ袋のなかの本をテーブルに積みあげ、

「味噌、醬油、熟鮓、納豆、酒、酢、くさや、鰹節」

と口にしながら、それらを手帳に書きつけていった。

「えっ？　鰹節も発酵食品なん？」

と涼子が驚き顔で訊いた。

「そうらしいなァ。この『発酵の世界』って本には鰹節もちゃんと載ってるで」

「鰹節は黴《かび》を利用して作るんやろ？　乳酸菌で発酵させるのとは違うから、発酵食品とは言えへんのやて思てたわ」

「黴も微生物やからなァ。要するに自然界に生息してる微生物の力を借りて人間が人為的に作る食品は、ぜんぶ発酵食品と呼んでるんとちゃうかなァ」

「発酵っていうものの考え方から入らなあかんねんやろね」

と涼子は言った。

「とにかく、きょうの夜に決まった話やから、俺は発酵食品の基本的な勉強から始めなあかんのや」

「私としては糠漬の項目もちゃんと入れてほしいわ。糠漬くらいどの家でも手軽に作

れる発酵食品はないやろ?」

「糠床は手軽には作れても、良好なコンディションを維持させるのは難しいで。うちのおばあちゃんのあの糠床、結局腐らせてしもて、何十年も使いつづけたあの桶も捨ててしもたやんか」

その聖司の言葉に、涼子は首を横に振り、

「捨ててないよ。きれいに洗って、ビニール袋に包んで置いてあるよ」

と言った。

「えっ? どこに?」

聖司が訊くと、涼子はたぶん納戸だと思うと言い、

「お母ちゃん、捨てるつもりやってんけど、きれいに水洗いして、タワシでこすってるうちに、記念に置いとこうって思たらしいわ。天日干しをして、匂いを嗅《か》いでみたら、糠味噌《ぬかみそ》の匂いはちょっと残ってたけど、これだけ乾燥させたんやから大丈夫やろうってビニール袋で三重くらいに包んで、袋の口を輪ゴムでしっかり巻いて……」

そう説明した。

「俺、あの木の桶で、糠漬を作ってみようかなァ」

その聖司の言葉に涼子は笑い、

「三日も四日も留守をして糠床の手入れをせえへんかったら、すぐに傷んでしまうよ。一人暮らしの男に糠漬作りなんか無理やわ」

と言った。そして、おやすみと手を小さく振って二階へあがっていった。

聖司は玄関と居間とのあいだの狭い空間の板壁に設けてある納戸をあけ、ビニール袋に包んであるという直径三十センチ、高さも三十センチほどの木桶《きおけ》を探した。

幾つかの段ボール箱や、聖司が学生時代に通信販売で買い、二、三度使ったきりの腹筋強化器具の箱の上に、青いビニール袋に包まれた木の桶があった。

聖司はそれを居間のテーブルの上に運んで、巻きつけてある輪ゴムを外そうとした。輪ゴムは劣化していて、引っ張るたびにちぎれた。

吉野杉で作られたという桶と蓋《ふた》があらわれた。木の地肌のあちこちに灰色に変色した斑の模様が滲《にじ》んでいたが、桶の外側に巻きつけてあるたがはゆるんでいないようだった。

聖司は古い木桶に鼻を近づけて嗅いでみた。染み込んだ糠の匂いは予想していたよりも薄く、酸っぱい匂いのほうが強く鼻をついた。

これから造る本には、日本では代表的な発酵食品である糠漬の項は必須であろうから、自分で糠床作りを試みてみることは役に立つに違いないと思ったが、姉の言葉が聖司を躊躇《ちゅうちょ》させた。

　祖母は毎日朝晩糠床を丁寧に攪拌《かくはん》し、漬けた野菜から出た水分が増えてくると、ざ、るを糠床に押しつけて上手にその水分をすくい取っていたことを聖司は覚えていたのだ。

　やり方さえ教えてもらえば、乳酸菌によって充分に発酵した糠床を作ることは自分にも可能であろうが、良好な状態を維持しつづけるのは難しい。糠床そのものが生き物なので、つねに丁寧に手入れをしてやらなくてはならない。

　手入れといっても格別な技術が必要なのではない。一日にせめて一回、できれば朝晩二回、糠床のなかの糠を攪拌して呼吸をさせてやり、漬けた野菜からの水分が増えて糠床がゆるんでくれば、その水分をすくい取って新しい糠と塩を足す。それだけなのだ。

　だが、それだけではあっても、仕事で三日も四日も家を留守にすることもあるだろうし、夜遅くまで外で遊んでいたりする日もある。そんなときに、気持のどこかに糠床の存在がちらついて、気になって仕方がないなどという日々が待ち受けていると考えるだけでもう面倒臭い。

　聖司は、さてどうしたものかと考えながら、とうの昔に消滅してしまったものとばかり思い込んでいた祖母の糠床用の木桶と蓋を見つめた。そして、聖司は、祖母の死とともに消えてしまったはずのものが二つ生き返ってきたと思った。

「ヒコイチ」も消えてはいなかったのだ。

いまもトーストという店の看板の横に掛けられている表札にその名がしたためられているということは、「大前彦市」も生きているのだ。

「苦楽園口駅の近くやなんてなァ……。ほんまにたったの一駅やがな」

聖司はそうつぶやき、阪神淡路大震災が起こる前の阪急電鉄・苦楽園口駅周辺の街並を思い浮かべようとした。

甲陽園駅からはたったの一駅。歩けば十五分から二十分程度の距離なのに、甲陽園駅周辺と苦楽園口駅周辺とは地震の被害はあまりにも差があった。活断層なるものの走り方の違いもあったであろうが、六甲山系の地盤は極めて強固で、山側に近づくほど揺れは少なかったのだ。

苦楽園口駅周辺には町民が「越木岩《こしきいわ》自治会」というものを組織している。どの町にもある自治会で、甲陽園には「甲陽園自治協議会」がある。

苦楽園の「越木岩自治会」は十八町・七五〇〇世帯からなっていて、「甲陽園自治協議会」は十二町・三八〇〇世帯だった。

苦楽園の「越木岩自治会」に属する十八町のなかでも「甲陽園自治協議会」の地域でも火災はなかったが、越木岩自治会に属する町では三十一名の死者が出た。けれども、電車でたった一駅北へのぼったところに位置する「甲陽園自治協議会」からは、死者どころか重傷者もなかったのだ。あの未曾有《みぞう》の大地震の渦中にあって、甲陽園地区は稀有《けう》な地域だったということになる。

大地震が起こった翌日の真夜中に、京都からやっとの思いで実家に辿り着いたとき、祖母は甲陽園小学校に設置された避難場所にいた。母と姉は、当初は同じ避難場所にいたが、それぞれ徒歩で、自分の勤める病院に行き、緊急医療チームの一員としてほとんど不眠不休の活動にあたっていたのだ。

聖司と祖母が甲陽園駅西側の、半壊した家に戻ったのは一月末で、自治会の人々に手伝ってもらって二階の家具などをすべて一階に移し、祖母と聖司がなんとか眠れる空間を作ると、聖司は自治会の青年団員として復興作業に従事した。

阪急電車の夙川駅と甲陽園駅とを結ぶ甲陽線全線が開通したのは三月一日だったが、肝心の神戸線西宮北口駅と夙川駅間は六月十一日まで不通だったために、大阪方面に勤務先を持つ人々の多くは、その企業が確保したアパートやビジネスホテルに宿泊して家には帰って来ることができなかった。

聖司は、電気は五日ほどで復旧したと記憶している。甲陽園よりも被害の大きかった苦楽園のほうは停電した家はほんのわずかで、それも地震が起こったその日のうちにつながった。

最も苦労したのは水の確保だった。

甲陽線に沿った道は、隆起と陥没がひどくて、徒歩で行き来することも困難だったから、バイクや自転車はさらに危険だった。陸の孤島と化した甲陽園や苦楽園のあちこちを、聖司は青年団員として何度行き来したかしれない。それなのに、聖司は震災当時のトーストがどのような状態であったのか、思いだすことができないのだ。

聖司は大学の四年生で、卒業試験を控えていたし、卒業論文の提出期限も迫っていた。大学が特別な措置として、阪神間の大地震の被害地区に居住する学生だけにそれらの大幅な救済措置を講じてくれなかったら、到底卒業することはできなかったはずだった。

「あかん。空白が多すぎる。なんであのときの苦楽園口駅の周りの状況が俺の記憶から消えてるんや？」

聖司はそう声に出して自分に問いかけた。

甲陽園全域で、家屋の全壊四〇五戸、半壊四八〇戸、一部破損八〇七戸、という数字は妙に正確に覚えている。

それに比して苦楽園の「越木岩自治会」の地域では、全壊九〇六戸、半壊が一一三二戸だから、いかに被害の差が大きかったかなのだ。

「せめて、地震が起こった一月十七日から三ヵ月分の日記を書いとかなあかんなァ。毎日でなくても、思いだせる日だけでもええから……」

古い木の桶を見つめながら、聖司はそうひとりごちて、それにしてもあの大地震の渦中には、まあなんとさまざまな人間模様を目にしたことであろうと思った。

そう思った途端、自分のなかから苦楽園口駅周辺の光景が消えてしまっているのは、幼な友だちの一家四人の思い出が色濃く刻み込まれているからだと気づいた。

カズちゃんとその母、カズちゃんの姉さんと生まれて八ヵ月の男の子……。

カズちゃんの姉さんの夫は、仕事で東京に出張していて、難を逃がれたのだ。

聖司は地震のとき生まれて八ヵ月だった男の子を、そのわずか二週間前に抱いた。正月の四日の夜だった。

カズちゃんの家に遊びに行った聖司は、夙川駅の近くに開店した串《くし》あげ屋に行きたいが、店で赤ん坊がぐずると困るから自分は遠慮するというカズちゃんの姉さんに、赤ん坊のお守りを申し出た。

ミルクを飲ませて、おしめも替えておいてくれたら、二時間くらいなら自分でもお守りができるだろう。出張の多いご主人とせっかくのお正月休みの一夜を串あげ屋で楽しんできたらいい。

聖司は、そう勧めた。

カズちゃんは暮れからスキー旅行に出かけて、まだ帰っていなかったし、カズちゃんの母親もその日は親戚の家に泊まりに行って留守だった。

それとは知らず遊びに来た聖司を、まだ結婚して一年と少しの夫婦は歓待してくれて、酒とおせち料理をふるまってくれた。聖司は酒の酔いも手伝って、赤ん坊のお守りを引き受けてしまったのだ。

新婚の夫婦に二人だけの時間をと聖司が粋なはからいをする気になったのは、カズちゃん一家が一月十日に神戸市内のマンションに引っ越すことが決まっていたからでもあった。

長年暮らした苦楽園での生活もあと数日で終わり、まだ築三年しかたっていない3LDKの分譲マンションでの新生活が始まる。

そのマンションは、カズちゃんの姉さんの夫が勤める貿易会社に近くて、持主は急な転勤で売り急いでいて、価格はまだ大学生の聖司の知識から判断しても驚くほどに安かった。

カズちゃんも幼いときに父が病死し、それ以来ずっと母親の手で育ってきた。早朝から夜遅くまで働かねばならない母親に代わって、五つ歳上の姉さんはカズちゃんの世話をした。


カズちゃんの姉さんは、小学生のとき、すでに母親代わりとなって、自分が遊びたいのも我慢して、やんちゃなカズちゃんの面倒を見てきたのだ。

そんなカズちゃん一家のことをよく知っている聖司は、日本のマンションにしては天井も高く、余裕のある空間に三つの十畳の部屋があるマンションを購入した一家の喜びがよくわかった。

だから一月十日には引っ越し作業を手伝う約束をしたのだが、卒業論文が遅々として進まず、提出期限は迫ってきていて、聖司はその約束を果たすことができなくなってしまった。

その罪ほろぼしの気持もあって、赤ん坊のお守りを引き受けたのだった。

赤ん坊が泣いたら、抱いてあやす。それでも泣きやまなかったら、おしめを替える。それも駄目ならミルクを作って飲ませる……。

聖司は、おしめの替え方と、ミルクの作り方をカズちゃんの姉さんに教えてもらい、

「安心してゆっくり串カツを食べといで」

と送り出した。

赤ん坊はベビーベッドのなかで機嫌良く手足をばたつかせ、意味不明の声を出して遊んでいたが、一時間ほどたつと、ぐずりだした。

聖司は、音の出るおもちゃを赤ん坊の目のところで振り、それからこわごわ抱きあげた。すると赤ん坊はいいいきむような表情をして顔を赤くさせた。

「やばい！　まさか！」

聖司は、生まれて初めて、赤ん坊のおしめを外し、その子の大便と格闘するはめとなった。

俺のやり方はじつに非効率なのに違いないと思いながらも、聖司は数十枚のティッシュペーパーと濡《ぬ》れタオルで赤ん坊の尻をきれいにし、新しいおしめに替えた。

「きみが男の子で、俺はほんまに助かったで。女の子やったら、どうやったらええのか……。もう放り出して、逃亡してしまうとこやがな」

聖司がそう話しかけると、赤ん坊は聖司を見つめ返して、声をあげて笑った。聖司も笑い、母親にそっくりの丸い目や二段になっている肉づきのいい顎《あご》に見入り、顔を近づけて乳臭い体を嗅いだりした。

それから聖司は、こうなったらついでだと思い、ミルクを作って赤ん坊に飲ませた。

自分の右腕に抱き、左手で哺乳壜を持ち、あぐらをかいて坐ると、何度もミルクの温度を確かめて、ゴムの乳首を口に含ませた。

赤ん坊はミルクは飲まなかったが、聖司を見つめながら、舌で乳首をころがしたり、それを口から出したり入れたりして遊んだ。

カズちゃんの姉さんと夫は、約束どおり二時間後に帰って来た。

大震災のとき、カズちゃん一家が引っ越したばかりのマンションのひしゃげた五階の部屋で圧死したことを聖司が知ったのは、一月二十三日だった。

神戸市内でも死者が多かったマンションの構造上の問題点を、地震学者や建築の専門家が検証するテレビ番組のなかで、カズちゃん一家の名前がテロップで流れた。カズちゃんの姉さんの夫の名だけがなかった。

聖司はその夜、車の大渋滞がつづく道を、甲陽園から苦楽園へと歩き、わずか二週間ほど前までカズちゃん一家が住んでいた家の前に立った。壁の一部は剝《は》がれ落ち、屋根瓦の三分の一も落ちていたが、その木造の二階屋は無事だったのだ。

家具が倒れたりして多少の怪我《けが》は負ったかもしれないが、この家にいたら死んだりはしなかったであろう……。

そう思いながら、聖司は崩れ落ちて散乱したままの屋根瓦を力まかせに蹴《け》った。

赤ん坊の乳臭い体の感触は、いまも聖司のなかから消えていない。カズちゃんの姉さんの夫は、いまどうしているのであろう……。

あの人は鹿児島に両親が住んでいて、大阪の私立大学を卒業すると、そのまま神戸に本社がある貿易会社に就職したのだ。

神戸の十三階建てのマンションは、一階のエントランス部分と五階と六階、そして十階が完全に圧《お》しつぶされてしまっていたから、建物すべてを解体し、まったく新しいものに建て替えるしかなかったはずだ。

それには莫大《ばくだい》な費用がかかる。住人のほとんどはマンションを購入した際の住宅ローンを払いつづけていただろう。建物が壊れたからといってその借金が帳消しになるわけではない。ローンは支払いつづけなければならない。

そのうえに、さらに新しいマンション建設の費用を負担できる人がいったい何人いるだろう。

もし自分なら、仮に新しいマンションに建て替わっても、妻と生まれて八ヵ月の子供、それに妻の母と弟が一瞬にして圧死したところに、自分ひとりで住みつづけたいとは思わないであろう。

聖司は、あのときの赤ん坊の、いったい何がそんなに嬉しいのかといぶかしくなるほどの笑顔が甦《よみがえ》ってきて、頭を二、三度強く振った。そうしないと、赤ん坊の匂いも笑顔も、今夜の自分から消えていってはくれないと考えたのだ。

わずかに酸っぱい匂いのする漬物用の木の桶をビニール袋に包み直し、聖司は鞄《かばん》のなかから新しいノートを出した。

松葉伊志郎から依頼された本の製作進行ノートを作らねばならなかった。

サイズ。

紙質の選択。

表紙の材質。

ページ数の設定。

製本業者の選択。

活字の選択。

見積り。

聖司は、製本と表紙の材質は、それだけを専門としている個人の職人に依頼しようと思った。

東京の八王子市《はちおうじ》に事務所と作業場を持っている若い夫婦だ。

その夫妻とはこれまで一度も仕事をしたことはないが、大門から夫妻の手になる革装の本を見せてもらったことがある。夫妻はとりわけ革装に関しては、極めて古典的ではありながらも、どこかに斬新なものを駆使することを命題としてきたのだ。

これから実際に取材を始めてみなければ見えてこないものがあるだろうが、日本の伝統的な発酵食品に関しての詳細な専門書と、夫妻の感覚によって造られる革装の本とはうまく合体できるものだろうか。どんなに贅《ぜい》を尽くし、技法を凝らしても、中身と外観にいささかでも違和感があれば、一冊の書物としては失敗だということになる。

聖司は、しばらくノートを見つめて考えにひたったが、カズちゃんの顔が浮かび、カズちゃんの姉さんとその赤ん坊の笑い顔が甦りつづけて、ノートを閉じた。

聖司は風呂に入り、パジャマを着て、さっきまで母が腰かけていた椅子の背を倒すと、長々と脚を伸ばして横たわった。

あしたの朝、カズちゃんの姉さんの夫に逢いに行こうと思った。夫の名は加瀬慎介だ。勤めている会社の名は、確か日央商事株式会社で、中国との貿易を主にしている。三宮駅から山側に行ったところだ。

だが十一時には京都のMホテルの、松葉伊志郎の事務所に行って、新しい仕事のための前金を小切手で受け取らなくてはならない。

「あかん、間に合わんなァ。加瀬さんに逢いに行ってたら、十一時に京都のホテルには着かれへんがな」

聖司はそうつぶやき、以前は母の寝室だった一階の八畳の間に行くと、簞笥《たんす》のなかを探して自分の古いセーターを出した。その部屋の窓は、隣の家の壁に面しているので日当たりが悪く、聖司が京都で暮らすようになったのを機に、母は二階の、海の見える六畳の、それまで聖司が使っていた部屋に移ったのである。

いまは、一階の部屋は、たまに帰ってくる聖司の部屋兼物置きのようなものと化している。

聖司は、暖房を入れるほどではないにせよ、南側の国道2号線あたりよりもかなり標高の高いところにあるせいか、ふいに冷え込んでくる甲陽園の初冬が好きだった。

「六甲おろし」と呼ばれる風は、山に近すぎて町の頭上を通り過ぎていくので、強風に直接さらされることはあまりない。しかし「六甲おろし」の音は聞こえるのである。風が山のほうから町の上を海のほうへと吹いているのを感じながら眠りにつくのは、聖司の知る「贅沢《ぜいたく》」のうちのひとつであった。

第二章

母の路子が勤め先の「守口医院」に行くために玄関先に置いてある自転車を狭い門扉から出す音で聖司は目を醒ました。

母はいつも自転車のハンドルやペダルや後輪のどこかをアルミ製の門扉にぶつけるのだが、そのたびに古くなった門扉がうるさく音をたてる。

甲陽園駅に入って来て、乗客を乗せて発車する阪急電車の音も響いていた。

聖司は学生時代に使っていた低いベッドのなかで、ひさしぶりに実家に帰って来た理由のひとつに、姉に貸したCDアルバムを返してもらうということがあったと思い出し、歯を磨いて顔を洗うと、パジャマ姿のまま二階にあがった。

もうとっくに出かけてしまったであろう姉の涼子の部屋のドアをあけるとき、

「失礼しまーす。勝手に部屋に入りまーす」

と聖司は声に出して言った。

弟には見られたくないものが部屋のなかに散らばっているかもしれないと思ったからだった。

「おっ、意外に片づいてるがな。お姉ちゃん、こんななまめかしい下着を着てるのかァ、っちゅうような下着も干してないなァ」

聖司はそう言いながら、姉のベッドの近くにある棚に並べてあるCDコンポのスピーカーのあたりを探した。

十数枚のCDやカセットのなかに、聖司が貸した「バッハ・無伴奏チェロ組曲全集」があった。

「お貸ししてもう二年もたちますので、返していただきまーす」

聖司は言って、そのCDアルバムのケースを取り出し、階下におりると、たぶん母が「トースト」で買ったのであろうトーストパンを焼き、牛乳を温めた。

冷蔵庫のなかを物色したが、自分で卵を焼く気にならなかったので、ママレードの壜だけを出して、それをトーストパンに塗った。

母がパン切り包丁で切ったのであろうが、普通のトーストパンよりもかなり薄かったので、聖司はどうしてこんなに薄く切るのかと思いながら、トーストの煉瓦の窯で焼かれたというトーストパンを食べた。肌理細《きめ》かなパンは歯ごたえがあって、聖司がこれまで食べたどのトーストパンよりも香ばしくて粘りもあった。

なるほど、だから母はこんなに薄く切ったのかと聖司は納得した。普通のトーストパンと同じ厚さに切ったら、起きぬけの、まだちゃんと覚醒《かくせい》していない胃には重すぎるかもしれないと思った。

「このトーストパンはうまい！　これぞパン！　て感じやなァ」

聖司は自分以外誰もいない家のなかでそうひとりごとを言いながら、母に伝言を書いた。

「糠床の作り方をファックスで送って下さい。おばあちゃんが使ってた桶を貰って帰ります。この桶で糠漬作りに挑戦してみます」

家の玄関に鍵をかけて、聖司は車を甲山森林公園のほうへと走らせた。ちょうど出勤時だったので、道が混んだら十一時に京都のMホテルに着かないかもしれないと少し気持が焦った。それなのに、聖司は「播半」の前で車を停め、腕時計を見て、車をUターンさせた。ふいに、苦楽園口駅の近くのトーストに行ってみたくなったのだった。大前彦市が店にいるかもしれないと思った。

山側からの下り道を行き、甲陽園駅の前を過ぎ、阪急電車の線路に沿ってさらに下った。道はゆるやかに曲がりくねっている。

坂の上のほうに住む住人は、下るときは自転車であろうが徒歩であろうがらくなのだが、帰路はかなり難儀を強いられる道である。自転車で下った若い健康なものでも、帰路は自転車を押して坂道をのぼらなければならない。

その坂道は、甲陽園駅からさらに山側へ近づくほど勾配《こうばい》がきつくなるのだが、息を切らせてのぼるごとに阪神間の街並と海の眺望は見事になっていくのだ。

トーストは、苦楽園口駅からほんの少し夙川駅のほうに下ったところに並ぶ住宅街の細道を入ったところにあった。

地震のときに損傷を受けた建物の修復もかねて改装したらしく、聖司が記憶している店構えとは異なっていた。からし色の鱗壁《うろこかべ》に「トーストパンと輸入食品の店」と書かれた看板がかかっている。

聖司は、自分の四輪駆動車を店の前に停めたら、他の車が通れなくなると承知しながらも、トーストのものらしい小型のライトバンのうしろに車を停め、店内に入った。

トーストパンを並べてあるのであろう横長の籠《かご》はからっぽで、「売り切れました」

と書かれた札が立てられていた。

朝の九時半だというのに、もう売り切れてしまったのか。一日にいったい何本、あのトーストパンを焼くのだろう……。

聖司はそう思いながら、誰もいない店内の奥を目でさぐった。

アルミのドアの上部にガラス窓があって、そこからパンを焼く作業場が見えた。

何段もの金属製の棚が並び、その奥に古い煉瓦の窯があった。それは想像していたよりもはるかに大きくて、上部は作業場の天井とほとんどくっつきそうになり、おそらく外につながっているのであろう煙突とおぼしき丸い筒が窯の横から作業場の壁を貫いていた。

トーストパンを並べる籠のある場所とは反対側の壁際に、細長いガラスケースがあった。なかは一定の温度を保つようにしてあって、温度計がつけられている。

真空パックされた十幾種類のチーズが並べられている。そのパックには生産国を示す国旗と産地名が小さなラベルに印刷されて貼ってあった。

それらのチーズは、牛乳、ヤギの乳、羊の乳の三つに分類されていた。

牛の乳で作られたチーズは、イタリアのパルマ産のパルミジャーノ・レッジャーノ。スイスのベルン産のエメンタル。フランスのアルザス産のマンステール。デンマークのユトランド半島産のマリボー。オランダのエダム産のエダム・ハードだった。

ヤギの乳で作られたものは真ん中の列に並べられている。

フランスのロワール産のアンベール。ローヌ産のカトランとカプリコルヌ・ド・ジャルジャ。ブルゴーニュ産のクラックビトゥの四種類。

羊の乳によるものはフランスのピレネー産のラカンドゥとプロヴァンス産のムーランの二種類。

そして、ガラスケースの右側には、青黴のチーズと白黴のチーズがそれぞれ五種類ずつ並んでいる。

聖司は、チーズのことは詳しくはなかったが、ヤギや羊の乳で作られたチーズの品数は大手のデパートの食料品売り場よりも多いことだけはわかった。日本では手に入れにくいものも何種類かあるようだった。

聖司とさして年齢の違わない女が店内に入って来た。

その、グレーのVネックのセーターに、くるぶしより少し短い丈のコットンパンツを合わせた女に聖司は見覚えがあった。女性のグラビア雑誌の専属モデルだったが、名前は知らない。

どうしてその女性がこの苦楽園のトーストという店にやって来たのかと思いなが

ら、聖司はいったん店の外に出て表札を探した。手動で出し入れができる布製の庇《ひさし》に邪魔されて、表札はわかりにくいところに掛かっていて、そこには確かに母が言った姓と名が書かれてあった。

　聖司はエメンタル・チーズを買って帰ろうと思い、もういちど店内に入って、大きなドアで仕切られた作業場のほうに向かって、

「あのォ……」

　と声をだした。

　すると客だとばかり思っていた女が、はいと返事をして、

「いらっしゃいませ」

　と言った。

　驚いて振り返り、聖司は女の顔を見つめた。女性のグラビア雑誌の専属モデルとはまるで異なる容貌《ようぼう》に変わっていたが、化粧の仕方によっては妙に玄人《くろうと》っぽくなるモデルよりも幾分古風な顔立ちで、

「トーストパンは売り切れたんです。申し訳ありません」

　と言った。

　斜めから差し込む朝日がちょうど逆光になって、この女をあのモデルと瓜《うり》二つに見

せたのだなと思いながら、聖司はチーズの並んでいるガラスケースを指差し、

「エメンタル・チーズをください」

と言った。

女はチーズを紙袋に入れ、レジのところへ行くと値段を言って笑みを向けた。

「お店は何時にあけるんですか？」

と聖司は訊いた。

「七時にあけます」

「それでたった二時間ほどでトーストパンは売り切れるんですか？」

「一日に八十本しか焼けないものですから」

「……はあ、それでも八十本があっというまに売り切れるなんて、凄《すご》いですねェ」

女は、店に並べるのは六十本で、あとの二十本は契約しているレストランや旅館に配達するのだと答えた。

その口調は、女がトーストの従業員ではないことを感じさせるものだったので、聖司は、表札に書かれてある二人の女性のうちのどっちであろうと思った。

大前美佐緒と由香里は、大前彦市の娘なのであろうか。もしそうだとするならば、目の前のこの美しい女は、自分にとってはどのような係累《けいるい》にあたるのであろう……。

伯父の娘ということは、従姉妹《いとこ》なのだろうか……。父系の異なる従姉妹……。

しかしいずれにしても、祖母が産んだ子供の娘……。祖母にとっては自分や姉の涼子と同じく「孫」なのだ。

いや、そうではない場合のほうが確率が高い、と聖司は考え直した。

表札にあった大前道明という男が、大前彦市の息子であるとしても、美佐緒が娘だとは限らないのだ。大前道明の妻だと考えるほうが自然ではなかろうか。由香里は、道明と美佐緒夫婦の娘なのかもしれない……。

けれども、聖司はそれをどうやってたしかめたらいいのかわからなかった。

「ぼくのおばあちゃん、三十二年前からずっとこのお店でエメンタル・チーズを買ってたんです」

と聖司は言って、女の表情をうかがった。

「おばあさまがですか？」

女は少し考え込むように視線を動かしてから聖司を見つめてそう訊いた。

「もう七年前に亡くなりましたけど、亡くなる何ヵ月か前まで、このお店でエメンタル・チーズとか、ときどきジャムやママレードも」

「三十二年も前から……」

女は記憶を辿るような表情で小首をかしげ、

「お客さまのおばあさまは、甲陽園の駅の近くにお住まいでしたか？」

と訊いた。

「ええ、そうです」

「きれいな銀髪の、細面《ほそおもて》の、あの年齢のかたにしては背がお高くて……」

「そうです、そうです」

聖司は答えながら、いま自分はあとさきを考えずに、あまりにも無防備に正体を明かしかけていると気づき、少し慌てた。

すると女は、自分はこの家に嫁いできてちょうど十年で、店を手伝うようになったのは七年前からなのだが、あなたのおばあさまのことはよく覚えていると言った。

「私がお店を手伝うようになってすぐのころですけど、五月の半ばやのに真夏みたいに暑い日に、そのおばあさまがチーズを買いにお越しになったんです。もう異常なくらいに暑い日で、おばあさまがチーズを買って出て行かれて、私、用事があって店の車でゴルフ場の近くまで行こうとしたら、坂道を甲陽園のほうにゆっくりのぼっていく姿が見えたもんですから、車を停めて、お送りしましょうか？　って声をおかけしたんです。遠慮なさったんですけど、私が何度かお勧めしたら、やっと車に乗って下さって……」

「へえ、車で送って下さったんですか」

「はい、甲陽園駅の前まで。車ですからほんの五、六分ほどでしたけど、地震の被害はどんなものやったのか、とか、誰も怪我《けが》はしなかったのか、とかをお訊きになりました」

「へえ、そうですか……」

「あのときは、私たち夫婦は夙川駅の南側のマンションに住んでて、店の二階には主人の父がひとり住まいやったんです。建物の被害は、私たち夫婦の住んでるマンションのほうが大きかったんですけど、半壊状態の店の二階に住んでた義父は背骨を折る大怪我で半年近く入院してました。その怪我の後遺症で仕事ができなくなって……。私がそう説明してるうちに、甲陽園駅の前に着いてしまって」

女がそう言ったとき、表でクラクションが鳴った。宅配業者の車が、聖司の四輪駆動車のせいで通れなくなっていた。

聖司は、祖母のことを覚えていてくれてとても嬉しいと礼を述べ、店から小走りで出た。

「また来ます」

そう言って自分の車をゆっくりとバックさせ、宅配便のトラックの通り道を作り、そのまま甲陽園駅のほうに走らせた。

「人妻かァ……。俺とは血のつながりはないっちゅうわけやなァ」

甲山森林公園を過ぎてゴルフ場の前を通り、宝塚に出ると、そのまま中国自動車道の宝塚インターから高速道路に入り、名神高速道路に向かいながら、聖司は、七年前の真夏のように暑い五月半ばの日盛りの道を、あの大前美佐緒の運転する車に乗って帰っていく祖母の姿を心に思い描いた。

表札の名前の列記から、女が美佐緒という名であることは間違いなかった。そして聖司が大前美佐緒の言葉から、ある重要な事実に気づいたのは、約束の時間の二分前に京都のMホテルに着いたときだった。

祖母はトーストに定期的に足を運んで、そのたびにチーズやジャムを買いつづけた。トーストの経営者が大前彦市という名前であることを祖母が知らなかったはずはない。

五十九歳のときから、脳梗塞で倒れるまでの二十五年間という長い歳月のあいだ、祖母は一度として自分が何者であるかを明かすことはなかったのだ。

大前彦市は店に出て客と応対したであろうから、祖母は自分の息子と言葉を交わすこともあったに違いない。それなのに祖母は、自分が誰であるかをついに語らなかった……。

聖司は、ホテル地下の駐車場からロビーへのエレベーターのなかで、自分が産み、可愛い盛りの三歳まで育てた子への、母親の思いというものを想像してみた。

男で、まだ三十二歳で、そのうえ自分の子供というものを持たない聖司には思い及ばない心ではあったが、祖母の人となりを知悉《ちしつ》しているつもりの聖司には、トーストの店内に足を踏み入れる際の祖母のさまざまな感情が、幾分かは理解できるような気がした。

じつは私はあなたの母なのだ……。二十五年間のうちには、その言葉が喉元《のどもと》まで出かけたことが何度もあったはずだった。

だがついに祖母はそれを口にしなかったのだ。

「凄い人やな」

聖司の心に浮かんだのは、そのひとことだった。それ以外のいかなる言葉も適当ではないような気がした。

フロントの館内電話で松葉伊志郎の事務所の番号を押し、出てきた松葉に、いまからお部屋に伺うと告げた。

ホテルの六階の事務所で二枚の小切手を受け取ったとき、松葉伊志郎に電話がかかった。

松葉は、相手の話にただ「なるほど」とか「そうですか」とか応じるだけだったが、相手の話は長びきそうで、聖司は小さくお辞儀をするとメモ用紙に、

「昼から桐原さんと打ち合わせをして、早速準備作業にかかります」

と書き、それを松葉伊志郎の机の上に置いた。松葉は、受話器を耳にあてがったままメモ用紙を見て、わかったというふうに軽く頷き返した。

Mホテルから自分のマンションへ帰る途中、聖司は小さなスーパー・マーケットに立ち寄り、糠とタワシを買った。やはり自分の手で糠床を作ってみようと思ったのだった。たしか祖母の糠床には鷹《たか》の爪《つめ》と昆布も入っていたなと思い、それも買った。

マンションに帰り着き、窓をすべてあけて、きのうほど冷たくはない風を部屋に通しながら、聖司は木の桶をタワシで洗った。それから資料として保存してあるグラビア雑誌のページをめくり、自分が一瞬見間違えたモデルを探した。

三十代後半からの女性読者を対象としたグラビア雑誌にそのモデルの写真が載っていたが、体型はそっくりで、顔の輪郭も酷似していて目鼻立ちも似ているといえば似ていたが、無論、大前美佐緒とはまったく別人であって、そのモデルのほうがきつい

顔立ちだった。

聖司は、自分がどうしてひと目見た瞬間に、大前美佐緒を、ああ、あの雑誌のモデルだと思い込んでしまったのか、よくわからなかった。そのモデルの、髪型や化粧の仕方を変えた別の写真にも眺め入ったが、それらを見れば見るほど、大前美佐緒とは異なる容貌に変化していった。

木の桶をマンションの北側に面した狭いベランダに干し、ちらかっている部屋を片づけていると、ファックスが入ってきた。昼食をとるために家に帰ってきたのであろう母の路子からのファックスで、糠床の作り方が箇条書《かじょうがき》されていた。

一、糠一キログラムに対して食塩七十グラムから九十グラム。水六百ミリリットルから八百ミリリットルの割合で練り合わせる。（それぞれの量はそんなに厳密でなくてもいいが、あまり最初から水分を多くすると、あとで野菜からの水分が出て、すぐに糠床がゆるくなる）

一、それを桶に入れて桶にラップをかぶせ、蓋をして一週間寝かせる。

一、一週間寝かせて発酵させているあいだも、一日に一回か二回は底のほうからよくかき混ぜること。

一、糠を一キログラム使うときは、その半分はフライパンや鍋《なべ》でよく煎ると、香ばしさが出る。
一、切った昆布と鷹の爪も入れる。
一、野菜の切れ端も入れておく。釘《くぎ》も五、六本入れておく。
ファックスの最後には、

「あとは自分でいろいろと工夫しなさい」

と書かれてあった。

「釘？　釘なんか入れるのか？　何のために？　野菜の切れ端かァ……」

聖司は冷蔵庫をあけた。半分に切って、ほとんどしなびてしまっている人参とキャベツがあった。

聖司は匂いを嗅ぎ、傷んではいないことを確かめると、それを適当な大きさに切った。そしてまだ何程も干していない桶をベランダから持ってきて、買ったばかりの糠が入っているビニール袋を見た。一キログラム入りの袋だった。

聖司はビニールのなかの糠の半分を桶に入れたが、ひとり暮らしの自分には多すぎると思い、目見当で三百グラムくらいに減らし、別の三百グラムの糠を鍋で煎った。

煎りすぎて少し焦《こ》げてしまった。

計量器がなかったので、五十グラム入りのピスタチオが入っていた空缶一杯の塩を糠に放り込み、そこに水を入れて練った。
なんだか水が少なすぎる気がした。練っても練っても糠が柔かくならなかったから
だが、全体がなじんでくると、水分が多くならないようにという母の注意書きを思い
出し、
「まあ、こんなとこやな」
とつぶやき、聖司は鷹の爪を五本と適当に切った人参とキャベツと昆布を入れて、
また何度も練り、ラップをかけて蓋をした。
「乳酸菌はどこにいてるんやろ……。空気中から自然に入るのかなァ。糠のなかに隠
れてるんやろか……」
ひとりごとを言いながら、ひととおりの作業を終え、仕事机の下に新聞紙を敷い
て、そこに桶を置いた。他のどこにも置き場所がなかったからだった。
「あっ、釘や。釘を入れるの忘れたがな」
ちょっとした大工道具が入っている箱のなかを捜したが釘はなかった。マンション
の入居契約書には、家主の許可なくしてみだりに壁や柱に釘を打ってはならないとい
う条項があったので、このマンションの部屋で一度も釘を使わなかったことに気づ
き、

「釘なんて、五、六本だけ売ってくれるやろか……」

とつぶやき、聖司は鉄なら何でもいいのだろうと考えた。

三年前につきあっていた女が、岩手県を旅行した際におみやげとして買ってきてくれた南部鉄製の風鈴があったことを思いだし、聖司はがらくたを放り込んである段ボール箱のなかを探った。

その風鈴を聖司は一度も窓辺に吊《つ》ったことはない。

女との関係はわずか三ヵ月つづいただけだが、風鈴を貰って十日ほどたってから、女が忽然《こつぜん》と姿をくらませてしまったので、風鈴も四角い箱に入れたままになったのだった。

女は自分の住まいに電話はひいていなくて、連絡を取る方法は携帯電話だけだった。その携帯電話はある日突然つながらなくなり、この番号は現在使われていないという機械的な声が繰り返されるばかりだった。

教えてもらっていた中京区のマンションを訪ねたが、部屋には誰も住んでいなかった。隣の部屋の住人に訊くと、引っ越したという。

大学時代の友人の紹介で、なんだかなりゆきで関係を結び、聖司はさして積極的ではないまま週に一度か二度、食事をしたり、ドライブに行ったりして、そのあと自分のマンションで交わりつづけてきただけだったが、まったく理由のわからないまま姿を消されてしまうと気味が悪くて、いったい女に何があったのかと心配でたまらなくなり、女からの連絡を待ちつづけた。

それから半年ほどたって、四条《しじょう》河原町の交差点で女を紹介してくれた友人にばったり会ったので、事情を説明し、お前はあの子がいまどこにいるのか知らないかと訊いた。

友人は驚き顔で、あいつとつきあっていたのか？　と訊き返し、しばらくためらったのち、女が三ヵ月前に結婚したことを教えてくれた。

初めて知り合ったとき、女はすでに婚約していたのだった。そしてその婚約者と予定どおり結婚したのだ。

つきあっていたといっても、男と女の関係があったわけではない、ときどき一緒に食事をしたり、電話でとりとめのないことを話したりするだけだったが、ある日突然連絡が取れなくなったので心配していたのだ、ただそれだけのことだ……。

聖司は友人にはそう説明して、交差点で立ち話をしただけで別れたのである。

聖司は、風鈴の紐《ひも》を外し、本体だけをタワシで洗って、それを糠床のなかに突っ込んだ。

た。

「ざまあみやがれ。糠床の底に沈めたったわい」

そう言いながら、いったい何に対しての「ざまあみやがれ」なのかと聖司は思った。

女に婚約者がいたこと。女がそれを隠して自分とつきあっていたこと。そして忽然と姿をくらませて、予定どおり婚約者と結婚してしまったこと……。

それらは聖司を茫然《ぼうぜん》とはさせたが、聖司のなかの別段何が傷ついたわけでもない。何が何だか訳がわからない、という摩訶不思議な思いがしばらくつづいたにすぎなかった。

三つ歳下のその女が、物静かで、感情というものをあまりあらわさなかったことも、時がたてばたつほど不気味に感じたが、それもさほど長く尾を曳《ひ》かず消えてしまった。

「釘の代わりになるもんを捜してるうちに、この風鈴を思い出して、それであいつのこともついでに思い出してしもたがな」

聖司はそうつぶやいて、ユニット式の浴室で手を洗った。

携帯電話が鳴った。桐原耕太からで、いま近くまで来たのだが、一緒に蕎麦《そば》を食べないかという。

「あの蕎麦屋、テーブルが二つ空いてるで」

「またニシン蕎麦か？　お前、ほんまにあの店のニシン蕎麦、好きやなァ」

と聖司は言い、窓を閉めてマンションの部屋から出た。北山通の地下鉄・松ヶ崎駅の前に桐原のライトバンが停まっていた。

固い頭髪をいまどき珍しい角刈りにした桐原耕太がサングラスをかけたまま運転席で片手をあげた。その頭髪は少し伸びてくると、倒れずに横に拡《ひろ》がって、銀杏の葉のようになる。首が太いので、桐原の首から上をうしろから見ると、三味線のバチの先のようでもある。

「その頭に、その顔に、サングラスときたら、たいていの車は道を譲ってくれるやろ」

桐原のライトバンの助手席に乗ると、聖司は笑顔で言った。

「こんなに清潔で秩序のあるヘアスタイル、他にあるか？　シンプルこのうえないがな」

桐原は言って、ライトバンをUターンさせ、植物園のほうへと向かい、蕎麦屋の駐車場に入った。

「昼時に空席があるなんて珍しいで」

仕事以外のことで前触れなく聖司のマンションを訪ねてくるときの桐原は、この北山通の蕎麦屋のニシン蕎麦が目当てなのだ。

蕎麦屋の席に腰かけると、聖司は上着の内ポケットから小切手の入った封筒を出し、それを桐原に渡した。そして一緒にニシン蕎麦を食べながら、

「やっぱり、ちゃんとした専門家に監修してもらおうと思うんや。発酵とか醸造とかを専門に研究してる人を丸山先生に紹介してもらうことから始めるのがいちばんええと思うねんけど」

と聖司は言った。

丸山澄男《すみお》という少々癖のある人物は、先斗町で料理屋を経営しているが、いつのころからか店を妻と板長にまかせ、料理研究家と称してテレビの料理番組に出演するようになり、下手なお笑い芸人など足元にも及ばない洒脱《しゃだつ》さと愛嬌《あいきょう》で、いつのまにかファンクラブまで持つようになった。

聖司は三年前に老舗の料亭の創業八十周年記念として私家版の本を作る際、その店の主人を介して丸山澄男と知り合った。

若い美人のためなら千里の道も厭《いと》わないという五十七歳の丸山澄男には、聖司は数限りない貸しがあるつもりだった。

「またあの丸山のおっちゃんの世話になるんかいな。聖司、お前、もうこりごりのはずやろ」

桐原耕太は、額に汗を滲ませ、ニシン蕎麦を頬張《ほおば》ったまま、あきれ顔で聖司を見やった。

「そやけど、丸山先生は、食い物の世界に関してはびっくりするくらい顔が広いからなァ。それに今回は、丸山先生に監修してもらうんとちゃうねん。監修してくれる発酵食品の専門家を丸山先生に紹介してもらうだけやから……」

桐原は顔をしかめながらも頷き返し、

「女のことしか頭にないのか！　って殴ったろかと思うけど、あの顔の広さには脱帽やな。いつやったか、俺がモンゴルに行きたいって言うたら、ウランバートルになんとかっちゅう名前の女がおるから、ほんまに行くときはちょっと声をかけてくれ、その女を紹介するって……。俺、そのモンゴル人の女、歳は幾つですかって訊いたんや。そしたらあの丸山のおっちゃん、何て答えたと思う？」

と首を突き出した。

「何て答えよったん？」

「二十二歳やねん。熱い心の女やねん……やて。モンゴルのウランバートルにも、あのおっちゃんの女がおるんや。もう尊敬したで」

その桐原の言い方で、聖司は口のなかの蕎麦を噴き出しそうになったが、懸命にこらえているうちに蕎麦が喉に詰まりかけ、苦しくて涙が溢《あふ》れてきた。

聖司はハンカチで涙を拭《ふ》き、こみあげつづける笑いを抑えながら慎重に蕎麦を飲み下した。

一緒に笑っていた桐原は、聖司の鉢のなかのニシンを見て、

「これ、食べてええか？」

と訊くなり、箸でつかんでそれを口に入れた。

「あっ、食べてもええなんて言うてないぞ。俺は、最後にゆっくりと味わおうと思て、そのニシンの半身をわざと残しといたんや」

聖司は本気で腹を立て、箸袋を丸めて桐原の顔に投げつけた。

「残してるから、もう要《い》らんのかと思たんや」

桐原は笑いながらそう言って、自分の鉢に残っていた汁をすべて飲み干し、カメラ機材を入れてあるジュラルミンの重いケースから領収書の用紙を出した。そして小切手を受け取ったことを示す領収書に金額を書き込み、

「松葉伊志郎様にするのか？　船木聖司様でええのか？」

と訊いた。

「『日本の発酵食品』刊行会にしといてくれ」

非売品の限定本とはいえ、完成した本を松葉がどのように扱うかは聖司の関知しないところなので、「日本の発酵食品」刊行会という仮の名称をつけておいたほうがいいだろうと考えたのだった。

松葉伊志郎がいかに大金持で奇特な人物であるとしても、完成した豪華本の何冊かは、思いもかけない法外な価格で松葉の手から誰かに渡るということもなきにしもあらずなのだ。

もしそのようなことが行われるとすれば、本の奥付に印刷される発行者名に個人の名は避けたほうがいいと聖司は思った。松葉伊志郎という人物には、どことなく闇の顔が隠されているような気がするからだった。

「さあ、丸山先生に電話しょうか。京都にいてるかなァ」

聖司はそう言って、自分の携帯電話に登録してある丸山澄男の携帯電話番号を出した。

「あのおっちゃん、仕事用と女用と、二つの携帯電話を駆使しとるからなァ……。あんなに早ように携帯メールを打てる五十七歳のおっちゃんはいてないで」

桐原は茶を飲みながら、おかしそうに言った。

丸山澄男の話題になると、必ずそこには笑いが生まれる。丸山と若い女たちとの厄介事に巻き込まれたことは一度や二度ではない。ほんの少しあいだに入ったというだけで、張本人の丸山よりも悪者扱いされたことも一度や二度ではない。

それなのに、丸山澄男という五十七歳の料理研究家の話題が生じるところに笑いあり、なのだ。

聖司はそう思いながら、丸山澄男の携帯電話の呼び出し音に耳を澄ませた。

「船木です。お久しぶりです」

聖司がそう言うと、

「ひっさしぶりィ。こちらこそ、ごぶさたしてしもて。聖司くん、元気？」

という丸山澄男の少し鼻にかかった大きな声が返ってきた。

「またお願いごとがありまして」

「まかせて、まかせて、まかせてちょうだい。死ぬほど忙しいけど、聖司くんのためやったら、一肌も二肌も脱ぐよってに」

「そうです。二肌どころか、三肌でも四肌でも脱いでもろても罰《ばち》は当たらんと思います」

「悦子のことで、まだ怒ってんのかァ？」

聖司は、悦子がどの女だったのか、もう思いだせなかった。

「きょう、ちょっとお時間をいただけますか？」

と聖司は訊いた。

「いまなァ、角館《かくのだて》にいてるねん」

「えっ？　角館？　秋田県の角館ですか？」

「うん、そやねん。これから日本海に沿って青森へ行って、それから太平洋沿いに下って、北上川のほうへ行って……。京都に帰るのは、土曜日の夜になるねんけど……」

聖司は用件を手短かに説明した。

「日本の伝統的な発酵食品かァ……。あっ、それやったら岸谷先生がええわ」

丸山澄男は、大阪にある大学名と、その大学の教授だという人物の名を教えてくれた。

「岸谷明生《あきお》教授。明生は、明るいに、生きる。ぼくから電話して頼んどくわ。監修料は払《はろ》てあげてな」

「勿論《もちろん》です。ちゃんとお支払いします」

岸谷教授は、発酵学と醸造学の分野では一流の学者だし、その世界の優れた職人との交友も多いと丸山は言った。

聖司が丸山から岸谷教授への連絡方法を教えてもらい、それを手帳に書き写していると、桐原耕太がなにやらしきりに身振りで合図を送ってきた。

電話を替わってくれと求めているのだと思い、

「いまここに桐原がいてるんです。丸山先生に替わってほしいみたいです」

と聖司は丸山に言った。

「えっ！　桐ちゃんもいてるんかいな。ぼくも桐ちゃんに頼み事があるねん。替わって、替わって」

自分の携帯電話を差し出した聖司に、桐原は目を大きくさせて、口だけを動かした。その口は「アホ！」と言っている。

「替わってほしいんとちがうんか？」

聖司が送話口を手でふさいで訊くと、

「アホ！　俺がここにいてることは内緒やぞって伝えとったんや」

と言い、うんざりした顔つきで携帯電話を受け取り、

「お久しぶりです。何度もお電話をいただいたのに留守ばっかりしてて申し訳ありま

せん」

　そう桐原は丸山に言いながら、また聖司を睨《にら》んだ。

「モデルの個人的情報は明かせません。医者や弁護士には守秘義務っちゅうのがあるでしょう？　写真家にも守秘義務はあるんです。モデルの携帯電話の番号なんて、たとえ丸山先生であっても教えられません。とくにあの子はいま売れっ子ですから。人気急上昇ってやつです」

　桐原の言葉で、聖司は、なんだそういうことかと思い、蕎麦屋のテーブルに頬杖をついたまま声を殺して笑った。

「ちょっとだけやがなって、何がちょっとだけなんですか！　駄目なものは駄目です」

　そう言って、桐原は電話を切り、それを自分のブルゾンのポケットにしまった。

「それ、俺の携帯電話やねんけど……」

　聖司は桐原の眼前に手を突き出し、

「いま丸山先生をあんまり邪険に扱わんとってくれよ。この岸谷っちゅう大学の教授と渡りがついたら、丸山先生はもう用無しやけどな」

　と笑いながら言った。

桐原は憮然《ぶぜん》とした表情で携帯電話を聖司に返し、

「俺の事務所の留守電に五回も丸山のおっちゃんの猫撫《ねこな》で声が入っとったから、どうせろくな用事やないやろとは思とったんや」

と言った。

ヌード写真を六十点、あるところで発表したのだが、まさかあの丸山澄男が見ていたとは思わなかった。

桐原耕太はそう説明し、

「ほんまにマメなおっちゃんやなァ……。五十七歳やで。二十八歳と二十五歳の娘がいて、孫も三人おるんやで？　そんなおっちゃんが十八歳のモデルの電話番号を教えてくれっちゅうて、三日で五回も俺の留守電に自分の声を残していったりするか？」

とあきれ顔で言い、蕎麦の代金を払った。

聖司は蕎麦屋を出て、桐原のライトバンに乗ったとき、桐原の妻の妊娠を思い出し、祝いの言葉を述べた。

「嬉しいもんやなァ。こんなに嬉しいもんやとは想像もしてなかったなァ」

そう言って、桐原は車を聖司のマンションの裏にある狭い空地に停めると、お前のパソコンを使わせてくれと言ってエレベーターに乗り、聖司の部屋に向かった。

聖司は部屋に戻るなり、すぐにパソコンのスイッチを入れた。

桐原がどこかのサイトのアドレスを入力しているあいだに、聖司は挽《ひ》いたコーヒー豆をコーヒーメーカーに入れ、三日ぶりに煙草《たばこ》を吸った。

生まれつき気管支が弱く、一日に十本も煙草を吸うと、夜中に咳《せき》が出る。だからとりたてて煙草を吸いたいとは思わないが、仕事のために思考を集中しなければならないときは、ふいに煙草が欲しくなるのだ。

桐原が手招きした。パソコンの画面には、ヌード画像を有料で観《み》せるサイトのトップページがあらわれた。

「お問い合わせ」。「入会・登録」。「サンプル」。「会員入口」などの幾つかのコンテンツがあった。

桐原は画面のカーソルを「会員入口」のところに動かしてクリックした。登録してある「ユーザー名」と「パスワード」を記入するための画面が出て来た。

「これはスタッフ用の共通のパスワードや。これを入れといたら、お前はずっと無料で観られるから、パスワードを保存しとけよ」

桐原は言って、会員でなければ観られない画面を開いた。

「へえ、盛りだくさんやなァ。モデルも粒揃《つぶぞろ》いって感じやがな」

聖司はパソコンの前の椅子に坐って言った。

桐原はひとりの女の顔写真のところにカーソルを運び、それをクリックした。モデルの名前と年齢、スリー・サイズ。そしてスタイリスト、メーク、写真家の名前がローマ字で書いてあった。

――K・KIRIHARA
桐原は苦笑を浮かべ、

「インターネットの有料サイトのこのローマ字だけで俺の撮った写真やとすぐに気づくなんて、あの丸山のおっちゃんのネットワークの広さには舌を巻くで」

と言った。

この有料サイトを運営する会社から依頼があったときはかなり迷ったが、自分は仕事を選べるほど立派な写真家ではないし、どんな仕事も勉強だと思い、引き受けたのだという。

「そやけど、ギャラが貰えるのは二ヵ月あとや。きょうの小切手は、ほんまにありがたいな」

聖司は他のモデルの画像をクリックしてみた。桐原が撮った写真は他にはなかった。

「俺が撮るのは、月に一回だけや。月に一回、ひとりの女の子だけ撮るんや。それを二、三十枚ずつ週替わりで五、六回更新するから、計百五十枚くらいかな」

百五十カットから二百カット近くの使える写真を一日で撮ってしまうというのは、撮る側も撮られる側も重労働だなと聖司は思った。

「モデル捜しが大変やろ？」

聖司の問いに、桐原は顔を横に振った。

「自薦、他薦、プロダクションからの売り込み……。送られてきた写真、ここの事務所に山ほど積みあげてあるで」

そして桐原は、机の下の木の桶を見つめ、

「これ、何や？」

と訊いた。

「糠床や。さっき仕込んだばっかりやねん。漬物を漬けられるようになるまで、一週間ほど発酵させせんとあかんらしいねん」

聖司は古い木の桶を机の下から出し、蓋をあけ、自分が生まれたとき、すでに祖母はこれで漬物を作っていたのだと説明した。

さまざまな角度から木の桶を見つめて、

「絵にならんなァ……」

と困ったように言った。

「これを撮れとは言わんがな」

聖司が笑って、桐原の肩をなだめるように軽く叩いたとき、携帯電話が鳴った。丸山澄男からだった。

「岸谷先生と連絡が取れたで。聖司くんがこれから造ろうとしてる本について説明して、監修者兼助言者として力を貸してやってくれませんか、ってお願いしたら、ここ

ろよう引き受けてくれはったわ」

と丸山澄男は言った。どうやら車のなかからの電話らしく、

「どっちの道を行ったらいいの？　右？　左？」

という若い女の声が聞こえた。

「右やと思うけどなァ」

丸山はそう応じ返してから、

「学会の集まりがあって、来週いっぱいは忙しいけど、十一月の最終週はずっと大学の研究室にいてるから、訪ねて来てくれるとありがたいって言うてはったで」

と聖司に大声で言った。

「ありがとうございます。とりあえず、岸谷先生にはぼくからも電話でお礼を申しておきます」

聖司はそう言って電話を切り、丸山の言葉をそのまま桐原に伝えた。

「あのおっちゃん、女にも手が早いけど、仕事も早いな」

火のついていない煙草をくわえたまま、桐原は言った。

「女からの逃げ足も早いで」

聖司の言葉に桐原は笑い、あしたはこの有料サイト用の写真撮影のために、伊豆の修善寺《しゅぜんじ》まで行くのだと言った。

「撮影は朝の十時からやから、朝一番の新幹線に乗るんや。モデルもスタッフもみんな東京からワゴン車で来て、俺とは三島駅で合流や。撮影が終わるのは夜中になるやろなァ」

「俺は十一月末までどうしようかなァ。ある程度の取材が進まんと、どんな本にしたらええのかが見えてけえへんからなァ。装幀家に、こんな感じの本にしたいっていう具体的な案も出されへん」

そう言いながらも、聖司は滋賀県高島町の鮒鮓の老舗「喜多品」を訪ねてみようと思った。

自分の背後には、著名な出版社が存在するわけでもなければ、マスコミの後ろ盾があるわけでもない。

無名の好事家が自費で出版する限定本の取材に、気難しい職人がそう簡単に応じてくれるとは思えない。これまで造った数冊の本を持参して、まず信頼を得ることが先決だ。

聖司はそう考えたのだ。

桐原耕太が帰ってしまうと、聖司はパソコンの画面に残ったままの有料サイトの、おそらく日本の法律では限界を越えているかもしれないヌード写真に見入った。

そのうち、自分の好みの体型のヌード写真をパソコンに保存しようと思い立ち、カーソルを動かした。

選んだ写真は、どれも少し肉づきのいい裸体ばかりとなった。たぶん、あの大前美佐緒はもっと細い体型であるはずだった。

このMというモデルの顔だけを大前美佐緒のそれと入れ替えたら、どんな女性が生まれるだろう……。大前美佐緒の顔写真が数点あれば、パソコンを使って、ひとりの女を作りだすことは可能なのだ。

あの人の顔写真が欲しいな……。

聖司はそう思った途端、そんな自分の心を自分で叱った。

「危ない、危ない。お前、そんな変態みたいなこと、するなよ」

聖司は自分にそう言いきかせながらも、指だけ機械的に動かして、数十枚の画像を自分のパソコンのファイルに保存するという作業をつづけた。

目が疲れてきて、腕時計を見ると、その有料サイトの画像に没頭しはじめて二時間がたっていた。

聖司は有料サイトを閉じ、パソコンの電源を切ると、木の桶を机の上に載せて蓋を取った。糠は糠のまま何の変化もなかった。何かが劇的に開始されたといったことを伝える兆しすらなかった。だが、きのう読んだ発酵のメカニズムを解説する文章から推測するならば、やはり劇的というしかない微生物の営みが、この吉野杉で作られた古い木の桶のなかで始まったはずなのだ。

聖司はいつまでも糠床の表面に見入った。

真夏のような日盛りの坂道を、苦楽園から甲陽園へと歩いて行く祖母の姿が浮かんだ。

――死というものは、生のひとつの形なのだ。この宇宙に死はひとつもない。

どうして自分は、こんな言葉に行き着いたのであろう、と聖司は思った。

あの夜、信号が赤なのに、ぼんやりと何を考えるでもなく夜の交差点を渡って、車にはねられかけ、急ブレーキの音で反射的にそれを避けようとしてアスファルト道に頭から倒れた……。

何かが爆発するような音が頭全体に響き、そのあと高い金属音がつづいたが、すでにそのとき、自分は意識を失くしていたらしい。

意識を取り戻したのは救急車のなかだった。何かを測定するための器具が腕に巻かれていて、救急隊員が大声で問いかけてきた。

「わかる？　聞こえる？」

救急隊員はそう訊いたようだが、わかる？　のあとの言葉は、巨大な釣鐘の大音響で消された。

自分は、いったいどこで釣鐘が鳴っているのかと思った。それから徐々に自分が救急車で病院に運ばれていることがわかってきた。

車にはねられたのだろうか……。それにしてはどこも痛くないな。

いや、車とはぶつからなかった。自分は車を避けようとして転んだのだ。転んで頭を打ったようだ……。

それにしてもこの釣鐘の大音響は何だろう。いや、これは釣鐘ではない。自分の脳内で生じている音だ。

そう気づいたとき、死の恐怖で血が引いていくのを感じた。

やっぱりこうやって二十代で死ぬことが決まっていたのだ。自分も父と同じように、二十代で頭蓋骨《ずがいこつ》が割れて死ぬ。

自分はそれまで一度もそのようなことを考えたりはしなかったくせに、まるで日常的な恐怖と用心のなかで生きてきて、いまそのとおりになりつつあると自覚している人間となって怯《おび》えつづけた。

病院ではすぐに頭部のＣＴ写真が撮られた。

医師の問いかけは、最初の言葉だけが聞こえ、あとの言葉はすべて釣鐘の音と化した。

「自分の名前を言える？」

という言葉は、「自分の」まではちゃんと聞こえるのだが、そこからあとの言葉は、脳全体が震えるかのようなすさまじい響きだけになってしまう。

だが、あとから医師や看護師に教えられたのだが、問いかけにはちゃんと答えていたそうだ。

名前と年齢、連絡先、勤めている会社名。生年月日……。

頭蓋骨にも脳内にも異状はなかった。後頭部の左側にかなり広範囲にわたる皮下出血があり、二ヵ所に裂傷もあったが縫うほどのものではなかった。

連絡を受けて、母は、甲陽園からタクシーで京都の四条にある病院に駆けつけて来た。

その母の言葉も、最初のふたことみことが解せるだけで、あとの言葉は不快な音響と体まで揺れているような震動となってしまって、まったく聞こえなかった。

耳をやられたんだなと自分は思った。氷枕と氷嚢《ひょうのう》が冷たくて、それを外してもらいたかったが、とにかく頭を強く打ったのだからと我慢した。

「いま何時？」

と母に訊いた。その自分の言葉も、長く尾を曳く除夜の鐘に似た音と化した。

「俺、死ぬのかな」

母にそう訊いたが、自分の発した言葉が正確に言葉となって口から出ているのかどうかわからなかった。

「夜中の二時や」

えっ？　と表情で訊き返すと、母は自分の腕時計を目の近くに持ってきてくれて、安心して寝るようにと身振りで促した。

翌日、頭部の再検査をしてから、胸部と腹部の精密検査を行い、それから同じ病院内にある耳鼻科にベッドに横たわったまま運ばれた。身を起こすと釣鐘の大音響が生じて、それは死の恐怖を揺り動かし、心臓の鼓動が速くなるからだった。

耳にも何の異状もなかった。それなのに、誰かが話しかけてきたり、自分が言葉を発したり、ベッドのなかで寝返りをうったりすると、巨大な釣鐘が鳴るのだ。

夜勤を終えた姉の涼子が来てくれて、すぐに病院の近くの文房具店にスケッチブックと4Bの鉛筆を買いに行った。

――その頭のなかの音が小さくなったら、退院してもええけど、それまでは入院してるようにってお医者さんが言うてたよ。

――この音の原因は何？

――わかれへん。頭をアスファルトの道でかなり強打したからね。そやけど、命に別状なし。

――ほんまのこと言うてくれよ。

――ほんまや。首から上にも首から下にも異状なし。

そして姉は、スケッチブックにこう書いた。

――警察の人が事情を訊きたがってはるけど、どうする？　筆談ならできるって伝えようか？

　ああ、そうだった。自分は車にはねられかけて道に転び、頭を打ちつけて救急車で病院に運ばれたのだ。警察にそのときのことを説明しなければならないのだ。

　自分はそう気づいた。

　私服と制服の警官ふたりがやって来て、筆談で質問された。

　運転手はあなたが赤信号なのに交差点を渡ってきたと言っているが、どうなのかと訊いた。

　信号が赤だったのか青だったのかも覚えていない。ということは、信号を見ずに、ぼんやりと何か考えごとをしながら交差点を渡ったのだと思うと自分は答えた。

　警官はなぜか事故を運転手の過失にしたがっているような質問を幾つか繰り返したが、自分はどっちの過失にせよ、正直に話さなければならないと思った。

　その際、数人の通行人が事故を目撃していて、そのうちの何人かが、たしかにあの青年は赤信号なのに交差点を渡ったが、車のほうもかなりのスピードで走ってきたと証言していることを知った。

　ふたりの警官は、回復したら署のほうに来てもらうことになるだろうと言って帰っていった。

事故から三日目の夕刻ごろから、頭のなかの釣鐘の音が小さくなった。けれども、ひとりでトイレに行こうとして歩きだすと、歩を運ぶ震動が脳に響いて、自分の体が烈《はげ》しく揺れているような感覚に襲われ、三、四歩で動けなくなる。

ひょっとしたら自分の脳は一生このような状態のままなのかもしれないと思うと、そのほうが死ぬことよりも恐しいと感じた。

だが入院して五日がたったころには、車にはねられていたかどうかは紙一重の差だったのだと気づき、自分に迫って来る急ブレーキの音がしつこく甦ってくるようになった。

それと同時に、自分が無意識のうちに、父の死に方について、ある恐怖を抱きつづけてきたことにも気づいたのだ。

おそらく、自分が幼いころから体が弱く病気がちだったこともその恐怖のもととなっていたのかもしれない。

だが、救急車のなかで、まるで四六時中そうした一種の強迫観念に近い不安にさいなまれてきたかのように、やはり自分も父と同じく二十代で頭蓋骨が割れて死ぬのか、ああ、やっぱりそうなることに決まっていたのか、そしてそのときがついに来たのかと考えた自分というものへの客観的な観察心は、日がたつごとに別のものへと変化していったのだ。

それは、命というものの本体が、いったいどこから来て、どこへ消えていくのかという、およそ答など出そうにない疑問であった。

この自分もいまは生きているから「命」があるということになるのだが、もしあのとき車とぶつかって死んでいたら、「命」はどこへ行ってしまうのであろう……。

そもそも「命」とは何なのか。現象的に生きているものにだけしか「命」は存在しないのだろうか……。

風に「命」はないのか。雲に「命」はないのか。雨に「命」はないのか。

自分はそんなことを考えながら、死んだ祖母の、あのときこのときの言葉、あのときこのときの表情や身のこなし、あのときこのときの知恵を思い浮かべた。

それらは生まれて以来さまざまな形で培われた厖大《ぼうだい》な経験や知識に裏づけられていたはずなのだ。

だがそれらは祖母の死によってすべて消滅してしまうというのか。

無名のひとりの女の八十四年間にわたる精神活動と、それによって構築された一個の人間の命は、死によって跡形もなく消えてしまうのか……。

自分は、そんなはずはないと思えて仕方がなかった。

なぜそう思ったのか、自分でも言葉では説明できない。なんだか非論理的な勘でしかないとしか答えようがないのだ。

人間の目には見えない事柄が多すぎる。あまりにも多すぎる。ただそれらは見えないにすぎず、じつは存在しているのだ。「命」というものもそうなのではないだろうか……。

自分はそう思ったとき、その思いを文章にしようと試みた。それがあのノートにしたためたひとりよがりな断片のような文章なのだ。

若造の妄想だと笑われそうなあの文章は、自分としてはとても長い文章の書きだしにすぎなかった。けれども、あそこまで書いたとき、書きだしではなく、すべてであるような気がした。それで、あそこで終わってしまったのだ。

聖司は、あの脳のなかの釣鐘の大音響が完全に失くなるのに結局三、四年かかったなと思いながら、糠床に蓋をして仕事机の下にしまった。そして、このなかの、どこかに隠れていた乳酸菌や酵母が、糠と水と塩を混ぜ合わせたことで生を得るのだと思った。

第三章

本格的な取材と写真撮影を開始する十二月初旬までの約半月間、聖司は岸谷明生教授や丸山澄男が推選するそれぞれの分野の職人たちに挨拶をかねて、これから造ろうとしている本の主旨を説明するために、和歌山県の新宮《しんぐう》市と湯浅《ゆあさ》町、鹿児島県の枕崎《まくらざき》市、滋賀県の高島町に足を運んだ。

新宮市はサンマの熟鮓、同じ和歌山県内の湯浅町は醬油、鹿児島県の枕崎市は鰹節、滋賀県高島町は鮒鮓だった。

岸谷教授が推選する店と職人もあれば、丸山澄男が強く推《すす》めるところもあった。両者の意見が分かれるものは、とりあえずあとまわしにしたのだが、それは納豆、味噌だった。

どれもこの店と職人でなければならないという基準がなかったからである。

鮒鮓は、同じ琵琶湖畔では余呉《よご》町が有名で、優れた職人もいた。聖司が高島町の「喜多品」に決めたのは、そこの主人が丸山澄男とも岸谷教授とも懇意だったのと、高島町というかつての街道筋の小さな町の風情が気にいったからだ。

それら四つの店を訪ねたことで、写真撮影は一日や二日で終わるものではないと聖司は気づいた。

仕込みには仕込みの時期があり、発酵や醸造の過程も刻々と変化をつづけているので、それらを順次撮影することが必要だと思ったのだ。

和歌山県新宮市にある「東宝茶屋」という料理屋から撮影を開始するのは、十二月に入ったころに「戻り」のサンマの入荷が始まるのと、一年前に塩漬しておいた去年のサンマの腹にご飯を抱かせる作業とがほぼ同時に進行するからである。

十二月の最初の日曜日、聖司は、新大阪駅のホームで桐原耕太と待ち合わせて、新宮行きの電車に乗った。桐原はアルバイトで雇った写真学校の生徒を助手としてともなっていた。

その寺沢恭二《てらさわきょうじ》という二十歳の青年は、これまで三回、桐原の助手として仕事をしていた。

いまどきの二十歳のやつにしては機転がきくし、骨惜しみしないのだと、桐原は電車の座席に腰をおろして聖司の耳元で言った。

「根性があるんや」

そう言って、桐原は走りだした電車の窓から空を指差した。いい天気だった。

「和歌山県に入るのはすぐやねんけど、和歌山に入ってからが遠いんや」

聖司は言って、和歌山県の地図をひろげた。

和歌山県の最南端に潮岬《しおのみさき》がある。その潮岬からほんのわずか北側のところに串本《くしもと》が位置している。新宮市は串本からさらに北東へ行ったところにあって、三重県と隣接した地に位置している。

ＪＲの特急電車は新大阪駅から和歌山駅までを一時間弱で走るが、和歌山駅から新宮までは二時間四十分もかかるのだ。

「和歌山県を海に沿って、ぐるうっと廻って、三重県との県境まで行くっちゅうことやな」

桐原が地図を見ながら言って腕時計を見た。聖司たちが乗った電車は、九時二分に新大阪駅を発車して十二時四十五分に新宮に着くのである。

桐原は地図をたたんで時刻表に目をやり、

「あれ？　この電車、京都が始発やがな。聖司、お前、なんで京都からこの電車に乗ってけえへんかったんや？」

と訊いた。

「きのう、甲陽園の実家に帰ったんや。あの糠床をお袋に預かってもらおと思て……」

聖司は照れ笑いを浮かべてそう答えた。

「糠床のために？　冬やねんから、たった一泊くらいなら、あのマンションに置いたままでも傷《いた》めへんやろ」

「うん、それがなァ、二日間も閉め切った狭いマンションに置いたままにしてたら部屋中が匂うねん」

「ビニール袋にでも包んで冷蔵庫に入れといたらええがな」

「そんなスペース、俺の冷蔵庫にはないんや」

「そうかあ？　あの木の桶、高さがこのくらいで直径もこのくらいやろ？　牛乳パックと缶ビールと卵が四つか五つしか入ってないお前の寂しい冷蔵庫に入らんはずないで」

「俺の冷蔵庫、外から見るよりも奥行がないねん」

たしかに冷蔵庫に入れようと思えば入れられるのだが、糠床の桶を預かってもらうことを口実に実家に帰ったのだとは言えず、

「きのうの夜、お袋が試しに昆布茶の粉末を糠床に入れてかき混ぜとった。おばあちゃんもときどきこうしてたような気がするって」

そう聖司は話題を変えた。じつは苦楽園口駅近くの「トースト」という店に行って、ひとりの女の顔を見ていたかったのだと白状してしまいそうな気がしたからだった。

電車が環状線の線路の上を走り始めて、左側に通天閣《つうてんかく》が見えてきたころ、前の車輛《しやりよう》のほうから風呂敷包みを手に持って、口髭《くちひげ》をたくわえた男が歩いてきた。

「あれ?」

と桐原が声をあげた。口髭の男が丸山澄男だったからである。

「朝早ように起きて、腕によりをかけてお弁当を作ったから、すんでのところでこの電車に乗り遅れるとこやったがな」

丸山は血色のいい豊かな頰を震わせるようにして嬉しそうに言い、空いている席の上に風呂敷包みを置いた。

「熊野灘を見ながら、みんなでお弁当を食べようと思てね。ぼくが焼いただし巻玉子

は絶品やでェ。鴨肉《かもにく》のスモークもええできやがな」

「みんなで、って誰とです？」

と聖司は訊いた。

「誰とですかって、きみらとやがな。天王寺からもうひとり合流するねんけど……」

「丸山先生も新宮に一緒に行ってくれるんですか？」

聖司の問いに、

「当たりまえやがな、東宝茶屋はぼくが推選したんやで。取材と撮影にちゃんと立ち会う義務があるがな。あっ、もう天王寺に着くなァ。ちょっと失礼」

そう言って、丸山は自分の席がある先頭のグリーン車のほうへと戻っていった。

「俺らの仕事をだしにして、若い女と旅をしようっちゅう魂胆《こんたん》やで」

桐原はあきれたように言って、わざと大きく舌打ちをした。

丸山が風呂敷包みを置いた席に夫婦らしい中年の乗客がやって来たので、聖司は風呂敷包みを自分の膝の上に移した。思いのほか重くて、聖司は仕方なく立ちあがり、風呂敷包みを座席に置き、通路に立ったまま、なかを覗《のぞ》いた。

丁寧にビニールで包まれた五段の漆塗《うるしぬ》りの重箱が見えた。

「ごっつい量の弁当やなァ。重たいでェ、十キロぐらいあるかも」

その聖司の言葉に、桐原はまた舌打ちをしてから言った。

「熊野灘を見ながら弁当？　なんぼええ天気でも十二月やで。寒いがな」

「そやけど丸山澄男手作りの弁当なんて、滅多《めった》に食べられへんで」

そう言いながら、聖司は空いている席に坐った。

電車が天王寺駅を発車してしばらくすると、グリーン車のほうから丸山澄男と二十歳前後の女がやって来た。

「ぼくの助手の平泉真沙子《まさこ》ちゃん」

丸山はそう紹介して、女にも聖司と桐原の氏名を言った。

聖司も桐原も席から立ちあがって初対面の挨拶をし、まだ丸山に紹介していなかった寺沢恭二というアルバイト学生を引き合わせた。

「あれ？　こんな若者がもうひとりいてたんかいな。全部で五人かァ……。弁当、足りるかな……」

そう言って丸山は風呂敷包みを持ち、それを通路に置くと、平泉真沙子を坐らせた。桐原が自分の席を丸山に譲ろうとすると、寺沢が席から立ちあがり、

「丸山先生、どうぞ」

と勧めた。

言語明瞭《めいりよう》だな、これなら自分の仕事が何かも知っている、と聖司は思った。

「きょうはどこに泊まるのん？　宿は予約してあるのん？」

と丸山が訊いた。

「男三人ですからねェ。寝られたらどこでもええんです。新宮市内のビジネスホテルに泊まろうと思って……。着いてから決めます」

聖司がそう答えると、

「せっかく新宮まで行くんやから、仕事が終わったら勝浦温泉でゆっくり温泉にでもつかったらどないやねんな。ぼくらはもう勝浦温泉の旅館を予約してあるんや。きょうは空いてるらしいで。その旅館の主人とぼくは昔からの友だちでなァ。夜はその旅館でにぎやかにおいしい魚三昧《ざんまい》っちゅうのはどない？　特別に頼んどいたら、熊野牛のすき焼きとかも用意してくれるで。熊野牛って、あっさりしてて、うまいんや」

と丸山は言い、ブレザージャケットの内ポケットから携帯電話を出してデッキへと行った。

他人の金で贅沢はしたくなかったので、聖司は慌ててあとを追い、すでに勝浦温泉の旅館の誰かと話し始めている丸山澄男に、正直に自分の考えを伝えた。

丸山は大きく頷きながらも、まかせておけといった表情で、

「男三人やから、一部屋でええな？」

と念を押した。

「旅館代は、ぼくが誘うたんやから、ぼくにまかしとき」

電話を切ると、丸山は笑顔でそう言った。

「それよりも、あの子、どう思う？　二十一歳で大学生やねん。ぼくの歴代の助手のなかではAクラスやと思えへんか？」

五十七歳でこの色の白さと艶やかな肌は珍しいと、いつも逢うたびに聖司を感心させる顔に愛嬌のある笑みを浮かべたまま、丸山は訊いた。

「いままでの女の人は、その、つまり、皆さん全部助手やったというわけですか？」

「そうやで。みーんな、ぼくの仕事のための助手やがな。いままでもそういうふうに紹介したつもりやけど」

「仕事のための助手ねェ……。ヘェ、そうですか」

「なんやねんな、その険のある目つき。そういう意地悪な目つき、聖司くんには似合えへんで」

「桐原は、もっと険のある目で丸山先生を睨んでます」

「桐ちゃんは、おもしろがってわざとあんな目でぼくを睨むんや。桐ちゃんはな、ほんまはぼくのことを好きやねん」

聖司は笑い、日本の熟鮓は、新宮と近江《おうみ》ともうひとつ、石川県金沢市の蕪鮓《かぶらずし》も取材したいのだと言った。

「うんうん、あれも立派な日本の発酵食品や」

丸山はそう言いながら、桐原たちのいる車輛へと戻った。

平泉真沙子という名の女は、屈託なく笑って桐原と何やら楽しげに話をしていた。

「写真家って、もっと写真家って感じの人かなって思ってました」

と真沙子は丸山に言った。

「そやろ？　桐ちゃんは、写真家に見えへんねん。大工さんか左官屋さんみたいやろ？　これが大事な点やねんで。仕事のできるプロフェッショナルっちゅうのはなア、俺は写真家でございい、なんて顔はしてないねん」

その丸山の顔を睨み、

「ぼくは大工さんか左官屋さんみたいですか……。大工さんにも左官屋さんにも失礼やがな。丸山先生は、前にぼくのことを、背広を着たら暴力団の幹部みたいやって言いはりましたよ」

と桐原が言うと、寺沢が顔を伏せて笑った。

桐原は手を伸ばしてそんな寺沢の後頭部を軽く叩いた。

聖司は、それにしてもよくこれだけ次から次へと美人をみつけてくるものだなと思いながら真沙子の笑顔を盗み見た。丸山澄男がうらやましくもあった。平泉真沙子は、桐原が聖司のパソコンにスタッフ用のパスワードを残しておいてくれた有料サイトに登場するモデルたちに比しても遜色《そんしょく》がないばかりか、その器量の良さはおそらくベストスリーに入るだろうと思われたが、大前美佐緒を脳裡《のうり》に描けば、一瞬にしてかすんでしまう……。

聖司はそう思った。

きのうの夕刻、聖司はトーストでエメンタル・チーズを買い、三人の客の応対をしていた大前美佐緒に「こんにちは」と挨拶をした。

美佐緒は聖司を覚えていて、「いらっしゃいませ」と笑顔で応じたが、買い物というよりもお喋りをするためにやって来たかのような近所の主婦がひっきりなしに話しかけてくるので、その相手をするのに忙しそうだった。

聖司はガラスケースのなかの幾種類かのチーズを見ているふりをしながら、美佐緒と主婦たちの会話を聞いていた。

どうやら三人の主婦たちの娘も美佐緒の娘も同じ幼稚園に通っていて、来年の春、同じ小学校にあがるらしいことがわかったし、美佐緒の歳もわかった。

「美佐緒さんが私とおんなじ三十五で、娘がいてるなんて誰も信用せえへんわ」

と主婦のひとりが言ったからである。

聖司は、美佐緒とひとことでもふたことでも言葉を交わしたかったが、主婦たちのお喋りはつづきそうだったし、姉と同い歳の人妻に惹かれてしまった自分というものに対するうろたえもあって、そのままトーストから出て実家へと戻ったのだ。

電車が和歌山駅に着くと、丸山澄男と平泉真沙子はグリーン車へと戻っていった。

「ここからが遠いねん。新宮に着くのは十二時四十五分や。ここからの約二時間四十五分が四時間くらいに感じるんや」

と聖司は言った。風呂敷に包まれている五段の重箱は寺沢恭二の隣の座席に置かれた。

東宝茶屋には午後三時に入ることになっている。きょうは主に正月用のサンマの熟鮓の本仕込み作業を取材する予定だったが、聖司は、時間があれば、これを作れるのは日本では東宝茶屋だけだという「三十年物のサンマの熟鮓」も撮影したかった。

この「三十年物」は、小さな陶製の壺《つぼ》に入れて売られている。壺のなかには、やや褐色味を帯びたヨーグルト状のものが入っている。

味も、かなり酸っぱいヨーグルトといった感じで、サンマの魚臭さも飯の名残りなども消えてしまっているのだ。

聖司は東宝茶屋の主人が出してくれた「三十年物のサンマの熟鮓」に少しの醬油と一味唐辛子を混ぜて食べたとき、発酵というものの底深さに触れた気がした。

それは肉眼では見えない微生物の魔法のような働きに対しての畏敬《いけい》の念といってもよかったが、科学の発達していない時代に、偶然と経験と勘と試行錯誤によって、さまざまな発酵食品を手中に納めていった先人の知恵への尊敬の思いも含まれていた。

「まあ好き嫌いもあるやろけど、うまいかって訊かれたら、俺は、格別にうまいものでもないと答えるやろなァ……」

聖司は電車が御坊《ごぼう》駅を過ぎたあたりから、桐原に「三十年物のサンマの熟鮓」について話し始めた。

「そやけどなァ、東宝茶屋のご主人がせっかく出してくれはった貴重な食べ物を残すわけにはいかんと思て、多少無理をして全部食べたんや。珍味の持つうまさ以上のもんは感じんかったけど、食べてから二、三日、とにかくお腹の調子がええし、体が活性化してるような気がしてなァ」

と聖司は言った。

「これを肴《さかな》に酒を飲んだら、二日酔いにならんのですってご主人も言うてはった。あれは貴重な発酵食品であると同時に貴重な薬でもあるんやなァって気がしたんや」

「仕込むときに、これは三十年物にしようと決めてるんか？」

と桐原は訊いた。

「どうもそうではないみたいや」

と聖司は答えた。

「一年物、二年物、三年物と分けて作ってると、桶の底にサンマとご飯のかけらのようなもんがどうしても残るんや。それもまた貴重なもんやけど、桶は新しい熟鮓を作るためにきれいに水洗いして干さなあかんやろ？　そのとき捨ててしまうのは勿体《もったい》ないから、そのかけらのようなもんを別の容器に保存しといたら、どんどん発酵が進んで、サンマの身も飯粒もドロドロのヨーグルト状のもんになっていったんや。勿論、ご主人だけの技術でときどき手入れをせなあかんやろけど、そうやってるうちに、いつのまにか三十年物のサンマの熟鮓ができあがったんや」

しかしその三十年物のサンマの熟鮓は、あくまでも本来の紀州の熟鮓を製造する過程で付随的に作られるものなのだ。

東宝茶屋の熟鮓を求める客の多くは、一年物、二年物、三年物あたりを目当てに来店するらしい。

　聖司はそう説明した。

「やっぱり臭いか？」

　と桐原は訊いた。

「俺は臭いとは思わんかったなァ。サンマに包まれてる飯は、普通のご飯とお粥の中間くらいの軟らかさで、一年物はあっさりしてるし、二年物はそれよりちょっと酸っぱくなってて、三年物はさらにそれより酸っぱい……そんな感じやなァ。サンマの身そのものも、生よりも生臭さが消えて、うま味が増してるような気がしたで」

　いまでも、とりわけ熊野川沿いに住む人々は、正月用の料理として家庭でサンマや鮎《あゆ》の熟鮓を作っているらしいと聖司は言った。

「三年物がぎっしり並んでる桶の蓋をあけて見せてくれはったけど、きれいなサンマの姿鮓が整然と詰まってて、ちょっと見惚《みほ》れたなァ。なんかこう……宝物を見てるって感じやったで」

「ふーん……。それは近江の鮒鮓とはまた違う熟鮓やろ？」

　と桐原は訊いた。

「うん、違うんや。近江の鮒鮓を作るために使うご飯は捨ててしまうんや。ご飯はほとんど食べへん。食べるのは鮒の身と、腹に詰まってる卵だけや。紀州の熟鮓と近江の鮒鮓との違いのひとつは、発酵のために使ったご飯も一緒に食べるかどうかや」

桐原はしばらく考え込みながら、線路の右側の風景を見ていた。聖司がその視線を追うと海が見えた。

「発酵のための菌は、乳酸菌とか、つまり人間の体に有益な発酵菌やろ？　魚の身は塩漬にしてある。米は炊いてご飯にしてある。発酵菌は、どこにおるんや？」

桐原の問いに、

「うん、俺もおんなじことを東宝茶屋のご主人に訊いたし、近江の高島町の喜多品のご主人にも訊いたんや。ふたりとも、さあって首をかしげて、どこにいてるんですやろ……、そんなこと考えたこともないですなァって言うねん。ふたりとも笑いながら、そういうことはどこかの大学のえらい先生に訊いてくれって……」

と聖司は笑みを浮かべて答えた。

「岸谷教授に訊いたんやろ？　発酵学と醸造学を専門にしてる大学の先生に」

と桐原は訊いた。

「うん、ちゃんと訊いたで。とりあえずおおまかなことは教えてくれはった」

聖司は鞄からノートを出した。

「乳酸菌ちゅうのはな、とにかくどこにでもおるんや。口のなかにもいてるし、胃とか腸とかにもいてるし、空気中にもいてる。それでやな、乳酸菌ちゅうやつは、炭水化物をエネルギーにして増殖して、乳酸をぎょうさん作り出しよる。この乳酸が肉とか野菜とか乳とか飯とかの pH《ペーハー》 を低下させよる」

「ペーハーて何や？」

「ペーハーが高いっちゅうことはその物質のアルカリ度が強いことで、ペーハーが低いっちゅうのは酸性度が強いっちゅうことやねん。食中毒を起こす菌や腐敗菌なんかの有害微生物のほとんどは酸性の強いところでは増殖でけへんのや。つまり乳酸菌が活発に生きてる場所は、有害菌にとっては生きにくいところやということになるんや。さらにやなァ、菌という微生物の世界には〈拮抗《きっこう》作用〉っちゅう揺るぎないメカニズムがあってやなァ……」

「拮抗作用て何や？」

「ひらたく言えば、数の多いほうが勝つという非常にわかりやすい原則やな。ある環境下で、乳酸菌のほうが多かったら、少々手強《てごわ》い腐敗菌とか有害菌が入って来ても、乳酸菌がよってたかって殺してしまうんや」

「なるほど！　わかりやすいがな。国会の審議とか、やくざ屋さんの縄張り争いとおんなじようなもんやな」

「うん、まあそうやな。数の多いほうが勝つ……。生き物の戦《いくさ》の普遍的な掟《おきて》や。これ以上のこまごまとした専門的な知識は、また後日に岸谷先生からレクチャーを受けることになってるねん」

「もうそれで充分やがな」

と桐原は言った。

「充分ではないでェ。活発に増殖した乳酸菌が、肉や魚や野菜に、さて何をしよるのか……。これが大きな問題やがな。発酵が進むことによって、それまで単なる魚でしかなかったものが、なんでその本来の魚以上のうま味とか香味とかこくとか栄養素を得るのか……。それがいちばん大事なポイントやろ？」

「なるほど」

桐原は、ひどく感心したように聖司を見つめた。

紀州の海は、あらわれては消えた。雑木の林が、トンネルが、民家の居並びが、おだやかに光る海の姿を絶え間なくさえぎるからだった。

「糠床には苦労してるねん」

と聖司は言った。

「おばあちゃんの木の桶を使《つこ》うたのが失敗やった」

「なんでや?」

「匂うんや。マンションてやつは気密性が高いやろ? 夜、マンションに帰って来て、部屋のドアをあけた瞬間に、あの糠味噌の匂いが鼻をついてきよる。いまはセラミックとか陶器とかにハイテクを駆使した糠床用の容器が売ってるらしいねん。俺の糠床、それに入れ替えようかなァって迷ってるねん」

「自分で漬けた野菜の味はどうや?」

と桐原は訊いた。

「自分が漬けたんやと思うと余計にうまいねんけど、とにかくひとり暮らしやから、食べるのに苦労してるねん。漬けすぎると酸っぱくなってしまうから。それで、こないだから漬ける野菜の量を、自分が食べられる分だけに減らしたら、なんやしらんけど寂しいなってしもてなァ……」

「なにが寂しいねん?」

「桶のなかに胡瓜一本て、寂しいで」

聖司の言葉に、桐原は笑い、

「俺と女房のぶんも漬けといてくれよ。三日にいっぺん貰いに行くわ」

と言った。

「ほんまに三日にいっぺん取りに来てくれるんやろな？」

「行く行く。女房の腸のなかを、お腹の子供のためにも乳酸菌と野菜で掃除しとかなあかん。健康な子育ては胎内からっちゅう諺《ことわざ》があるがな。母親が化学薬品まみれのものを食べとったら、お腹の子に影響する」

「そんな諺、あったかァ？」

新宮行きの電車は紀伊田辺に停まり、次に白浜《しらはま》に停まった。海はさらに近くなっていた。

聖司はよく発酵した糠床のなかの糠味噌には、もはや天文学的数字の乳酸菌がひしめいているのだと桐原に言った。

「小さじに一杯くらいの糠味噌のなかに、八億個から十億個の乳酸菌が活動してるそうやねん。乳酸菌以外にも、他の細菌とか酵母が一億個以上……。死んだおばあちゃんのあの木の桶のなかは、もう無限の世界やで……」

そしてこれは丸山澄男から聞いた話なのだがと前置きし、

「糠床に人生をかけてるっちゅうような、つまり糠床オタクが、日本にはぎょうさんいてるそうやねん」

と聖司は言った。

「糠床オタク？」

桐原は笑いながら言って、いつもポケットに入れている小型カメラで、つかのま見えた紀州の海を素早く撮った。

「うん、いろいろと工夫した糠床を五つも六つも作って、それに名前をつけてなァ、糠床専用の冷蔵庫を自分の部屋どころか、そのために建てたプレハブのなかに置いて、糠漬作りに精魂をかたむけてる人たちがいてるんやて」

「趣味というよりも、凝りに凝ったマニアックな世界と化してるわけかァ……」

桐原は感心したように言った。

「この糠床の名前は菜々ちゃん、とか、こっちはアケミちゃん、とか、こっちは塩と鷹の爪を特別に効かせて男らしく剛直な味の糠漬用やから太政大臣・平糠盛とか……」

「ほんまかいな。また丸山のおっちゃん、ええ加減な作り話をしてるんとちゃうか？」

桐原は半ばあきれ顔で、疑い深そうに言った。

「いや、どうもほんまの話らしいねん。インターネットで『糠床』で検索したら、そういう人たちのホームページがいっぱいあるそうや」

「それって、もうペットの世界やなァ」

と桐原は言った。

確かに一脈通じるものがあるかもしれないと聖司は思った。

「うん、そうなったら糠床はその人にとって一種の愛玩物《あいがんぶつ》やなァ。糠床そのものが生き物やねんから、ペットを飼《こ》うて可愛がる感覚と似てくるかもしれへんな」

「それって、怖い世界やで。俺はそういうのを怖いと感じる人間やねん」

と桐原は言った。

電車は十二時過ぎに串本に着き、すぐに発車した。

「怖いかなァ……。盆栽いじりも似たようなもんやろ？」

聖司がそう言うと、

「盆栽と糠床とを一緒にせんといてほしいな」

と桐原は真顔で言った。

「盆栽は、奥の深い、由緒正しき趣味やがな」

聖司は意外な気がして桐原に訊いた。

「お前、まさか盆栽の趣味なんてないよなァ？」

「俺は大学で〈盆栽研究会〉っちゅうサークルを設立した男やがな。俺の大学には、いろんなサークルがあったけど、盆栽研究会っちゅうのはなかったんや。俺の大学生活はなァ、盆栽研究会を立ちあげて、大学から予算を貰えるまでにするための苦闘の日々やったんや」

聖司はしばらく桐原の角刈り頭を見つめたが、そのうち笑いを抑えきれなくなってきた。

「何がおかしいねん。なんで俺の頭を見るねん。これは盆栽と何の関係もないがな」

と桐原は不機嫌そうに言った。

「お前、盆栽が趣味やったんかァ……。知らんかったなァ」

「大事にしてる盆栽が十五鉢あったんやけど、女房が、狭いマンションの狭いベランダに置かれたら洗濯物が干されへんいうて、いつのまにか人にやってしもて、いま三鉢しか残ってない」

「その頭も、剪定鋏《せんていばさみ》で自分で刈ってるのか？」

「黙れ！　盆栽と糠床を一緒のレベルにしやがったら、お前のその首をしめるぞ！」

聖司は前の座席に坐っている寺沢恭二の肩が小刻みに揺れているのに気づいた。寺沢も声を抑えて笑っていたのだ。

「盆栽にも、それぞれ名前がついてたりするやろ？」

と聖司は桐原に訊いた。

「名前と違うがな。〈銘《めい》〉と言え、銘と。盆栽の名品には銘がつくんや。菜々ちゃんとかアケミちゃんとか、そんなもんとちゃうで！」

桐原はそう言ってから、腹が減ったとつぶやき、弁当の入っている風呂敷包みを見やった。

「塩鮭《しおざけ》の頭だけを糠床に入れるっちゅう人がおった。新聞のコラムに載ってたんや」

と聖司は話題を糠床に戻した。盆栽の話をしていたら、からかいすぎて桐原を怒らせてしまいそうな気がしたのである。

「食べるためと違うねん。漬物の味に独特の深みを与えるためやねん」

糠床に入れられた塩鮭の頭は、乳酸菌や酵母菌によって分解され、いつのまにかその姿を消してしまう。身も骨も目玉も、すべて糠味噌に溶け込んでいってしまって、それらは漬けた野菜類に浸透していくのだ。

聖司がそう説明すると、

「お前、自分の糠床に変な名前、つけんといてくれよ。菜々ちゃんとかアケミちゃんとか……」

と桐原は言った。

「うん、名前なんかつけへんで。つけるんやったら〈銘〉やな。堂々たる〈銘〉や。一文字とか、流星とか、朝比奈とか、羽衣とか、松風とか……」

聖司の言葉に、

「そら焼物の名品やがな」

と言って桐原は笑った。

「一文字は、長次郎の赤楽《あからく》茶碗やったなァ」

そう聖司が言うと、

「長次郎の赤楽茶碗には〈無一物〉っていう銘がつけられてるのもあるで。穎川《えがわ》美術館で見たことがある」

と桐原は言った。

「長次郎の黒楽茶碗に〈俊寛《しゆんかん》〉っていう銘のがあるんや。俺はあれが好きやなァ。写真で見ただけやけど、いっぺん実物を観てみたいなァ」

聖司はそう言いながら海を見た。まったく風はないようだが、小さな尖《とが》った波は多かった。

新宮に着くと、丸山澄男は予約してあったレンタカーを借りるために駅の横のレンタカー会社へ行った。丸山はワゴン車を借りていた。

「海を見ながらお弁当を食べよか」

運転席に坐った丸山が言った。撮影機材をトランクに入れ、聖司と桐原と寺沢は後部座席に坐った。

新宮市の地図をひろげ、

「海はあっちですね」

と聖司が指さした方向へと丸山は車を走らせた。

すぐに海のそばに辿り着いたが、丈の高い堤防ばかりで、そのうえ駐車できる場所がなかった。

「きれいな海、すぐそこやのに……」

どこかに防波堤の切れ目はないかと、車を海岸べりの道で行ったり来たりさせている丸山に真沙子は言った。

「このへんは、台風の通り道やから、こんなに背の高い防波堤を張りめぐらせとかんとあかんのやろなァ」

丸山澄男はそう言って、新宮からかなり勝浦のほうへ戻ったところにある公立グラウンドの駐車場に車を停めた。

防波堤は聖司たちの胸の高さほどあったが、幅は広いので、そこにのぼれば熊野の海を見渡すことができる。

丸山澄男は防波堤の下で四つん這《ば》いになり、

「ぼくを台にしてのぼったらええわ」

と真沙子を促した。

真沙子は言われたとおりにして防波堤にのぼり、聖司の手から重い風呂敷包みを受け取った。

「痛いなァ……。真沙子、靴ぐらい脱いでェなァ」

ローヒールで踏まれた背中がよほど痛かったらしく、丸山は顔をしかめて背を反らせた。

あっ、これが今夜のふたりのケンカの種になるぞ、と思いながら、聖司は四つん這いになり丸山に防波堤にのぼるよう勧めた。丸山は礼を言い、靴を脱ぐと、聖司の背を踏み台にして防波堤にのぼった。

丸山澄男は温厚で、たいていのことには腹を立てたりしないのだが、無神経さとか粗雑な行為というものに対しては怒りをあらわにする。

たとえ踵《かかと》の尖っていない靴であろうとも、人の背中を踏み台にするときは、その靴を脱ぐのが礼儀というものであろう……。まして真沙子が履《は》いているのはスニーカーの類ではない。凶器に等しいハイヒールではないにしても、五センチ近くあるローヒールなのだ。

丸山澄男は、いまの無神経な行動で、この真沙子という顔立ちの整った若い女に愛想をつかしたことだろう。丸山にはそういうところがあるのだ。

今夜、このことでふたりのあいだに一波乱起これば、自分たちはきっと巻き込まれるだろう……。

防波堤にのぼり、最後に残った寺沢恭二を桐原と一緒に引っ張りあげながら、聖司はそう思った。

五段の重箱のうち二段にはお握りが詰まっていた。別の三段には、だし巻、鴨のスモーク、高野豆腐の煮物、昆布巻、鯛の子、カタクチイワシの梅煮、レンコンの酢のもの、海老のチリソース炒《いた》め、京野菜の漬物が形よく並べられている。

「凄い！　うまそう」

聖司の言葉に丸山は嬉しそうに微笑んで言った。

「精魂込めて、ぼくが自分で作ったんやからね。下ごしらえの時間も入れたら完成するのに五時間かかったんやで」

お握りは、朝の五時に起きて握ったのだという。

「これは五人でも食べきれませんよ」

と桐原は言い、重箱の蓋に丸山と真沙子のためのお握りを載せた。

「箸が一本足らんなァ」

丸山はそう言うなり、自分の箸を真ん中から二つに折り、それを寺沢恭二に渡した。

「こんな青い穏やかな熊野灘は珍しいなァ。鳶《とんび》がくるりと輪を描いてるがな」

丸山は、鳶がくるりと、という部分だけ節をつけて歌い、寺沢に、遠慮するなと言って重箱を差し出した。

「うまい！　うまいですねェ。ぼく、こんなにうまいもん、初めて食べました」

寺沢は鴨のスモークを口に入れるなり言った。すでにお握り三つが寺沢の胃に入っていた。

「お茶を買って来ます」

寺沢はそう言って、丸山から車のキーを貰い、防波堤から飛び降りると、車のほうへと走っていった。

真沙子は海のほうへと脚を投げだし、なんとなくふてくされた表情でお握りを頬張っている。丸山が一瞬にせよ本気で怒ったことに腹をたてているようだった。

そんな真沙子に、ポケットのなかのカメラを向け、

「カメラテスト」

と笑顔で言って、桐原はシャッターを押した。場の空気を察した桐原が、真沙子の機嫌をとってやっているのだということは聖司にはわかった。

「プロの写真家に撮ってもらうなんて初めて」

と真沙子は照れ臭そうに言いながら、拙《つたな》いポーズをとった。

聖司は、桐原のカメラにはフィルムが入っていないことを知っていた。新宮駅に着くとき、桐原は撮り終えたフィルムをカメラから出したが、そのあと新しいフィルムは入れなかったからだ。

「ぼんやりと海を見てくれる？」

そう言って、さらに三回シャッターを押し、桐原はカメラをブルゾンのポケットにしまった。

ペットボトル入りの茶を五本持って、寺沢が戻ってきた。

五段の重箱はたちまち空になった。

聖司たちは、揃って海のほうに脚を投げ出し、しばらく無言で頭上の太陽を見あげ

たり、遠くの船に視線を投じたりした。

「冬の海辺で日なたぼっこかァ……。小学五年生のとき以来や」

と丸山が言った。

「随分昔ですねェ」

聖司が言うと、

「うん、昔のことやなァ……。十歳のときやから、四十七年も昔や」

そうつぶやいて、丸山は旋回しながら防波堤に近づいてきた鳶を、小首をかしげるような格好で見やった。

「親父が女と心中しよってなァ、天橋立《あまのはしだて》で。親父は四十五歳。女は二十八やった」

と丸山はかすかに笑みを浮かべて言った。

「妹はまだ五歳やったから、お袋はぼくだけつれて天橋立まで行ったんや。妹を自分の母親に預けて……」

京都駅からディーゼル列車に乗ったことは覚えているし、父が死んだという哀《かな》しみで、母が駅で買ってくれたチョコレートを食べたいと思わなかったことも覚えているのに、そのあとのことはまったく記憶から消えてしまっている。

たしか、病院に安置されている父親とも対面したはずだし、そのあと警察にも行ったそうなのだが、それは記憶にない。けれども、そのあと、天橋立の、父と女が心中した旅館が見える海辺に母と長いこと並んで坐っていたことは覚えているのだ。

「十二月二十四日や。クリスマス・イブや。冬の丹後《たんご》は雪が多いねんけど、ええ天気で、風もないし、ぽかぽかと暖かかったわ。坐りやすそうな岩に積もってる雪を手で払いのけて、そこに坐ってたんや。お袋が、気持が悪いくらい暖かいなァって言ったのをはっきり覚えてるんや」

そう言ってから、丸山は、今朝お握りを握っているとき、ふいに冬の海辺で日なたぼっこをしてみたくなったのだと鳶を目で追いながらつぶやいた。

「南紀方面もいいお天気で、四月上旬並みの気温になるでしょうっちゅう天気予報をラジオで聴いたとき、よし、きょうを逃がしたらもうないと思たんや」

「もうないって、何がもうないんですか？」

と聖司は訊いた。

丸山は照れたように微笑んだだけで、それきり黙り込んでしまった。

「まさか私と心中しようって考えてるのとちゃうやろね」

真沙子が真顔で言った。

丸山は驚き顔で真沙子を見つめ、それから声をあげて笑った。

「冗談やないわ。私、そんな人と一緒に旅館に泊まるの、いややわ」

「心中なんかするかいな。ぼくはまだまだ生きてたいがな」

丸山の言葉が終わらないうちに真沙子は防波堤の上で立ちあがり、降りるのを手伝ってくれというふうに聖司を見た。

どうやら本気のようだったので、聖司はどうしたものかと丸山を見た。丸山は、好きにすればいいといった表情で真沙子から海へと視線を移した。

聖司よりも先に桐原が防波堤から飛び降り、真沙子の体を抱くようにして降ろしてやった。

真沙子は一度も振り返らず、グラウンドの横を歩いて広い道に出ると、新宮駅の方向へと姿を消してしまった。

「あの子とはまだ二回しか仲良うしてないねん。三十五万円のハンドバッグを買うてやって、十万円お小遣いやったのに……。合計四十五万円かァ……。ぼったくりやがな」

丸山が自分で自分の肩を揉《も》みながら言うと、

「ぼく、きれいな女の子になりたいです。たった二回、仲良うするだけで四十五万円にもなるんやったら、少々のことは我慢します」

そうつぶやき、寺沢恭二は防波堤から降り、重箱を大事そうに持ってグラウンドのなかにある水飲み場へ行った。

水道の蛇口が五つ並んでいるところで重箱を洗っている寺沢に視線を向けながら、

「若《わこ》うてきれいな時期なんて一瞬やで。ほんの一瞬で終わってしまうで」

と桐原が笑顔で言った。

「少々のことは我慢しますって、それ、どういう意味かなァ……。寺沢くんのいまのひとこと、ぼく、傷ついたなァ」

丸山は笑いながら言い、腕時計を見た。聖司は防波堤から降りると、丸山が降りるのを手伝ってやりながら、

「楽しい日なたぼっこでしたね。お弁当はおいしかったし」

と言った。

「贅沢でしあわせな冬の日なたぼっこやったなァ」

そう言って、丸山はまた長いこと海に見入った。

東宝茶屋は、新宮駅から北西に少し行ったところにある。周りには、料理屋や居酒屋が並んでいて、東宝茶屋も、五人掛けのカウンターと、七、八人がテーブルを囲め

る席、それにカウンターの横に小さな座敷席が二つあって、品書には、この店の名を知らしめているサンマと鮎の熟鮓の他に、てっちり鍋、寄せ鍋、魚ちり鍋、黒まぐろやアワビの造り、焼き穴子、うなぎの蒲焼《かばやき》、地蛸《じだこ》の唐揚、釜めし、天麩羅《てんぷら》、魚のフライといった一品料理が並んでいる。

日本中でこの店以外では口にできない三十年物のサンマの熟鮓は、付き出しとして小皿に入れられて出されるのだ。

聖司たちが店の戸をあけると、白い割烹着《かっぽうぎ》を着てゴム長を履いた主人がすでに熟鮓用の飯の炊き上がりを待ちながら、一年前に塩漬したサンマの塩の抜け加減を調べていた。

桐原は初対面の挨拶をすると、すぐに撮影の準備を始めた。その迅速さと手際の良さを目にするたびに、聖司は手術室に入った腕のいい外科医を想像してしまう。

五十歳だという主人は、何をどう撮ってくれても結構だと柔和な表情で言った。

寺沢はカメラにフィルムを入れ、ポラロイドカメラの準備をして、照明用ライトの試験を何度か繰り返すと、携帯用のレフを聖司に渡して、

「お願いします」

と言った。

調理場は狭くて、塩抜きを終えたサンマが入っているバケツがあちこちに置いてあるために、桐原はカメラを構える位置に苦労していた。仕事の邪魔をせず、理想のカメラアングルを得るのは難しかった。

写真に撮られたくないのは、あるひとつの工程だけだと主人は言った。

吉野杉の木桶に仕込まれた熟鮓は、発酵の途中で人間がある種の細工をしてやらなければならない。

素人が見ても、それがいかなる細工なのか皆目わからないのだが、いい熟鮓を作ろうとあれこれ工夫を重ねている者には、なるほどこの作業が東宝茶屋のサンマの熟鮓のうまさの秘密だったのかとわかってしまう。

主人はそう説明して笑った。

「というても、そんなに大層なことをするんやないんですが。それをやるかやらんかで、まったく違ってくるんです」

その、ある工程におけるちょっとした技は、やはり亡き父や自分が試行錯誤して辿り着いたものなので、そう簡単には他人に教えたくない。

主人はそう言って、作業の手をしばらく休めて、撮影している桐原を見ていたが、やがて冷ました飯をサンマの腹に詰め始めた。

事前にきれいに洗って干しておいた木桶の底に、飯を詰めたサンマが並べられていった。

それらが丁寧に整然と桶の底に並ぶと、主人はその上にシダの葉を敷きつめ、さらにその上に飯を抱いたサンマを並べつづけた。

桐原は、カメラの位置を座敷席に移し、一桶が満杯になったら、この座敷のテーブルの上に載せて撮りたいと言った。

東宝茶屋の主人は、一年前に仕込んだ桶も用意してくれていた。

それは一年物の熟鮓として充分に発酵している。桐原は額に汗を滲ませて撮影をつづけ、レフを持っている聖司に言った。

「客に出すために切り分けられた熟鮓をスタジオで撮りたいねんけど」

熟鮓を盛る皿は、自分が選びたいし、背景や照明も納得できるものにしたいという。

「地方発送もやってはるんやから、この熟鮓を持って帰って、あらためて撮影することは可能やで」

と聖司は言った。

丸山澄男は撮影の邪魔にならないよう気を配って、店の入口のところに壁で囲う形で設けられた大人数が腰かけられるテーブル席でビールを飲んでいた。

まだ二十歳の寺沢恭二は、桐原がときおり指示をだすたびにカメラの機種を替えたり、ポジフィルムをポラロイドの印画紙に替えたりしたが、それ以外の作業は、見ていて気持がいいくらいに桐原と呼吸があっていた。

「サンマの塩抜きの加減には、何か明確な基準はあるんですか？　たとえば真水に二十分つけるとか」

と聖司はレフを両手で高く掲げたまま主人に訊いた。

「べつに基準なんてないですねェ。勘だけです」

笑顔を絶やさないまま、主人は答えた。その笑顔には、どことなく含羞《がんしゅう》があって、新宮に東宝茶屋ありと知られた職人の気難しさなどはどこにも感じられない。

撮影が終わっても、主人は黙々と作業をつづけた。

機材を片づけ、座敷のテーブルを寺沢がきれいに拭いていると、裏口から入ってきた主人の妻が茶をいれてくれた。

東宝茶屋は、この店以外に、新宮市内の一角に塩漬したサンマや鮎や、桶に仕込んだ熟鮓を熟成させるための貯蔵庫を持っている。聖司は、次回はその貯蔵庫を撮影したいのだがと主人に言った。

「貯蔵庫というてもプレハブの小屋全体を冷蔵庫にしたようなもんでして、木桶やポリ容器が積みあげてあるだけで……」

その口ぶりには、貯蔵庫の様子はあまり公表したくないといった意思が含まれていた。

「貯蔵庫に何か秘密があるっちゅうわけやないんです。まあ要するに写真に撮ってもあんまり意味があるとは思えんのです」

と主人は言った。

「貯蔵庫の温度は何度くらいに保たれてるんですか？」

「十度から十五度くらいですねェ。夏は十度くらいに下げますし、冬は少し上げてやったり……。それもその日その日の天候の具合で、調節してやったりせなんだり……。貯蔵庫なんてなかった時代には、風通しとかでいろんな工夫をしたんでしょうが……」

「この吉野杉の木桶のなかにどのくらいの数の熟鮓を仕込むんですか？」

「一桶に五十本です」

そう答えると、主人は調理場の冷蔵庫のなかから三十年物のサンマの熟鮓を出し、そのヨーグルト状のものを蓋付きの小さな壺に入れた。

熊野川の鮎やヤマメ、熊野灘沖のサンマや鯖《さば》を木桶のなかで米と一緒に自然発酵させる製法は室町時代に始まったと聞いている、と主人は説明した。

「その頃は、勿論、貴重な保存食やったんですが、同時に薬としても貴重なもんやったそうです。胃腸薬ですね。下痢にも便秘にも、食当たりにも、たしかによう効きます」

主人の妻が、三十年物のサンマの熟鮓の入った壺をラップで包み、それを四角い箱に納めて包装し、聖司に手渡してくれた。

この紀州のサンマの熟鮓に関して、次にどんなものを撮影したらいいのか、聖司は判断がつきかねていた。とりあえず、あすもう一度東宝茶屋に来て、一年物、三年物、五年物の熟鮓をスタジオに持って帰り、あらためて撮影しようと決めた。

聖司たちは主人夫婦に、仕事の手を止めさせてしまったうえに、懇切《こんせつ》に取材に協力してもらったことへの謝辞を述べて、東宝茶屋を辞した。五時半になっていて、海の方角はまだ朱色が残っていたが、新宮の町は夜の色になっていた。

何もすることがなかったのでビールを三本飲んでしまったという丸山に代わって、レンタカーのハンドルは聖司が握り、勝浦への国道へと車を走らせた。

「あしたは熊野川に沿って走ってみてくれへんか？」

と桐原は言った。

「熊野古道ってのを撮りたいんや」

「写真に撮りたいのなら、熊野古道は歩かなあかんで」

と丸山澄男は言った。

熊野古道と呼ばれる道は一本だけではない。幾つかの古道が蟻《あり》の巣のように熊野地方に張りめぐらされていて、険しい深山幽谷《しんざんゆうこく》に分け入る道もある。車では古道の真の姿を見ることはできない。

そう丸山は説明した。

桐原は頷き返し、

「歩けるところまで歩きます」

と言った。

熊野灘も撮りたいが、あんなに防波堤だらけだと絵にならない。昔からその地に根ざしてきた食品というものは、その風土と深くつながりあっているはずで、紀州の熟鮓も例外ではあるまい。

温暖な気候、荒々しい海、そして熊野川の清流と熊野の鬱蒼《うっそう》とした樹林の峰々。これらが融合して生じる大気が、熟鮓の発酵に科学では説明できない熟成をもたらしているはずだと桐原は言った。

そのためには、風土を伝える写真の掲載も必須であるはずだ、と。

「うん、桐ちゃんの言うとおりや。そやけどそのための撮影は、もっと暖かくなってからにしたらどないや？　山歩きの装備をして、えっちらおっちら歩ける時期に」

桐原は、その丸山の意見に同意した。

「彼女が帰ってしもたんやから、安いビジネスホテルに泊まりましょうか」

と聖司は丸山に言った。

車はすぐに国道に入り、左手に入江のような島影が見えたが、そのわずかな朱色もすぐに黒くなって、沖合の船の灯が大きく光り始めた。

「ぼくは、すぐにかっとなる女が世の中でいちばん嫌いやねん」

丸山はそう言ってから、今夜の宿はもう予約してしまったし、電車のなかで電話をして、夕食は熊野牛のすき焼きを特別に頼んだので、もういまさらキャンセルはできないのだと説明した。

「勝浦の温泉につかって、熊野牛のすき焼きを食べような。ぼくにお金を使わせとうないんやったら、一人八千円払ってェな。旅館には、二万四千円だけ別に領収書を書いてもろたらええねん」

と丸山は笑いながら言った。

「八千円て、なんで八千円ですか？」

聖司が訊くと、

「東宝茶屋のご主人に訊いたら、新宮市内にあるビジネスホテルの料金はだいたい八千円くらいやねん」

丸山はそう答え、

「ぼく、もう浮気はやめる」

と言った。

「えっ？　そんなまた大地震が起きそうなこと言わんとってください」

聖司の言葉に、後部座席に坐っている桐原が笑い、手を伸ばして、助手席の丸山の肩をなぐさめるように揉んだ。

「もうぼくはひとりの女ひとすじで行くで」

「やっぱり奥さんのもとに帰りますかァ。丸山先生の周辺から若い美女の姿がなくなったら、なんや寂しいですねェ」

その聖司の言葉にかぶりを振り、

「ぼくは女房の胸から飛び立ったことはいっぺんもないでェ。あの女房あってのぼくやがな。そやけど、ひとりの女ひとすじで行くっちゅうのはやなァ、ぼくはこれからは美奈子だけにするっちゅうことや」

と丸山は言った。

「美奈子？　誰ですか？」

それは丸山の妻の名ではないなと思いながら聖司は訊いた。

「二十一歳のなァ、気性の柔かい子やねん。九時前に勝浦駅に着くはずや」

そう言って丸山は携帯電話を出した。

「電車に間に合《お》うたか？」

相手が電話に出るなり丸山は訊いた。

「ああ、そうか。ほな紀伊勝浦の駅に迎えに行くわ」

丸山は電話を切り、日が落ちるのが早くなったもんだとつぶやきながら、聖司を見て微笑んだ。

「あの真沙子さんと入れ換わりに、美奈子っていう人が来ることに決まったのは、いつですか？」

と聖司が訊くと、丸山澄男は、東宝茶屋の店先から美奈子に電話をしたのだと答えた。

「せっかくの熊野牛のすき焼き、美奈子は食べられへんけど、電車のなかで駅弁を食べていくからかめへんて言うとった」

勝浦温泉という標示板に沿って左折しながら、

「あの真沙子さん、気が変わって、旅館のほうに来たらどうします？　かっとなっていったんは大阪へ帰る電車に乗ったけど、途中で引き返して、そのまま旅館に訪ねてきて、さっきはごめんね、なんて言いながら部屋をノックしたら……」

と聖司は言った。

「そやなァ。そういうこともなきにしもあらずやなァ。そんなことになったら、えらいこっちゃがな」

丸山は笑みを消した。聖司は旅館を捜しながら車の速度を落とした。

「旅館は、港から船に乗っていくんやで」

と丸山は言った。旅館専用の船が港と旅館とを結んでいて、駐車場は港の近くにあるのだという。

「旅館の人に頼んで、ぼくらは急遽《きゅうきょ》キャンセルして、今夜は泊まってないってことにしてもろたらええんです」

と桐原は言った。

「そうか、そのてがあったなァ。うん、そうするわ。旅館に着いたらそう頼んどくわ」

「案外、あの真沙子って子ォ、もう先に旅館に着いてたりして……」

桐原は脅すように言って、また丸山の肩を揉んだ。

「えっ！　それもまたなきにしもあらずやなァ……。ぼく、港で待ってるから、聖司くん、先に旅館に行って様子をさぐって来てェな」

丸山の言葉に聖司が応じる前に、寺沢は、

「ぼくが見てきます」

と言った。

「もし真沙子さんが来てたら、丸山先生は京都へ帰ったって言います」

「いやァ、二十歳の学生さんにそこまでご面倒をかけて、いやァ、面目ないなァ。寺沢くん、このご恩は忘れへんで」

丸山は寺沢に握手を求め、たちまちいつもの笑顔を取り戻した。

港からは大きな旅館が見えていた。

駐車場に車を停めると、寺沢だけが桟橋《さんばし》に停泊している旅館専用の船に乗った。

夜、旅館から出て、勝浦や新宮に行く客は十一時の最終の船に間に合わなければ、旅館には戻れなくなってしまうらしい。

港には、海産物や紀州産の梅干しなどを売るおみやげ屋が並んでいた。

聖司たちは、桟橋から少し離れたところで夜の海を見やった。寺沢の乗った船が旅館のある島のほうへと進んでいくのが見えた。

聖司は、あの真沙子という女は二度と丸山の前に姿をあらわさないだろうと思った。戻ってくるような女ではない……。

「もうきょうしかない、っていうのは、どういう意味ですか？」

足元の小石を拾ってそれを眼下の海に投げ入れながら聖司は丸山に訊いた。

一瞬、何のことかと怪訝《けげん》な表情で聖司を見つめ、それが自分の言った言葉であることに気づいたらしく、丸山は岸壁に腰をおろして言った。

「冬に海のすぐ近くで日なたぼっこ……。それを、小学五年生のあのときとはまったく違う楽しい状況でやる。そうやって、あの思い出にバイバイするねん。それには、きょうしかない。太平洋と日本海の違いはあるけど、冬で、ええお天気で、海辺で……。もうきょうしかない。そういう意味や。ぼくはいやなことを背負うと、それとよう似た状況に身を置いて楽しいことをするねん。そうやって、辛《つら》い哀しいことに復《ふく》讐《しゅう》してやるねん」

自分の気持をもっとわかりやすく説明したいが、うまく言葉がみつからない。丸山はそんな表情で、聖司を真似《まね》て小石を海に投げた。

「ぼくの親父とお袋は、とにかく夫婦ゲンカばっかりしてた。一緒にいてると必ずケンカになるんや。夫婦ゲンカくらい子供にとって哀しいことはないんや。夫婦ゲンカくらい、子供の心に傷をつけるもんはないで。小学五年生のぼくは、親父が若い女と心中したとき、ほっとしたんや。これでお父ちゃんとお母ちゃんはケンカをせんですむって思たら、嬉しかったんや」

そんな自分を、内面に冷徹な部分を秘めた人間ではないのかと思い悩んだ時期がある、と丸山澄男は言った。

「ぼくは臆病《おくびょう》で争い事が嫌いで、勝ち負けがはっきりするようなことも苦手やから、スポーツもゲームも好きやないんや。小さいときからそういう性格で、周りからももっと男らしくならなあかんてよう言われたもんや。そんな自分が、まだ小学五年生とはいえ、父親が死んだとき、これでお母ちゃんを殴るやつがおらんようになりよったとしか思わんかったのは、どういうことやろと考え始めたのは中学生になったときや。長いこと、そういう自分が怖かったなア。どうかしたひょうしに、そんな自分の本性が出るんやないのかって怯えたんや。そういう自分への怯えが消えたのは五十を過ぎたころからやなァ」

丸山は岸壁から立ちあがり、港と旅館とを往復するだけの船の明かりに目を凝らしながら、

「夫婦やから、そらまあいろいろといさかいはある。そやけど、女房を殴るような男には天罰が必ず下るで。よほどのことでないかぎり、女房のすることは大目に見てやらなあかん。ああそうか、よしよし、と女房の失敗を許してやれんような男は、所詮《しょせん》小物《こもの》や。間男《まおとこ》をする、とか、家庭を維持できんほどの浪費をする女房とは、さっさと別れたらええのや」

そう言って笑った。

「間男なんて、もう死語やなァ。いまは不倫て言うんやなァ。不倫かァ……。使いどころを間違うた、いやな言葉や」

「そうすると、丸山先生の若い女との浮気はどうなるんですか？」

勝手なことをぬかしやがって、と思いながら聖司は訊いた。

「ぼくのは浮気でも不倫でもないねん」

「えっ？　そしたら何ですか？」

「ぼくのは冒険や。冒険という遊びや」

聖司は掌《てのひら》に残っていた三つの小石を海に投げ、

「それには、天罰は下らんのですか？」

と訊きながら、丸山の目を見つめて近づいていった。

「こらこら、聖司くん、何を考えてんねんな。きみ、いまちょっと怒ってるやろ。こいつに天罰を下してやるて思てるやろ」

「天罰やなんて……。ただ、奥さんに代わって、ちょっと懲《こ》らしめてやってもええなアとは思てますけど」

丸山澄男は、海を背に右に逃げようとしたり左に移動しようとして、桐原に助けを求めた。

「桐ちゃん、聖司くんがぼくを海に放り投げようとしてるねん。この目は本気や。なんとかしてえなァ」

「泳げるんでしょう？」

と桐原は桟橋に設置してあるベンチに坐ったまま丸山に訊いた。

「ちょっとくらいは泳げるけど。平泳ぎで二十メートルっちゅうとこやねん」

と丸山は答えた。

聖司は土俵の上の力士を真似て四股《しこ》を踏み、仕切りの格好をしてから丸山に突進し、ベルトをつかんで吊り上げると、丸山の体をそのまま桟橋のベンチへと運んだ。

丸山は聖司よりも少し背が低かったが、思いのほか重かった。

「聖司て、馬鹿力《ばかぢから》なんです。俺、聖司と腕相撲をやって勝てたことがないんです」

桐原が笑いながら言うと、丸山はベンチに腰かけたまま首をもたげ、

「あっ、きれいな月が出てるわ」

と言った。

船が来るまで、聖司はずっと月を見ていた。父が生きていたら、いま五十九歳ということになる。この丸山澄男よりもわずか二歳上なのだな。父というのはどういうものなのであろう……。

聖司はそう思った。

幼い涼子と一緒に写っている父の写真はたくさんある。その写真のなかに、父が死ぬ十日前に撮ったものがあって、そこには大きなお腹の母も写っている。

このなかに自分がいるのだ。自分の姿は見えないが、自分と父が一緒に写っているといってもいいのだ。

そのことに気づいたのは小学五年生のときだったなと聖司は思った。

母に内緒で、アルバムからその写真をはがし、自分の勉強机の抽斗にしまった。

なぜ母に内緒にしたのかわからなかった。母はアルバムからその写真だけが失くなっていることに気づいたはずだし、それが誰のしわざかも即座に知ったであろうに、これまで一度もそのことを口にしない。

俺はいまでもあの写真を見ると幸福を感じる。なんだか母の胎内の自分の姿が見えるような気がするのだ。

船木聖司は、そう思いながら、船が島を離れてこちらに航行してくるのを見た。あの写真を桐原に複写してもらって、もっと小さなサイズに焼きつけし、財布に入れておこうかと考えた。

自分はこれまで一度も写真というものを財布に入れて持ち歩いたことはない。もしたった一枚、つねに肌身離さず持っていいたい写真があるとしたら、大きなお腹の母と、三歳の涼子を抱いて笑っている父とが、夙川沿いの松林を背景にして並んで立っている写真だ。

そう思ったとき、聖司は、いや、いまの俺は大前美佐緒の写真を隠し持っていたいのではないのかと考え直した。

できれば、二枚の写真を財布に入れておきたい。

まだ生まれていない自分の写真と、ある日突然三十二歳の自分の心の大半を占めるようになったひとりの女の写真を隠し持つことは、なにか空恐しい時空の迷宮を感じさせてくれるのではあるまいか。

女には夫がいて子供もいる。自分は女に指一本触れようとは思わない。それどころか、自分の心を女にいかなる形であれ伝えようという気もない。

自分はこれからもときおりトーストでチーズを買い、大前美佐緒とわずかな言葉を交わすかもしれないが、ただそれだけのことだ。

だが、まもなく母の胎内から生まれ出る自分と、その子を一度も見ることができなくなるとは夢にも思っていなかったであろう若い父とが写っている写真が、大前美佐緒というひとりの女の写真とともにあるのは、生きるということへの神秘をこの自分に深く教えてくれるのではあるまいか……。

夜の海と島影と、次第に近づいてくる船の灯が、聖司のある種の激情に似た奇妙な思弁を消した。寺沢が「大丈夫ですよォ」と甲板で叫んだからでもあった。

島にはその旅館以外に何もないという。だが小さな島を旅館が所有しているのかどうかはわからなかった。

聖司と桐原、それに寺沢の三人が案内された部屋も大きかったが、丸山澄男の部屋は大きすぎるほどで、海に面した広いベランダには小さな露天風呂もあって、二十四時間湯が湧《わ》き出ている。

部屋に入ると、聖司たちはすぐに浴衣に着替え、エレベーターで大浴場に行った。食事のための部屋は、泊まる部屋とは別に用意されているというので、海が見える広い風呂につかると、

「すき焼きなんですから、その用意だけしてもらっといたら、仲居さんも板場の人も必要ないんやないですか？」

と聖司は丸山に言った。

「ぼくらは豪勢な熊野牛のすき焼き、その美奈子って人は駅弁。なんか申し訳ないですねェ。昼にあんなにおいしいお弁当を腹一杯に食べたから、美奈子さんが到着するまで待ってますよ」

「うーん、旅館ちゅうところはなァ、そういう融通がきかんのや」

丸山は風呂のなかで長々と体を伸ばしながら言った。

「美奈子がこの旅館に着くのは十時になるやろ……。仲居さんは、あと片づけをせなあかんからなァ。ぼくがなんぼここの社長と親しいというても、仲居さんに迷惑はかけられへんがな。それに美奈子はなァ、肉が好きやないねん。魚の干物とか豆腐とか

野菜の煮物とか、そんなんが好きでなァ……」

それならば、自分たちだけで遠慮なく先にすき焼きを頂戴《ちょうだい》しようと決め、聖司はのぼせるのではないかと思うほどに長く温泉につかった。

体を洗いながら、丸山が聖司に訊いた。

「あの阪神淡路大震災のとき、聖司くんはまだ大学生やったんやなァ」

「ええ、四年生でした」

「こないだ、ぼくの大学時代の友だちとばったり銀座で逢《お》うてなァ。ステッキをついて脚をかばうように歩いとったから、どうしたんやと訊いたら、あの地震で腰骨を折って、その後遺症でステッキなしでは歩かれへんようになったんやて言うてた。そいつは夙川に住んどったそうや。そのとき、聖司くんの実家が甲陽園やと思いだして……」

「阪急電車の夙川あたりは被害が大きかったんです」

と聖司は言い、自分はあのとき京都市内の友人の家に泊まっていたのだと説明した。

「実家まで歩いて帰ったんです」

「歩いて？　京都からか？」

と丸山が驚き顔で訊いた。

「その友だちのお父さんが高槻市内まで車で送ってくれました」

「高槻市から西宮市の甲陽園まで歩いたんかいな……」

髪を洗い終えた丸山澄男は、洗い場の鏡越しに聖司を見つめた。

「それ以外に、家族の安否を確かめる方法がなかったんです。ＪＲの東海道線も阪急電車の京都線も、レールや架線の点検のために運休してました。いつ電車が走れるようになるのか、あの時点では予想がつけへんかったんです。友だちのお父さんは、どうしても帰るっていうぼくを車に乗せてくれて、とにかく行けるところまで行ってみようって、国道171号線を走りましたけど、もう道は大渋滞になってました。阪神地区に家族が住んでる人たちが、いっせいに地震の被害があった場所へと急いでたんです。ただあのときの記憶は穴があいたように消えてるんです」

聖司の言葉に、

「記憶がないっちゅうのは、どういう意味や？」

と丸山が訊いた。

「何時に友だちの家を出たのか。国道171号線に入るまでに、車が京都のどこをどう進んだのか。車のなかで何を考えてたのか。友だちのお父さんが、ぼくに何を話したのか。一緒に車に乗ってくれた友だちとどんな会話を交わしたのか。車のラジオでアナウンサーがどんなことを喋ってたのか……。とにかく完全に記憶が飛んでるんです。どうしても思いだされへんのです」

聖司と丸山はもう一度大きな湯船につかり、大浴場から見える夜の海に目を凝らした。月明かりのお陰で、遠くの白い波がときおり光った。

「お袋もお姉ちゃんもおばあちゃんも、絶対に生きてるはずがない……。いや、おばあちゃんは早起きやから、地震が起こった瞬間に、みんなを家の外につれだしたかもしれへん。おばあちゃんは頼りになるし機転はきくし、それに勘がええんや……。俺はなんとしても甲陽園まで歩いて帰って、みんなの無事を確かめるぞ。そう思ってたことだけは覚えてるんです」

もうここから先は歩いたほうが早いかもしれないと友だちの父親が言って、一万円札を五枚、アノラックのポケットにねじ込んでくれた、と聖司は言った。

「そのアノラックも友だちが貸してくれたんです。道には必死の形相で歩いてる人たちの数が増えてました」

「甲陽園に着いたのは、いつごろやねん？」

と丸山は訊いた。

「夜の二時か三時ごろでした。壊れてない家を見たとき、涙は出てないのに、泣き声だけが勝手に口から出てくるんです。家の玄関にぼくのための貼り紙があって、母の字で〈みんな無事です〉って書いてありました。避難場所と一緒に……。そこへ行こうとしたときに転んで、膝を切りました。その膝が痺《しび》れて、歩かれへんようになって……。いまそれを思い出しました。膝を怪我したのはそのときです。それでもなんとか避難場所に辿り着いて……。膝の傷、三日後に五針縫いました」

話しているうちに、聖司の記憶は断片的に甦ってきた。

友だちの母親が、ジャムを塗ったトーストパンを、ラップで包んでくれたこと。空のペットボトルに水を入れてくれたこと。何等かの事態が生じて、甲陽園に帰れなくなったら、必ずこの家に戻ってくるようにと何回も何回も言い含めてくれたこと……。

途中、大阪府池田市に入ったあたりで、自分と同じ甲陽園をめざして歩いている若い夫婦と合流し、自分のまったく知らない橋を渡って武庫川を越え宝塚市に入ったとき、あまりの惨状に体が震えたが、あれは寒さと空腹も重なっていたせいであろう……。

聖司はそう思った。

「あっちこっちから、『煙草を吸うな。火を消せ』っていう声が聞こえてました。ガスが漏れてて、ガスの匂いのせえへんところなんてありませんでした」

聖司はそう言うと、湯船から出た。

そうか、順不同であっても、こうやって話していると消えてしまっていた記憶が甦ってくるのかと思いながら、聖司は部屋に戻った。

先に大浴場から出ていった桐原と寺沢がカメラ機材の入った金属製の箱のなかを整理していた。

食べきれないほどの熊野牛のすき焼きで食事を終えると、座敷に三つ並べて敷かれた蒲団《ふとん》に横たわり、

「聖司、あの三十年物のサンマの熟鮓をくれ」

と桐原がうめくように言った。

「もうあかん。食いすぎて苦しい」

「ビールを五本も飲むからや。そのあと熊野牛を四百グラム。焼き豆腐を二丁。俺のぶんの糸コンニャクも全部食いやがって、あげくご飯を三杯。デザートのメロンも二人前。もっと苦しめ。お前みたいな野蛮人に貴重な熟鮓は勿体ない」

それにあのヨーグルト状の、三十年物のサンマの熟鮓は消化薬ではないのだ。

聖司はそう言って、新宮市の観光案内図に見入った。

天然記念物だという「浮島の森」なるものが市内にあった。

「浮島って、島がどこかに浮かんでるんやろか……。町のなかのどこかに」

と聖司は言った。

「海の上に浮かんでるんやろ」

桐原はさっきよりも苦し気な声で応じ返した。

「いや、町のなかにあるで。海の上とはちがうねんけど」

「島が町のなかに浮かんでるはずないやろ」

「ほな、浮島て何や？　読んで字の如《ごと》し。浮かんでる島やろ？」

「そんなん、サンマの熟鮓と何の関係もないがな」

聖司は観光案内図を枕元に置き、取材ノートをひらいた。

東宝茶屋の主人に訊いておかなければならないことがたくさん抜け落ちているような気がした。

松葉伊志郎が造ろうとしている本の根本的な主旨が抜け落ちている……。聖司はそんな気がしたが、いったい何が抜け落ちているのか見えてこなかった。

米や麦や大豆や乳や魚や肉などを発酵させ醸造させるさまざまな微生物がこの地球にいなかったら、人間の生活は味気ないものになっていたことであろう。

酢も酒も、チーズも、生ハムやヨーグルトも、味噌も、幾種類もの熟鮓も漬物も、微生物の働きなくしては存在しないのだ。

この地球上にいる肉眼では見えない微生物の数は、人間どもの数億倍、いや数兆倍、いや、もう数を示す単位では表現できない個数にのぼるであろう。

そのなかには、人間に害を為《な》し、死に至らしめるやつらも厖大に混じり合っている。

人間の肉眼で見ることができないのは、なにも遠くの宇宙の星々や星雲だけではないのだ。星も星雲そのものも、人間の持つ言葉を超えた巨大さで生死を繰り返し、微生物たちも、いまこの俺の掌のなかで、この部屋の空気のなかで、階段の手すりで、ドアのノブで、鼻の穴や口のなかや食道や肺のあちこちで、生死を繰り返しつづけている……。

いや、微生物だけではないのだ、と聖司は思った。

人間の体内ではたったの一秒間に何十万個もの赤血球が死に、同時にほぼ同じ数の新しい赤血球が生まれているということを何かの本で読んだな。

ひとりの人間の体を作っている細胞も、それと同じメカニズムで、何十万個が死につづけ、同時に何十万個が誕生しつづけている。

その数に狂いが生じたら、人間も他の動物も健全な生を営むことはできない。

植物もまた似た営みを繰り返していることであろう。

そうした営みを、生き物は自分の意志で行っているわけではない。それをいともたやすくやってのけているのが「命」というすさまじい力なのだ……。

そんなことを考えているうちに、聖司のなかに「妙《たえ》なる調和」という言葉が浮かんだ。そういう言葉以外に、「命」の凄さをあらわすことはできない気がした。

だがその「命」という「妙なる調和」を乱そうとする力もまた絶えずうごめいているに違いない。

有毒なものの侵入、天候不順、心身の疲れ……。

他に何があるだろう。

聖司は目を閉じて、思いつく言葉を組み合わせた。

人間の命の妙なる調和を乱し、崩そうとするもの……。

怒り、不安、恐怖、嘘《うそ》、悲しみ、嫉妬《しっと》、憎しみ、悪い政治、悪い思想……。

もっと他にもたくさんありそうだ。

「世情の荒廃、人心の低劣化」

聖司が声に出してつぶやくと、

「うん？　何？」

と桐原が訊き返した。

「いや、なんでもない。ちょっと考え事をしとったんや」

「世情の荒廃がどないした？　人心の低劣化って何のこっちゃ？」

「ええ耳してるなァ。食い過ぎで、半分寝てるのかと思てたがな」

聖司は笑ってそう言い、微生物の働きについて考えているうちに自分の頭のなかに浮かんだ思いを説明した。

すると、桐原は、高校生のときに「アラビアン・ナイト」を読んだのだと言った。

「アラビアン・ナイト？　千一夜物語か？」

聖司は寝返りをうって桐原のほうを向いて訊いた。

「うん、千一夜物語や。どんな場面やったか忘れたけどなァ、王さまに毎晩おもしろい物語を聞かせてる聡明《そうめい》な女に、ある男が意地悪な質問を浴びせかけるんや。その質問のなかに『不治の病とは何か』っちゅうのがあった。女は即座に答えるんや」

と桐原は目を閉じたまま言った。

「どんな答やねん？」

「悪い性格、って……。俺はその問いと答とだけを妙にはっきりと覚えてるんや。そうかァ、悪い性格っちゅうのは、不治の病なんかァって、しばらく感動しとったなァ」

そう言って、桐原は目をあけ、聖司のほうに寝返りをうった。

「高校二年生のときや。俺はそれ以来、悪い性格のやつとは絶対につき合わんぞって決めたんや。そんなやつと関《かか》わり合《お》うたら、ひどい目に遭うどころか、こっちまで不治の病に冒されてしまうって……」

「俺の性格のなかにも悪いのがあるなァ。それはもう治らんのかなァ……。そうかァ、悪い性格っちゅうのは、不治の病なんかァ」

そのとき、丸山澄男が服に着替えて部屋に入ってきた。

船は港まで行ってくれるのだが、もうこの時間になると紀伊勝浦駅までのタクシーがみつからないらしいという。

「ぼくも酒を飲んだから、車の運転がでけへんのや。聖司くんはビールも日本酒も飲めへんかったやろ？　申し訳ないけど、車を運転して紀伊勝浦駅まで行ってくれへんかなァ」

聖司はすぐに浴衣を脱いで服を着た。

「おい、聖司、消化薬を買うてきてくれ」

と桐原が言った。

「薬局があいてたらな」

そう言って、聖司は部屋を出て、丸山と一緒にエレベーターに乗った。

いつのまにか風が強くなっていて、それが湾のなかで巻いているようだった。

「南紀というても十二月の夜の風は冷たいですねェ」

かなりの人数が乗れる旅館専用の船の船室に入ると、聖司は窓から港の灯を見やりながら言った。

聖司は食事の際、ビールも日本酒も一滴も口にしなかったのだ。酒はつき合い程度で、煙草はたしなむ程度。時を忘れて夢中になる遊びや趣味もなく、将来にそなえて安定した職業を得ようという野心も積極性もない。

俺は本当に三十二歳の青年だろうか。

聖司はそう思いながら、港に着いた船から降り、桟橋を歩いて旅館の駐車場へ行った。

港の界隈《かいわい》には、スナックや居酒屋が並んでいて灯《あか》りもついていたが、通りに人の姿はほとんどなく、あきらかに商売をたたんですでにかなりの時間がたっているとわかる店舗も多かった。

駐車場の前の道に立って待っていた丸山は、聖司の運転するレンタカーの助手席に乗ると、

「団体客相手の温泉地は、さびれる一方や」

と言った。

九州の別府温泉は全盛期は年間七百万人もの観光客をさばいていたが、いまはどんな有り様なのであろう……。巨大な建物の旅館は、その維持すら困難になっているはずだ。

熱海、別府、有馬……。その他にも日本には昔から知られた温泉地があるが、それらの温泉地の旅館の多くは、いまだに団体客を誘致して、芸者やコンパニオンを呼んで大宴会をさせる商売の復活を夢見ている……。

丸山はそう言った。

「ぼくは、もうそんな時代は戻ってけえへんと思うなァ。そらまあ、たまには町内会で温泉旅行をとか、おっさんかおばはんかの何かのグループが、観光バスで温泉にとか、会社の慰安旅行とかでまとまった客が来ることもあるやろけど、一般の庶民の旅

のやり方が変わってしもたんや。もっとゆっくりと旅をしたい。食い切られんほどの刺身を舟盛りにして出されてもありがたくもない。旅館の玄関に仲居がずらーっと並んで挨拶してくれても嬉しくもなんともない。それよりも、こぢんまりした宿で静かにすごしたい。旅というものはそういうもんや、と一般の人は考えるようになってるっちゅうことを、大旅館の経営者がわかってないんや。豊かな自然のなかを歩いて、自分の胃袋に合《お》うたおいしい料理を楽しんで、日常よりもちょっと朝寝坊して……。そのためなら、たとえば一万円の宿代が一万五千円になってもええ。いまは旅というもんに対して、そういう考え方になってるのに、大旅館の経営者は、高度成長期やバブル期の、あのおいしい商売が忘れられへんのや」

「それに、いっぺんでっかくしてしもた建物は、小さくはでけませんからねェ」

聖司は言って車を紀伊勝浦駅へと走らせた。道は空《す》いていたので、電車よりも先に駅に着けそうだった。

「ぼくは松葉さんには大恩があるんや」

と丸山澄男は言った。

「あのバブルの真っ最中になァ、銀行が金を貸してやるから新しい店を出さんかと、こっちが頼んでもないのに土地までみつけてきて勧めよったんや。琵琶湖の西側の、比良山《ひらさん》の麓《ふもと》と湖の中間くらいのとこや。土地代、建物の建築代、全部まとめて四億とちょっと、銀行が貸すというんや。女房は乗り気でなァ、ぼくもそのうち、こんなうまい話は滅多にないんやから、話にのってみようって決めて。ちょうどそんなとき、祇園の寿司屋でばったりと松葉さんと逢《お》うてなァ、その話をしたら、『やめておきなさい』ってきっぱり言われた」

松葉はそのとき、数字のからくりということについて微に入り細を穿《うが》ち、わかりやすく説明してくれたのだと丸山は言った。

「あの松葉さんには珍しいくらい断固とした口調で『あしたの朝、銀行に電話をして、この話はなかったことにしますと言いなさい』て怖い顔して睨みはってなァ……」

話は九割方進んでいて、あとは丸山が印鑑を捺《お》すだけという段階だったので、銀行側は怒って、丸山を馬鹿者《ばかもの》よばわりしたという。

「いまその土地には、幽霊屋敷みたいなビルが数軒、ゴーストタウンのど真ん中に建ってるわ。もしあの夜、祇園の寿司屋で松葉さんと逢えへんかったら……。考えただけでぞっとするわ」

丸山はそう言って、車から降りると紀伊勝浦駅へと小走りで向かった。大阪からの電車が入って来た。電車から降りたのは、地元の人らしい老人と、美奈子だけだった。

美奈子は男物の革ジャンパーを着て、栗色に染めた髪を短く切っていた。目が大きくて、細く高い鼻梁《びりよう》の線が美しく、聖司には、宝塚歌劇の男役に見えた。

「白浜駅で買《こ》うた駅弁、すごくおいしかったわ」

はしゃいだように言ったあと、美奈子は丸山と並んで後部座席に坐り、聖司に初対面の挨拶をした。

「はじめまして。大木美奈子、二十一歳です」

なにも自分の年齢まで言わなくてもと思いながら、

「ぼくは船木聖司です。三十二歳です」

とつられて自己紹介してしまい、そんな自分がおかしくて、聖司は苦笑しながら車を発進させ、店のシャッターを降ろしかけていた薬局の前で停めると、消化薬を買った。

美奈子は大阪にある著名な料理学校に通ったあと、丸山澄男の紹介で北新地《きたしんち》の割烹《かつぽう》料理店に勤めたが、母親が重い病気にかかり、その看病のために退職したのだと丸山は言った。

「母ひとり子ひとり、でなァ。お母さんはことしの夏に亡くなってしまいはって……、そのあとちょっと美奈子も元気を失くして、どこにも働きに行かんと、ぶらぶらしとったんや」

「元気になったよ」

と美奈子は言った。

「そやけど、美奈子にはああいう割烹料理屋は向いてないなァ。京都にちょっとおもしろい串焼き屋があるんやけど、いずれはそういう店を自分で経営することを前提に、何年かそこで働いてみたらどうや？」

聖司は丸山の言葉を聞きながら、自分が知っているだけでも三人の女が、丸山の助言で独立して店を持ったことを思いだした。

丸山が女たちの開店資金の面倒までみてやったのかどうかは知らなかったが、仕事というものに真剣に取り組む若い者なら、丸山は男女の区別なく自分の出来得る限りの世話をしてやるのが常だった。

「うん、私、男の板前と互角の仕事はでけへんてことがわかって、それでしばらく元気がなかってん。お母ちゃんが死んだこともつらかったけど……。料理の技術以前の問題で、女はやっぱり男には勝たれへんねん。つまり体力の問題やねん。料理人て、ものすごい頭脳の仕事人やけど、同時に大変な肉体労働者でもあるねん」

いまはちょっと強がっているが、本当は母の死からまだ立ち直っていないのだと言って、美奈子は笑った。

それから、丸山の首をしめる真似をしながら、

「こら、正直に白状せい。他の女の子に逃げられたから、私を呼んだんやろ」

と美奈子は言った。

「ぼくはそんな不実な、尻軽の男やないでェ」

そう言っている丸山をバックミラー越しに睨むと、聖司は勝浦港につながる商店街のほうへとハンドルを切った。


翌朝、聖司が目を醒ますと、桐原も寺沢もいなかった。

九時に朝食ということになっていたので、聖司は歯を磨き顔を洗って、朝食用の部屋に行った。

朝風呂に入ってきたという桐原と寺沢が、額に汗を噴き出して膳《ぜん》の前についたが、丸山と美奈子は九時半になってもあらわれなかった。

「あのレンタカー、どうする?」

と桐原は訊いた。

聖司は、もう一点、東宝茶屋の主人に訊いておきたいことがあったが、熊野川に沿って上流まで行きたがっている桐原の要望を優先しようと思った。

「あのレンタカーは、旅館の駐車場に置いていこう。俺らはタクシーで新宮駅まで行って、別のレンタカーを借りよう」

と聖司は言い、朝食を済ませると自分たちの部屋に戻った。

きのうと変わらない晴れた空に数羽の鳶と海猫が飛び、海に設けられた生簀《いけす》と思われる場所に向かって、港のほうから小型の船が進んで来ていた。

船を操っている男は、生簀のところで船を旋回させ、生簀の足場の上を器用に渡って、大きな網で一尾の魚を掬《すく》い上げ、それを船のなかの生簀に放り込むと、港へと戻って行った。

部屋に戻って来た桐原は、

「丸山のおっちゃんも一緒に行くそうやで」

と言った。

「起きてきはったんか？」

「うん、いま美奈子ちゃんと朝食をおとりあそばしてる。なんやしらん気風《きっぷ》のええ女の子やなァ。きのうの真沙子ちゃんとはぜんぜん違うタイプやがな。丸山のおっちゃんの好みは多岐にわたっとるなァ。好みはばらばらやけど、どの子もみんな美形や。見た目だけに限って評価すればやなァ、丸山のおっちゃんがつれてくる女の子に外れはない。……どこでみつけてくるんやろ」

そう言ったあと、桐原は聖司と窓辺に並んで坐り、島の先端と海のほうを見つめた。そして小声でつぶやいた。

「自分の親父が若い女と心中したら、小学五年生の俺は、何をどんなふうに感じるやろなァ……」

きのう、防波堤の上で丸山澄男がいかにも何気ない口調でその話をしたとき、聖司も桐原と同じ考えに一瞬ひたったが、父というものがいかなる存在であるのかを知らない自分がいくら考えてみても無駄であろうと思ったのである。

「俺は父親ってものを知らんからなァ」

と聖司は桐原に言った。

けれども、幼いころ、よく心のなかで、父と遊んだり会話を交わし合ったことは口にしなかった。

「俺の親父はことし還暦や。いまでも朝早ようから、というよりも、まだ夜が明けんうちから豆腐を作ってるわ。長男の俺は写真、次男は病院の検査技師なんて仕事を選んだから、桐原豆腐店は親父の代でおしまいやと親父自身もあきらめてしもてたら、姉貴の亭主が去年突然お義父《とう》さんの跡を自分に継がせてくれって言いだして……。会社をリストラされそうやから豆腐屋になろうなんて甘いこと考えやがって、なんて憎まれ口叩いとったけど、ほんまは嬉しかったんや」

そう言ってから、

「俺、子供のころ、豆腐を作ってる親父がいやでいやでたまらんかったなァ。中学生のとき、そういう親父を見るのがいやで、家出をしたことが三回あるんや。まあ家出いうても三時間ほどの家出やけど」

と桐原はつぶやいて苦笑した。

「なんであんなに親父のことがいややったんかなァ。豆腐を作ってる親父の仕事ぶりが貧乏臭うて、仕事が終わったらテレビばっかり観てる親父がなさけのうて、たまにパチンコに行って、たまに勝って、機嫌良うしてる親父が姑息《こそく》な人間の塊《かたまり》みたいに見えて……。酒も飲めへんし、女遊びもせえへんし、女房の尻に敷かれて、えらそうに言われても、へらへら笑うて怒りもせえへん。若い女と心中なんて、逆立ちしても有り得ん人やなァ」

撮影機材の点検をして、それを部屋の入口に並べ終えた寺沢恭二が窓辺にやって来て、

「浮島の森って、町のなかに沼みたいなのがあって、そこにほんまに島が浮かんでるそうです」

と言った。さっき仲居に訊いたのだという。

「なんでそんなもんが新宮の町のなかにできたのか、ようわからんそうです。そやけど、べつにおもしろくも何ともない小さな森みたいなもんやそうです」

寺沢は、聖司がその「浮島の森」というものを見たがっていると思っているようだったので、

「いや、あえてわざわざ見に行きたいわけやないんや。俺は観光名所っちゅうのは、あんまり好きやないし……」

と聖司は言った。

熊野川沿いの風景で、桐原がここと思える場所をみつけることのほうが大事だった。

「ぼくはきのうの真沙子さんよりも、美奈子さんのほうがいいですねェ」

と寺沢は言った。

「あの人、あんな男っぽい格好をしてるけど、ほんまはものすごく女ですよね」

「ものすごく女かァ……。うん、俺もそう思うなァ」

桐原は笑いながら言い、丸山の部屋に電話をかけると、自分たちは旅館のロビーで待っていると伝えた。

朝食をとる前にすでに出発の準備を整えていたらしく、聖司たちがロビーに降りると、丸山がフロントで代金を支払っているところで、美奈子は脱いだ革ジャンパーを手に持って、大きなガラス窓から島と港に見入っていた。白いTシャツとジーンズのうしろ姿は、十六、七歳に見えた。

旅館の船で港へ向かい、干物を並べているおみやげ屋の前を歩いて駐車場に入ると、聖司はワゴン車のハンドルを握った。

丸山澄男だけが、車を待っているみんなから離れて、桟橋近くの、車道と歩道との段差に腰を降ろして海を見ていた。

桐原も寺沢も美奈子もワゴン車に乗り込んだが、丸山はいっこうに動こうとはしなかった。

丸山澄男は誰かと喋っていた。丸山がひとりごとを言っていることはわかっているのだが、その口の動かし方は、まるで目の前にいる誰かに語りかけているかのようだった。

桐原は不審気な表情で聖司を無言で見やった。美奈子も丸山に声をかけようかどうしようか躊躇して、窓をあけるために伸ばした腕を止めたままにしていた。声をかけることも憚《はばか》られる、何か近寄りがたいものを漂わせた丸山の背に冬の太陽が射《さ》していた。

旅館の船を操縦してきた男が、ロープを持って舳先《へさき》に立ったまま不思議そうに丸山を見ていた。

ふいに胸騒ぎがして、聖司はワゴン車から降りると、

「丸山先生、ひとつだけわからんことがあるんです」

と大声で言い、丸山の坐っているところに小走りで行った。

丸山は驚いたように聖司を見上げた。

「新宮の熟鮓にしても、近江の鮒鮓にしても、まず最初に魚を一年近く塩漬にするのは、なんでですか?」

そう訊きながら、聖司は丸山の隣に腰を降ろした。岸壁に近い海のなかに小魚の群れが見えた。

「密封した容器のなかで一年間塩漬にしてるあいだに、何等かの発酵が進んでるんで

すか?」

聖司の問いに、丸山はしばらく考え込んでから、

「塩漬の期間中、魚肉は発酵せえへんで」

と答えた。

「そしたら、なんでわざわざ一年間も塩漬するんですか? いま陸上げして、内臓を取り除いたサンマとか鮎とか鮒とか鯖とかの魚の腹に米を抱かせて、それを桶に仕込んでも、ちゃんと熟鮓になってくれるんやないんですか?」

丸山も小魚の群れに視線を投じて、

「いや、それではおいしい熟鮓はでけへんし、充分な発酵も難しいんや」

と言った。

発酵ではなく腐敗を促す菌は塩分を嫌い、乾燥を嫌う。よく乾燥した魚の干物も、干しシイタケなども長期の保存に耐えるが、乾燥することによって食物に与えられるのは、なにも保存という恩恵だけではない。

生物の細胞は死によって別の活動を開始するのだ。細胞がもともと持っていた分解酵素は、その細胞が生きているあいだは働こうとはしない。それは細胞の死によってスイッチが入る。酵素による自己分解というスイッチなのだ。

蛋白質《たんぱくしつ》から成るものは、自己分解によってグルタミン酸などのアミノ酸といううま味物質に変わる。

核酸も、同じ原理でイノシン酸やグアニル酸などのうま味に変化し、炭水化物はブドウ糖に変化する。

それはその生物が生きているときには出すことができなかった味覚なのだ。

塩漬は、腐敗を阻止しながらそれらのうま味があらわれるのを待つ重要な作業なのだ。

丸山はそう説明し、眩《まぶ》しそうに遠くの島を眺めながら立ちあがった。

「食べるために殺した牛でも鶏《にわとり》でも、すぐには食べへんやろ？　しばらく生肉のまま熟成させる。それは、生きてるときにはなかったうま味を引き出すためなんや。いま死んだばっかりの鶏の肉なんて、固うて、まずうて、食えたもんやあらへん。熟鮓は塩漬の期間があって、そのお陰で乳酸菌は腐敗菌に邪魔されずに増殖できるし、魚肉には獲《と》れたてのときとは違う別のうま味も加わってる、っちゅうわけや。そのうま味成分をさらに乳酸菌がさまざまな働きによって深みのあるものにしてくれるんや」

だがそのさまざまな働きが、具体的にどんな働きなのかは、もう自分にはわからない……。

丸山はそう言いながら、海に背を向け、ワゴン車へと歩いた。

「そういう専門的なことは、岸谷先生の出番や」

ワゴン車に乗った丸山に、

「どっか具合でも悪いのん？」

と美奈子は訊いた。

丸山はいつもの笑みを浮かべ、

「いや、ちょっとぼうっと考えごとをしとったんや。ぼくかてなァ、たまには考えごとをするときもあんねんで」

と言った。

「じゃあ、熊野川を目指して出発」

聖司はそう言ってワゴン車を発進させた。

新宮市内に入ったとき、美奈子がトイレに行きたいと言った。

「トイレ？　ほな、喫茶店でコーヒーでも飲もうか」

桐原は言って、聖司に新宮駅の近くに行くよう促した。市内には何軒か喫茶店があるが、駐車場がない。駅前なら車を停める場所がみつかるかもしれないからだと桐原は言った。

だが、聖司はどこで道を間違えたのか、駅からかなり離れたところにあるらしい小さな踏切を渡り、新興住宅地のような場所に入ってしまった。

「あっ、あそこにきれいな公衆トイレがあるわ」

と美奈子が前方を指差した。

「そのうえ、駐車場付きやがな」

聖司は、塩漬に関する丸山の説明を心のなかで反芻《はんすう》しながら、清潔そうな公衆トイレの横の駐車場に車を停めた。

駐車場の横に「国指定天然記念物　浮島の森」と書かれた看板を掲げてある小さな事務所らしきものがあった。

「あれ？　ここ、浮島の森やがな。この駐車場も公衆トイレも、浮島の森の見学者のためのもんやがな」

と桐原は言った。

丸山は事務所のなかを覗き込み、

「勝手に車を停めて、トイレだけ拝借して、はい、さいならっちゅうのは、あんまりにもあつかましいなァ」

と言い、さてどうしたものかといった表情で聖司を見た。

見学料は一人百円と書いてある。

聖司は、昨晩、浮島の森とは何だろうと多少興味を持ったので、住宅地に囲まれる格好で、まるで神社の小さな境内の杜《もり》を思わせる樹林が茂っているさまを眺めた。

美奈子がトイレから帰って来ると、

「一人たったの百円や。トイレを使わしてもろて、しらんふりして行ってしまうなんて、当節の礼儀知らずな輩《やから》みたいなことはでけへん。これも何かの縁やで。浮島の森を見学していこか」

そう丸山は言って、事務所に入った。聖司たちも丸山のあとにつづいた。

小さな事務所では、数人の老人たちが雑談に興じていた。石油ストーブの上に載っているヤカンから湯気が出ている。

七十歳を超えていそうな、近所のおじいさんとおばあさんが、暇を持て余して浮島の森の事務所に遊びに来ているといった感じだったが、聖司たちが入ってくると、そのうちのひとりが浮島の森の案内パンフレットを配ってくれた。

丸山は百円玉を五つ、受付のテーブルに置いた。

「五人ですか。いま専門の案内係が所用で席を外しておりまして、充分なご案内はでけんのですが、私がご案内させていただきます。なにぶんそれが専門ではありませんので、あまり詳しいご説明はできませんが……」

青いセーターを着た小柄で痩身の老人がそう言った。

「いやいや、詳しい説明をしていただいても、私たちにはよく理解できません。わざわざご案内下さらなくても、私たちだけでぐるっと見て廻りますので」

丸山がそう言ったときには、老人はすでに入口とは反対側のドアを出て歩きだしていた。

仕方なく、聖司たち五人は老人のあとをついていった。

沼があって、そこに島が浮かんでいるらしいのだが、聖司には島には見えなかった。さまざまな種類の樹木が鬱蒼と茂った、こぢんまりとした森にすぎなかった。けれどもその小さな森の周囲はすべて沼の水に囲まれていた。

「そもそも浮島と申しますのは……」

老人はまず浮島とは何かについて説明を始めた。

「この浮島の誕生は縄文時代に遡《さかのぼ》ります」

約六千年前、海は陸側に侵入していた。現在の新宮市内は島として浮かぶ内湾になっていた。

縄文時代の終わりころになると、地形や気象の変化によって、新宮市内全体は広い沼の沢地になった。

その沼沢地内《しょうたくち》で植物の遺体が幾つも集まって形成されたのが「浮島」である。「浮島」が沼に浮くのは、植物の遺体の分解が遅れて出来た泥炭マット状の浮遊体だからなのだ。

老人は、そう説明してから、少し歩を進めながら、

「私は専門的なことはわからんので、植物の遺体の泥炭マット状の浮遊体がどういうもんなのか、ちゃんと教えてあげることがでけんのです」

と申し訳なさそうに言った。

「専門の案内係がいま所用で……」

「あっ、それはさっきうかがいました。いまのご説明で、浮島というものがよくわかりました」

丸山はそう言った。事務所の裏のドアを出てからまだ十歩も歩いていなかった。

浮島の森が一周どのくらいの距離なのかわからなかったので、聖司は案内パンフレットを読んだ。浮島はほぼ方形の小島で長さ八五メートル、幅六〇メートル、総面積およそ四九六一平方メートルと書かれてあった。

聖司は頭のなかで図を描き、その周りを普通の速度で歩くと何分くらいかかるだろ

うかと考えた。

十五分もあれば充分であろう。まあ、十五分なら、この老人の説明につき合ってもいい……。聖司は少しほっとしながら、そう考えた。

「あそこをご覧下さい。あそこに苔が生えとります。いやいや、おねえさん、そこではありません。どこを見とるんですか。あそこです」

老人は美奈子に言った。

「はい、すみません。どこですか？」

美奈子は慌てて老人の指差す方向に視線を注いだ。苔が生えている一角があったが、何本かの太い樹《き》のあいだだったので、聖司にもそれが苔であるとは気づかなかった。

「あの苔は、標高千メートル以上のところでないと生育できない苔でありまして、そんな苔がどうして、この新宮市内の浮島で障《さわ》りなく生育しておるのか、植物学的にも地質学的にも誠に不思議なことなのであります。わかりましたか？」

「はい、わかりました。不思議なことなんですね？」

美奈子の言葉に老人は頷き返し、

「そうです。不思議なことなのです。不思議と申しますと、あの赤い実をつけた木ですが……」

老人は三、四歩行って、一本の木を指差した。

「あっ、そこのおにいちゃん、ふらふらと歩かんように。一歩踏み外して沼に落ちますと、一巻の終わりですので」

そう言われて、寺沢恭二は沼からあとずさりした。

「一巻の終わり、ですか？」

「そうです。ここは底なし沼です。ドボンと落ちたら最後です。みなさんも足元に気をつけて。さあこれから浮島の森のご案内を始めることにいたしましょう」

「えっ？　これから始まるんですか？」

と聖司は思わず言ってしまった。

「はい、これからです。充分なご説明ができないのは誠に申し訳ないのですが。なにぶん私はそっちのほうの専門ではありませんので」

老人は赤い実のついた木を説明してから、歩道と森とのあいだの沼に渡してある枝の橋を渡った。

「落ちないように。底なし沼ですので」

一本の木の説明が終わると、次にその近くの別の品種の木の説明に移り、そして次にはその隣の丈高い草について語り……。

聖司が来た道を振り返ると、浮島のなかに場所を移してからまだ五メートルほどしか進んでいなかった。

専門ではないと言いながらも、老人は浮島の森に生息している植物や野鳥に関して驚くほどの知識を持っていた。そして、どうしてこの木がここにあるのかを説明しておかなければならないという場合には、聖司たちをつれて元来た道を引き返し、別の木と比較させた。

「足元に気をつけてね」

木で組んだ渡しのところにさしかかるたびに老人は言った。

「底なし沼ですもんね」

美奈子もそのたびにそう言い返したが、それは揶揄《やゆ》の口調ではなく、老人に対する一種の尊敬に似たものによって発せられていた。

「これはマンリョウという木です。植物学的には、合弁花類ヤブコウジ科。あそこにあるタイミンタチバナと同じ種類に属しております。あのシダはヒメシダ科のテツホシダです」

空には雲が多くなっていて、風に冷たさが加わってきた。

「みなさん、寒くはありませんか？」

と老人は訊いた。

「いえいえ、私たちは大丈夫です。おじいさんこそ、寒くはありませんか？」

丸山はそう訊きながら、ジャケットの内ポケットから小さな袋を出した。それはどんな季節であっても丸山が常に持ち歩いているドイツ製の薄いアノラックで、ひろげるとかなり大柄な男の上半身を覆えるが、折り畳むと掌の大きさになってしまう丈夫で便利な代物だった。

「よかったら、これをお召しになって下さい。まだ浮島の森は終わりそうにないですからねェ」

丸山は笑いながら言って、アノラックをひろげた。

「私は大丈夫です。寒さにも、雨風にも慣れておりまして」

老人はそう言って樹林のなかを五、六歩進み、

「これはウルシです。ウルシ科のハゼノキ」

と指差した。

桐原は、木を撮影するふりをしながら、小型のカメラで老人を撮っていた。

「あの鳥は何ていう鳥ですか？」

美奈子がヤマモモの木の枝に飛んできた小鳥を指差して老人に訊いた。

老人は顔をあげ、しばらく考えていたが、

「何でしょうなァ……。ここでは滅多に見んですなァ」

と言った。

「おじいさんでも知らない鳥なんですねェ。よっぽど珍しい鳥なんやねェ」

老人は、ああ、わかったという顔で美奈子を見つめ、

「下から腹だけ見たんで、すぐにはわからんかった……。あれは雀《すずめ》です。どこにでもおる雀です」

と照れ臭そうに言った。

聖司たちが笑うと、

「雀は田圃《たんぼ》がいちばんよう似合いますなァ」

と老人はつぶやき、これはモチノキ科のイヌウメモドキ、こっちはホルトノキ科のコバンモチと説明しながら歩道を曲がった。

浮島の森をほぼ一周したのだとわかったが、聖司は老人が口にした植物の名がいったいどのくらいの数になるのか思い出せなかった。

浮島の森に生息する植物をほぼすべて丁寧に説明してくれたのであろうが、老人の

知識では正確に説明しきれないものもあったようで、それが老人には不満なのだということが表情や口調で伝わってきた。

　事務所の手前で歩を止めて、

「ここで大学の研究グループの学生さんが底なし沼に沈みまして……」

　と老人は言った。

「土の上やから大丈夫やと思うたんでしょうなァ。そしたら、ずぶずぶと首のところまで沈んでしもて……。みんなで手をつかんだり、服の襟をつかんだりして、なんとか助け出したんですが、泥のなかにはメタンガスが溜《た》まっとりますから、全身が臭うて臭うて……。真っ裸にさせて、ホースの水で全身を洗うてからでないと風呂に入れるわけにはいかんのです。風呂場がメタンガスの匂いで充満しよりますから。冬やったから、学生さんの唇がそのうち真っ青になってきまして。気の毒でしたが、周りに仲間がおったからよかったようなもんの、誰もおらんかったら、そのまま沈んでいってしもうて、一巻の終わりです。どこに沈んだのかもわからんままになったことでしょう」

　聖司たちが事務所に戻ると、別の老人が熱い茶を紙コップに注いでくれた。

「すばらしいものを見学させていただきました。ご丁寧な説明がなければ、この浮島の森というものがどういうものなのか、私どもにはよくわからないままだったでしょう。ありがとうございました」

丸山澄男は、熱い茶をうまそうに飲みながら礼を述べた。

聖司たちも老人たちに礼を言って事務所から出ると、停めてある車に戻った。

「一人、百円やで」

と桐原が誰に言うともなくつぶやいた。

「たったの百円やで。俺ら五人で五百円や。あのおじいさん、もし見学者がたったのひとりでも、手を抜かんやろなァ」

「仕事とは、かくあるべきやな」

と丸山も言って、小さな事務所に向かってお辞儀をした。

「もうこんなまどろっこしい説明、早よう終わってェ……なんて思った自分が恥かしいなったわ」

と美奈子は言い、

「ぼくは、だんだん粛然となっていく自分を感じました」

そう寺沢恭二は言った。

聖司は、桐原の思いも、丸山の言葉も、美奈子と寺沢の感想も、どれも自分の心に湧き起こったものと同じだったので、何も言わず無言で運転席に坐った。だが、新宮市内から北へ熊野川へと車を走らせているうちに、名も知らぬ老人への尊敬の思いは強くなっていった。

仕事をするかぎりは、いっさい手抜きをせず、仕事とはかくあるべきだというものを為《な》さなければならない。

それは報酬とは無関係なのだ。いかに少ない報酬であろうとも、それが自分の仕事であるかぎり、決して手は抜いてはならない。仕事とはそうであらねばならない……。

聖司は、京都に帰ったら、この発酵食品の本に関して、あらためてその「造り」の根本を練り直そうと決めた。

自分がいま進めている仕事は、どこかで何か大事なものが抜けている。それが何かを、もう一度深く考え直さなければならない。

行き詰まったら原点に戻れ、というのは、あらゆることの鉄則だ。

何のために「日本の伝統的発酵食品」に関する詳細な専門書を作るのか……。

発酵食品についての書物は、日本中の書店にも図書館にも、大学の研究室にもたくさんある。だが装幀も含めて、本の造りも、内容も、最高のものを作ろうという松葉伊志郎の思いを、自分は松葉が望む以上のレベルにまで高めてみせなくてはならない。

発酵食品は、人間にどのような恩恵と幸福をもたらすのか……。まずそこから考え直すべきであろう。

聖司はそう考えた。

熊野川の河口が見えてきた。

「ぼくは、あしたから三日間、名古屋のテレビ局で仕事や。寺沢くん、三日間、ぼくの助手をしてくれへんか」

と丸山は寺沢恭二に言った。

「えっ？　ぼくが丸山先生の助手をですか？」

驚き顔で訊き返した寺沢に、

「冬休み中のアルバイトを捜してるって、きのうすき焼きを食べながら桐ちゃんに相談しとったやろ？　名古屋では、一日目は料理番組の収録を五回分やってしもて、二日目は講演会兼料理の講習会をホテルでやるんや。三日目は別のテレビ局にゲスト出演。これは視聴者参加番組でね、お馬鹿《ばか》なアイドルが作った料理の審査員長という役廻りやねん。料理番組のための下ごしらえは美奈子がやるから、寺沢くんはさらにその助手をやってくれたらええねん。あっ、それから車の運転とかも」

と丸山は言った。

「やります。何でもやります。ピザ屋の配達のアルバイトは断ります」

寺沢は嬉しそうに言って、丸山を拝むように両手を合わせて合掌《がっしょう》した。

いいアルバイト先がみつからず困っていたのだなと聖司は思った。

「まあ、写真関係の仕事とちゃうから、不満やろけど」

その丸山の言葉に強くかぶりを振り、来年の春にベトナムとカンボジアに行きたいので、どうしてもそのための費用を貯《た》めなければならないのだと寺沢は言った。

「姉貴がそのころに結婚しますし、親父は秋にリストラされて、いま失業中ですし、弟も大学に入学しますし、ぼくの家はいま悲惨な状態なんです。親父が頼みにしていた株は下がりつづけてますし、おばあちゃんはボケが始まって、夜中に勝手に出て行って、迷子になって、そのたびに警察に保護されて……。お袋は先週階段から落ちて腰を打って、まだちゃんと歩かれへんのです。寺沢家は悲惨なんです」

「それはほんまに悲惨やなァ」

と桐原は眉間《みけん》に皺《しわ》を寄せて言った。

すると、美奈子は真顔で寺沢を見つめながら、

「ごめんね」

と断ってから、両手で口を押さえて笑いだした。

「美奈子、笑うたりしたら失礼やがな」

と丸山は叱った。

「そやけど、なんかおかしいねんもん……。寺沢くんが言うと、おかしいねんもん」

「ぼくも、こうなったら笑うしかないなァって思うんです」

そう言って寺沢も笑った。

たった三日間のアルバイトでは焼け石に水だなとつぶやき、丸山は上着の内ポケットから手帳を出した。

京都では名の知られた仕出し弁当の老舗がある。毎年、年の瀬になると註文を受けたおせち料理を全国に配送するのだが、京都市内だけは車で直接届けることにしている。その配達のアルバイトは勤務時間は長いが、アルバイト料もたくさんくれるのだ……。

丸山はそう説明したあと、すぐに携帯電話でその仕出し弁当屋の主人に連絡をとった。
五、六分話したあと、携帯電話を切ると、

「十二月二十六日から三十一日の夜の十時までのアルバイトやそうや。食べ物を扱うから、どこの馬の骨やらわからん学生は困るけど、丸山さんの紹介ならありがたいって言うてはるでェ」

と丸山は言った。

「そこで働かせて下さい。何でもやります」

そう言って、寺沢は京都の仕出し弁当屋の電話番号を丸山から教えてもらい、それを手の甲にボールペンで書いた。

「その弁当屋さんのアルバイトが六日間。あしたからの丸山先生の仕事が三日間。九日間のアルバイトだけでは、悲惨な寺沢一家を救うのは無理やなァ」

と桐原は言い、

「お前のお姉ちゃんの結婚、ちょっと先に延ばしたらどないや？」

そう冗談めかして寺沢を笑顔で見やった。

「……姉貴のお腹のなかに、いてるんです、ぼくの甥《おい》か姪《めい》が。予定は八月なんで、なんとかウェディングドレスが着れるうちに……」

聖司たちは笑った。笑いながら丸山は、

「悲惨のなかにも光明ありやがな。そういうときに生まれてくる子ォは、ぎょうさんの幸運を握りしめてるでェ」

と言った。

熊野川が二手に分かれている地点で車を停め、聖司は地図をひろげた。それから、車から降りて冬の熊野川を見つめた。聖司につづくように、みんな車から降りると、視界の左側に連なる熊野の山々に見入った。これが古来熊野詣の人々が訪れた峰々なのだなと聖司は思った。

遠くから見ていても、何か特殊な気配のようなものが峰々から放たれているように感じた。

第四章

大晦日《おおみそか》に風邪による熱で寝込んでしまった船木聖司は、元日の朝、母の路子からの電話で起こされた。

熱はどのくらいなのかと訊かれ、聖司はだるい体を緩慢に動かして体温計を腋《わき》に挟みながら、

「なーんにも食うもんがないねん。餅《もち》どころか、米もパンもあらへん。卵もない、牛乳もない。あるのは糠床のなかの白菜と牛蒡だけや」

そう訴えた。

それから体温計を見て、

「あっ、ちょっと下がったなァ。三十八度ちょうどや」

と言った。

なんだか自分の熱が不快な匂いとなってマンションの狭い部屋に充満しているような気がしたが、窓をあけると悪寒に襲われそうで、聖司はベッドの蒲団にもぐり込んだまま、何か食べるものを持って来てくれと母に頼んだ。

「三十八度やったら、ぎょうさんセーターを着て、車の暖房も高めにして、いまからこっちへおいで。しんどいやろけど、甲陽園の家のほうが私も世話をしやすいから」

と母は言った。

大晦日の夜勤を終えた涼子も、もうすぐ帰って来るはずで、きょうとあすは休みの予定だという。

「咳はどうや?」

「きのうはひどかったけど、けさはちょっとましやなァ」

「いま流行《はや》ってるインフルエンザはしつこいねん」

聖司は、無理をしてでも甲陽園に帰ったほうがよさそうだと思った。病院勤めの母の家になら、いろんな薬も揃っているはずだったし、にぎやかな母と姉の会話を聞いているだけで元気になりそうな気がした。

それに、いっときにせよ三十八度まで熱が下がっているいまでなければ、京都市の北から兵庫県西宮市の甲陽園まで車を運転する自信がない。

とにかく昨夜は夜の八時ごろから急に熱が高くなり、年があらたまるころには四十度近くにまで上がって、蒲団のなかで少し体を動かしただけで異様な寒気と全身の震えに襲われたのだから……。

聖司はそう考え、

「ほな、いまからそっちへ行くわ」

と言って電話を切った。

発酵食品に関する厖大な資料をファイル化してあるノート型パソコンと、母が買ってきたホウロウ製の糠床を持ち、聖司はマンションを出て、寒風のなかを駐車場に向かった。

冬枯れの東山連峰が灰色の膜で覆われていた。きっとあのあたりでは雪が降っているのであろうと聖司は思った。

「ほんまに手のかかるやつやなァ、お前は」

聖司は車の助手席に置いた糠床に言った。

祖母の木桶から、糠床用に開発された最新式のホウロウ容器に移した聖司の糠床には、黴を防止するための布巾《ふきん》が表面に敷いてある。

水で濡らした布巾を固く絞り、それを糠床の表面に敷くと一週間くらい放置しておいても黴にやられることはないというのを教えてくれたのは、母が勤める病院に週に一度通ってくる老婦人だった。

夏場なら、その水を塩水に替えるのだという。

しかし、聖司は、甲陽園の実家に帰るときは必ず自分の糠床も持って行く。そのたびに、新しい知識を得た母が、聖司の糠味噌に手を加えてくれるからだった。

十日前に帰ったときは、母は和辛子の粉を糠味噌に混ぜてくれた。市販のチューブ入りの練り辛子では駄目なので、いまは稀少《きしよう》な粉の和辛子を手に入れるために、母はわざわざ大阪の四天王寺の近くにある香辛料の専門店まで行ったのだ。

「また塩鮭の頭を入れたるからな」

と聖司は糠床に言った。お歳暮で貰った荒巻鮭《あらまきざけ》の頭が、甲陽園の家で待っているはずだった。

名神高速道路を走っているうちに、聖司は、自分が風邪で寝込んだために甲陽園の実家に帰ろうとしているのではないことに気づいた。

荒巻鮭の頭が欲しくて帰るのだ……。聖司はそう思って笑った。

聖司が最初に入れた鮭の頭は、たったの四、五日で糠味噌に溶け込み、姿を消してしまった。

糠味噌そのものにも、漬けた野菜にも、鮭の匂いはまったく移っていなくて、その代わりに、白菜にも茄子にも大根にも胡瓜にもまろやかな酸味が加わったことは確かだった。母が入れた昆布茶の粉末も、まろやかさに一役買ったのかもしれなかった。

いずれにしても、自分の拳《こぶし》の倍近くある鮭の頭を、糠味噌のなかで活発に生きているのであろう乳酸菌どもが、いったいいかなる手口を弄《ろう》して、その皮も身も骨も、さらには目玉までをも消滅させてしまったのか……。

聖司にはまるで魔法としか思えなかった。

ことごとく分解されて糠味噌に溶け込んだ鮭の頭が、こんどは乳酸菌との共同作業によって、幾種類かの野菜たちにいったい何をしでかしたのか……。

動きも見せず、音もたてず、糠床という静謐《せいひつ》な暗闇のなかで、人間の肉眼では見えない何事かが、平和で建設的に着々と営まれている。

そうだ、平和で建設的と言うしかないのだ、と聖司は常日頃《つねひごろ》よりも何倍も注意深く車の運転をしながら思った。

雑菌と乳酸菌との闘いは繰り広げられてはいても、圧倒的な数の乳酸菌に取り巻かれている雑菌としては、戦地で壮絶な討ち死にを選ぶよりも、外交交渉の席で譲歩し、平和裡《へいわり》に己が陣地を細々と守ることを得策とするであろう。

土から掘られたり、枝から摘まれたりして糠床に放り込まれた野菜たちも、糠味噌に凝らされた人間のさまざまな工夫と乳酸菌の本能的な活動によって、あらたな味覚や栄養を生みだしているのだ。

「平和で建設的、かつ創造的やがな」

聖司はそうつぶやきながら、それにしても漬物はしばらく見るのもいやだなと思った。

聖司が漬けた漬物を三日に一度貰いに来ると言ったくせに、桐原は新宮での仕事から帰ってからにわかに忙しくなり、東京に行ったきりになってしまった。

桐原と彼の身重の妻のためにと、聖司が張りきって漬けた漬物は貰い手がなく、仕方なくそれらは聖司が食べた。

だが、到底食べ切れなくて、たまにエレベーターのなかで顔を合わせるだけの女子大生に、食べてくれないかと頼んだ。

「漬物って、糠味噌に漬けたやつ？」

とその女子大生は、うさん臭そうに聖司を見ながら訊き、

「あんなん食べたら、お腹こわすわ」

そう言って、いっときも早くエレベーターから降りたがっている素振りを示した。

こいつ、変な誤解をしてるな、と聖司は思いながら、

「糠漬はお腹にええんですよ。それにぼくが漬けた漬物は、京都で三本の指に入るほどうまいんです」

と言った。

「私の部屋の前に置いといて下さい。チャイムは鳴らさんといてね。ただ静かにドアの前に置いとくだけ。それやったら貰《もろ》てあげるわ」

「あのねェ、ぼくは、きみに下心があるわけやないねん。おいしい漬物を作りすぎて、余ってるから、食べてくれへんかって頼んでるねん。漬物を口実に、きみとお近づきになろうなんて魂胆は皆無や。皆無って日本語、知ってるか？　まったくなし、っちゅう意味や」

「余ってるもんなんか、いらんわ。もしそんなもんを私の部屋の前に置いたら警察に訴えるからね」

「ああ、置けへんから安心しとき。そんなことしたら、漬物に失礼や」

「あんた、頭おかしいんとちゃう？　あんたみたいな人が住んでるマンションに私も住んでるのかと思たら、心配で寝られへんわ」

そう言い捨ててエレベーターから出て、逃げるように自分の部屋へと走って行った女子大生の顔を思い浮かべ、

「あいつ、可愛げのないのは顔だけやなかったなァ」

と聖司は糠床に話しかけた。

あの日以来、誰かに食べてもらおうと考えるのはやめて、朝昼晩と自分で漬物を食べつづけているうちに歯茎が痛くなり、クリスマス・イブの朝、その痛みで目が醒めて、体のふしぶしも痛いことに気づいた。

歯科医院で診てもらったが、歯垢《しこう》の除去をしただけで済んだ。歯科医は熱をはかってくれて、

「三十八度やねェ。そやけど、この熱は歯とは関係ないですよ」

とレントゲン写真を見ながら言った。

「歯茎の腫れも、風邪が原因やったんかなァ」

聖司は、片方の手で糠床の蓋を叩いて、そうつぶやいた。元日の名神高速道路は空《す》いていたが、宝塚から甲陽園までの道には車が多かった。

初詣の人たちの車らしく、和服を着てハンドルを握っている男もいた。

甲山の森林公園の近くでは、凧《たこ》があがっていたが、木が多くて、うまくそれを操れ

ないようで、かろうじて飛翔《ひしょう》した凧はすぐに落ちた。

　聖司は、いつもよりも人通りの少ない駅前に正月の晴着姿の若い女たちが並んで写真を撮り合っているのを見ながら、実家の狭い駐車場に車を入れた。

「あけましておめでとうございます」

　家の玄関をあけてからそう挨拶し、居間をのぞくと、姉の涼子がソファに横になり、テレビをつけたまま眠っていた。

　母の路子も、椅子に腰かけたまま、膝掛《ひざか》けに額をつけそうなほどに体を折って、うたた寝をしている。

「お母ちゃん、体が柔かいがな。そこまで前屈できるなんて、たいしたもんや」

　聖司は、パソコンと糠床をテーブルに置き、車のなかでも着たままだったアノラックを脱ぐと、自分の部屋のドアをあけた。

　母が蒲団を敷いてくれていた。

　聖司の咳の音で目を醒ました涼子が、

「船木さん、お熱をはかりましょうね」

　と言って、テーブルの上を指差した。体温計と薬の入っている袋があった。

「あっ、俺の咳で起こしてしもたなァ。申し訳ない」

「かめへんねん、もうそろそろ起きなあかんなァと思いながら寝てたから」

と涼子は言ったくせに、目は閉じたままだった。

「夜勤明けやろ？　新年は病院で迎えたわけやな」

「救急の患者さんが三人。もう大変やってん。ひとりは交通事故。腕がちぎれかけて、折れた肋骨《ろっこつ》が三本、胸から飛び出してたわ。飛び出したから助かってん。あれが逆に肺に刺さってたら、あの人、助かれへんかったわ」

涼子はそう言いながらソファから起きあがり、母が作ったおせち料理の入っている重箱をあけると、焼いたたらこを口に放り込んだ。

「そんな話をしながら、たらこなんかよう食えるなァ」

「人間の肉って、もっと赤いよ。血ィなんて、ものすごう生臭いし……」

「やめてくれよ。熱をはかったら、雑煮を食べて、数の子をたらふく腹に入れるつもりやのに」

「お前、数の子、好きやなァ」

お正月が来ると、数の子ばかり食べて、そのたびに母に叱られたことを思い出しながら、聖司は体温計の目盛りを見た。三十八度七分に上がっていた。

母が目を醒まし、雑煮を作ってくれた。

「もうひとりの急患は、自殺未遂やねん。手首を切ってて……。十七歳の高校生や」

　と涼子は言った。

「出血が多かったけど、なんとか助かったわ。あの子、手首を自分で切ったの、これで二回目や」

「もうやめてくれよ。血ィとか肉とか骨とか、そんな話はいまは聞きたないねん。俺、高熱があるねんでェ。病人やねんでェ。お母ちゃん、雑煮に人参、入れんといてな。赤いもんを見るの、いややで」

「三十八度七分なんて、高熱のうちに入らへんわ」

　涼子は笑い、雑煮を食べたら、これとこれを服むようにと言って、二種類の錠剤を薬袋から出した。そして、聖司のパジャマを持って来てくれた。

　白味噌仕立ての雑煮を食べ始めたとき、少し吐き気がしたが、聖司は薬を服むためだと自分に言い聞かせて、三個のうちの一個だけ餅を食べ、数の子を二切れ音をたてて噛《か》んだ。

「お前、なんでそんなに数の子が好きやのん？　男のくせに」

　と涼子は言い、糠床の蓋をあけた。

「男やったら、数の子を好きやったらあかんのか？」

「私の知ってる男の人で、数の子を好きやっていうのは、お前だけやねんもん」

糠床のなかから白菜をひきずり出し、涼子はそれを水で洗うと、包丁で切って大鉢に並べた。祖母が何種類かの糠漬を食卓に供するときに使った大鉢だった。

「なんで好きやねんと聞かれてもなァ……。俺は、数の子が好きなんとちごうて、お正月っちゅうのんが好きやねん。俺の家では、数の子はお正月以外は食べへんやろ？　数の子を食べると、ああ、お正月やなァと、しみじみと思うわけや」

「きのう、手首を切った子、前におんなじことをしたのも大晦日の夜やったわ」

と涼子は言い、テーブルに頬杖をついた。

「お雛《ひな》さまみたいな顔をした、優しい子やねん。あの一家は、母親に問題があるって、きのうの当直の先生が言うてはった。あの先生、まだ三十三歳やけど、度胸のええ優秀な医者やと私は思うわ。医者は度胸やで」

「度胸かァ……。俺にいちばん欠けてるのは度胸やなァ。俺は臆病な人間やなァって、しょっちゅう思うなァ」

と聖司は言い、二種類の錠剤を服んだ。

「誰かて臆病やねん。勇気ってのは、自然には湧いてけえへんよ。私、このごろ、それがわかってきてん。いつも勇気凛々《りんりん》なんて人間、いてへんわ」

涼子はそう言って白菜の糠漬を食べ、少し漬かりすぎているが、一ヵ月前に食べた漬物とは雲泥の差だと褒めた。

「私が、おいしいお漬物ができる糠味噌に変えてやったの。聖司の、愛想のない、工夫も何もないただの糠床に革命を起こさせたのは、この私」

それまでいつになく無口だった母が、ビニール袋に包んだ荒巻鮭の頭を聖司の眼前で左右に振りながら言った。

「昆布茶の粉末、いりこの粉末、鮭の頭、和辛子、鷹の爪、残ったビール、魚や野菜の煮汁……。そういうものをいろいろとこの糠床に配合したのは、この私。増えすぎた水分を捨てて、新しい糠を加えて調節したのも、この私。お陰で、この糠床に入れる野菜は、おいしく漬かるんや。山椒《さんしょう》の実の季節が来たら、それも入れようと思てるねん。聖司、お前のその糠床、もうずっとこの家に置いとき。男が糠床を持って、あっちへうろうろ、こっちへうろうろなんて格好悪いわ」

「そらまあ、ここに預かってもろとくのがいちばんええねんけど、俺、夜寝る前に、この糠床をかきまわして、じーっと糠味噌を見てると、心が落ち着いてくるんや。寝る前の習慣みたいになってしもて……」

そう言いながら、聖司は母の額に自分の掌をあてがった。

「お母ちゃんも熱があるがな。俺より熱いでェ。熱、はかってみぃ」

聖司の言葉で、首をかしげながら自分の額に掌を持っていき、母は体温計を腋に挟んだ。

母は三十九度五分も熱があった。

「なんやしらん朝から気分が悪いなァと思ててん……」

と母は言い、聖司が服んだのと同じ錠剤を口に放り込んだ。

「長いこと看護師をやってるくせに、自分に熱があることがわからんかなァ……」

と聖司は言い、テレビを消した。

「この十年、風邪なんかひけへんかったのに……」

と言いながら、母の路子は階段をのぼって自分の寝室へ行ってしまった。

「聖司もちゃんとパジャマに着替えて、ベッドで寝なあかんよ。この弟思いの美人のお姉ちゃんが、特製の参鶏湯《サムゲタン》を作ってしんぜよう。熱が下がって目が醒めたら、栄養満点の参鶏湯が待ってるからね」

涼子の唯一の得意料理は、友人の韓国人の祖母からの直伝だった。

「さっきの、勇気についての話やけど……」

と聖司はソファに横になって姉に話しかけた。

「たしかに、勇気ってのは、自然には湧いて出たりせえへんなァ。俺、いままで自分のなかから勇気が自然に出て来たことなんて、考えてみたら一回もないわ」

「そやろ？　いつまで待ってても、勇気は出てくれへんやろ？」

　と涼子は言った。

「みんな、そうやねん。臆病風《おくびょうかぜ》なんて、ほっといても勝手に心のなかをしょっちゅう吹き渡ってるねん」

「そしたら、勇気っちゅうのは、どうやったら出て来るねん？」

　聖司の問いに、

「勇気は、自分のなかから力ずくで、えいや！　っと引きずり出す以外には、出しようがないねん。それ以外に、どんな方法もないねん。勇気を出そうと決めて、なにくそ、と自分に言い聞かせて、無理矢理、自分の心のなかから絞り出したら、どんなに弱い人間のなかからでも、勇気は出て来るねん」

　と涼子は言った。

　そして、笑みを浮かべ、これは、昨晩の若い当直医が、研修医になりたてのころ、大学の恩師から厳しい口調で与えられた教えなのだと説明した。

「勇気を絞り出せへんかったら、どんなに立派な体格の男でも、歯医者さんのドアをあけられへん……」

　そうつぶやき、涼子は、白菜の漬物の入った大鉢をラップで覆い、それを冷蔵庫にしまった。

「そやけど、そうやって必死で自分のなかから引きずり出した勇気っていうのは、その人が求めてなかった別のものも一緒につれて来るそうやねん」

　と涼子は言った。

「それは何やねん？」

　聖司は訊いた。

　いかにも正確を期そうとするかのように、涼子は頬杖をついていた両の手をテーブルの上に揃えて置き、一語一語丁寧に言った。

「その人のなかに眠ってた思いも寄らん凄い知恵と……」

　そこで言葉をいったん区切り、涼子は視線を壁のほうに注いだ。

「もうひとつは、この世の中のいろんなことを大きく思いやる心。このふたつが、自然についいて来るそうやねん」

　聖司はソファから身を起こし、姉の顔を長いこと見つめた。そして、勇気かと思った。

この使い古された、ある意味では陳腐な言葉。誰もが軽々に口にする珍しくもない言葉。小学生でも知っている言葉。だが確かに勇気というものは、待っていれば自然に出て来るものではないなと聖司は思った。

声のいい人は、努力せずとも他の人よりも上手な歌声を出すことができる。腕力の強い人は、苦もなく重いものを持ち上げることができる。頭のいい人は、覚えた化学記号や数学の公式を労せずして応用することができる。気風のいい人は、あれこれ迷わないまま、頼まれ事を引き受ける。

他にも、個々人の持ち味に添って、ごく自然にやってのけることができるものは多い。

だが、勇気ばかりはそうはいかない。

病気にかかり、手術をしなければならないと決まったとき、その病人が最初に求められるものは、手術台に乗るという勇気であろう。

困難な仕事に取り組むときも、やってみせるぞという勇気なしには踏み出せない。

営業マンが、冷たく門前払いされることを承知で初めての顧客を訪ねるときにどれほど勇気が必要か……。

しかし、その勇気を出すには、自らを叱咤《しった》し、ひるむ心と闘って、自分の意志で、えいや！　っと満身に力を込める以外に、いかなる方法もないのだ……。

聖司は、勇気というものについて、そのような考え方で向き合ったことは一度もなかったので、そうやって懸命に自分のなかから引きずり出した勇気が、別のふたつのものを自然につれて来るという一種の方程式をにわかには信じられなかった。

「その人のなかに眠ってた思いも寄らん凄い知恵……。それが、ひとつ？」

と聖司は人差し指を一本立てて涼子に訊き返した。

「うん」

涼子は自分の記憶をたしかめるかのように、かすかに上目遣いで宙を見つめて頷いた。

「ふたつめは、思いやる心？」

「この世の中のいろんなことを思いやる心、や」

「思いやる心って、もっとわかりやすく言うてくれよ。慈しむ心ってこと？」

「うん、たぶんそう言い換えてもええと思う。私は、何があっても右往左往せえへん大きく包み込む心、っていうふうに受け取ったけど……」

熱が上がったせいらしく、体がふいにだるくなり、息苦しさも感じて、聖司はソフアからゆっくり立ちあがった。

「なんか急にしんどなってきた」

と聖司は言った。

「あったかくして、よう寝たらええわ。早よう、パジャマに着替えて、ベッドに入り」

涼子はそう言って、聖司の部屋に行き、窓のカーテンを閉めてくれた。

「この世の中のいろんなことに思いやりを持って、右往左往せず大きく包み込む心かァ……。それって、もっと簡略にわかりやすい言葉に言い換えられへんかなァ」

聖司がそう言うと、涼子は笑いながら、聖司の背を押してベッドのところについて来た。

「きのうの当直の先生に訊いとくわ。もっと簡単でわかりやすい言葉はないですかって」

涼子は言って、部屋から出て行きかけたが、立ち止まってしばらく考え込んだ。

そして言った。

「この世の中のいろんなことに思いやりを持って、右往左往せず大きく包み込む心、でええんちゃうの？　それがいちばんわかりやすいと思うなァ」

行った。

「そやけど、そんな心になることは、人間には至難の業やで」

聖司は悪寒に震えながら、服を脱いでパジャマを着ると、ベッドにもぐり込んだ。

「必死で絞り出した勇気が、人間にやすやすとそういう心を与えるのか？」

聖司の問いに笑みで応じ返し、掛け蒲団の肩口を押さえると、涼子は部屋から出て行った。

カーテンの隙間《すきま》から漏れている細い光が、正月の静寂を伝えているようで、聖司は二枚の掛け蒲団にくるまって、しばらくその戸外の光を見ていた。

きっと姉は、その若い医師のことを好きなのであろうと聖司は思った。

「お姉ちゃんよりも二つ下かァ……」

聖司はそうつぶやき、耳を澄ました。家のなかには物音がなかった。夜勤明けの姉もまた長いソファに横たわったのかもしれないと思った。

勇気か。自分の三十二年間の人生で、必死で自らの内部から勇気を引きずり出さねばならなかったというようなことがあっただろうか。

聖司は目を閉じて、そう考えてみた。

あるにはあったが、どれも所詮は他愛ないものにすぎない。

高校二年生になったばかりのとき、いまのお前の学力では到底合格はできないと教師から言われた大学に入ってみせると決意した。

苦手な科目を中学一年生用の教科書からやり直すことを先輩に勧められて、よし、そうしようと決めるときにはかなりの勇気が必要だった。

わずか二年弱の期間でそんなことが可能かどうか。そんな回り道をするよりも、受験のための塾に通うほうが早道ではないのか。

迷っているうちに一ヵ月近くがたってしまい、なかばやけくそぎみに先輩の言うとおりにやってみようと決めたのだ。

「俺が、えいや！　っと絞り出した勇気は、あれくらいやなァ。一年浪人はしたけど、大学に受かったのは運が良かったからで、自分のなかに眠ってた思いも寄らん知恵のお陰とは到底思えんなァ」

聖司は心のなかでそうつぶやき、姉の涼子よりも二つ歳下の医師はどんな男なのであろうと思った。

そうしているうちに、聖司は眠った。

船木家では、いつのころからか、元日の夜は〈てっちり鍋〉と決まっていた。

祖母が元気なころは、大晦日の午後に祖母が大阪の黒門市場まで出向いて、家庭で鍋が囲めるように調理されたフグを買ってきた。

祖母が亡くなってからは、それは母の路子の役目となった。

きれいに皿に並んだてっさ、湯引きした皮、骨付きの身、白子、骨付きではない身。

それらは元日の夜まで冷蔵庫にしまわれる。

てっちり鍋の準備をするのは、涼子と聖司の仕事で、それは祖母の存命中も同じだった。

黒門市場の魚屋に電話で予約して、最高級の天然物のトラフグを調理しておいてもらうのは、船木家にとっては年に一度の贅沢である。

聖司は目を醒ますと、枕元の目覚まし時計を見た。午後四時半だった。

しばらくベッドのなかで天井を見つめ、聖司は自分がちょうど四時間、深く眠ったことに気づくと、額に掌をあてがった。寝ているあいだにかなりの汗をかいていて、パジャマが濡れていた。

台所のほうで足音が響き、テレビの音も聞こえた。

聖司は濡れたパジャマと下着を脱ぎ、新しいのに着替えて居間に行った。

姉の涼子が、てっちり鍋用の土鍋とガスコンロをテーブルに運んでいた。

「お母ちゃんの熱は引いた？」

と聖司は姉に訊いた。

「解熱剤で引いてるだけや。いまはかったけど、まだ三十七度八分」

そう言って涼子はテレビの上を指差した。体温計が置いてあった。

聖司はそれを自分の腋に挟み、

「お母ちゃんは、てっちり鍋、ことしはキャンセルか？」

と訊いた。

「死んでも食べるから、六時に起こしてくれって言うて、さっきまた寝たわ」

「俺も死んでも食べるで。このてっちり鍋のために俺も一万円を出したんやからな」

涼子は笑い、ラップで丁寧に包まれたフグの身を冷蔵庫から出すと、

「これだけで三万五千円」

と言った。

この部分は少し小さめに切って唐揚げにする。それは自分の担当だが、白子を焼くのは、例年どおり、お前の仕事だ。たとえ高熱があっても、その役目だけは果たしてもらう、と涼子は言った。

そして、声をひそめ、

「お母ちゃんが焼いたら、生焼けやったり、焦がしたりするから」

そうささやいて、涼子は聖司の腋の下から体温計を抜いた。

「三十六度八分」

と涼子は言った。

六時までベッドに横になっておとなしくしているようにと、涼子に促されたが、四時間も熟睡したばかりの聖司は自分の部屋に戻る気になれなかった。

「完全に風邪の熱が取れてしまうのには三、四日はかかるよ」

そう言ってから、涼子は、ああ、もうこんなタレントたちの馬鹿騒ぎばかりのテレビ番組を観ていたら自分までが馬鹿になるとつぶやいてテレビを消した。

「静かで繊細で勇壮な曲を聴きたいなァ」

と聖司は言った。涼子のCDデッキもスピーカーも小型なので、コンセントを外せば二階の部屋から居間に持って来ることができる。

「リヒャルト・シュトラウスの『アルプス交響曲』なんかどう?」

と涼子は訊いた。

「あっ、あれええなァ」

「そやけど、私のCDデッキでは繊細な音は無理やわ。こないだ外科部長のお宅に遊びに行ったとき、私の持ってるのとおんなじCDを聴いて、愕然《がくぜん》としたわ。曲もおんなじ。オーケストラもおんなじ。指揮者もおんなじ。そやのに、まったく別の曲みたいやねん。私のCDデッキは、アンプもスピーカーも合わせて十六万円。外科部長のは三百八十万円やねん」

「三百八十万円？」

「私の貯金よりも十三万円も多いねん」

「えっ？　ということは、お姉ちゃん、三百六十七万円も貯金があんのん？」

「看護師としてお給料を貰うようになってから毎年三十万円ずつ貯金してきてんもん……。目標の三十万円を貯金でけへんかった年もあるし……」

そして涼子は、お前は幾らくらい貯金があるのかと訊いた。

「十六万三千円。貯金というよりも、銀行の残高やな。いま財布に二万円とちょっと入ってるから、俺の全財産は十八万三千数百円」

と聖司は答えた。

松葉伊志郎から前払いしてもらった編集費は、本の完成のめどがたつまでは自分の金ではないと聖司は思っていた。

「三十二歳にもなって、全財産が十八万円とちょっとだけ？」

と涼子はあきれたように言った。

「恋人もいてないのに？　趣味もないのに？　糠漬ばっかり食べてるのに？」

涼子に頭を小突かれながらそう言われたので、

「三十五にもなって彼氏もいてない女に、そんなことを言われるのは恥辱やな」

と言い返して、聖司は笑った。

「そやかて、ろくな男があらわれへんねんもん。見た目のええ人は中身が薄いし、ちょっと中身のありそうな人は、全体的なフォルムが私の許容範囲から、大きく逸脱してるし……」

「全体的なフォルムかァ……。難しい問題やなァ。それは性格も含めてのフォルムということやろ？」

涼子は大きく頷き返し、

「性格って、最大のポイントやわ」

と言った。

聖司は、勝浦温泉の旅館で桐原耕太が言った言葉を思い出した。

「アラビアン・ナイトになァ……」

桐原から聞いた千一夜物語の一節を涼子に話して聞かせ、

「悪い性格っちゅうのは、不治の病や。俺はつくづくそう思うなァ」

と聖司は言いながら二階にあがった。

涼子のCDデッキとスピーカーを持ち、それを居間のコンセントにつないだ。リヒャルト・シュトラウスの「アルプス交響曲」はこのあたりにあったはずだと見当をつけ、五、六枚のCDも持って階段を降りたのだが、そのなかにはなかった。

聖司が眠っているあいだにCDラックの整理をしたのだと涼子は言って、二階の自分の部屋に行った。

しばらくすると、二階から誰かと話をしている涼子の声が聞こえた。

携帯電話で誰かと喋っているのかと思ったが、どうもそうではなさそうで、聖司は聞き耳をたてた。会話の相手が母ではないことは明らかだったからだ。

どうやら涼子は二階の部屋の窓をあけて、外にいる誰かと話しているらしい。

「こんなお近くやなんて。船木さんがなんでこのおうちの二階から私に声をかけはったんかって、びっくりしました」

窓の外からの女の声に聞き覚えがあったので、聖司は気づかれないように居間のガラス窓を薄くあけた。

大前美佐緒が道に立って二階を見上げていた。聖司は慌てて窓を閉めた。

きょうとあすはお休みで、あさっての朝には仕事に戻る。自分たちのような仕事でも、夏と正月にはある程度まとまった休みが取れるのだが、ことしの正月は三人の同僚がスキー旅行に行くので、自分は時期を少しずらして正月休みを取ることになった。まとめてといっても四日間だが。

涼子のそう説明する声を聞きながら、聖司は、大前美佐緒自身か、あるいは家族の誰かが涼子の勤める病院の患者なのであろうと思った。

聖司は、なぜ自分が慌てて窓を閉めたのかわからなかった。隠れる理由などどこにもない。生前、「トースト」でチーズやジャムを買っていた老人の家がここだったと大前美佐緒に知られたとて別段何の支障もないではないか……。

聖司はそう思い、再び窓をあけた。

美佐緒は聖司に気づくと、驚き顔で見つめた。

「あけましておめでとうございます」

聖司は新年の挨拶をしてから、

「トーストの奥さんの声に似てるなァと思って窓をあけたら、ほんまにトーストの奥さんやったから、びっくりしました」

と言った。

大前さんと言いかけたのだが、咄嗟に「トーストの奥さん」と言い換えたのだ。それがいかなる心の制御の働きによるものなのかも聖司にはわからなかった。

「ここがお住まいってことは……」

美佐緒はそう言いながら二階を見あげた。

「二階にいてる看護師は、ぼくの姉です」

聖司の言葉に、美佐緒はさらに驚いたような表情で、

「そしたら、あのおばあさまのおうちはここやったんですか……。船木さんが、あのおばあさまのお孫さんやったなんて……」

と言った。

美佐緒が口にした「船木さん」は、この自分ではなく姉のことだと思ったが、聖司は普段着で何も持たずに立っている美佐緒に、

「ぼくは京都に住んでるんです。きょうからお正月やから、実家に帰ってきたんです」

と言った。

配達を頼まれていたコーヒー豆が卸売り業者から届くのが遅れてしまい、元日だがいまそれを配達しての帰りなのだと美佐緒はやっと笑みを浮かべて言った。

「コーヒー豆も扱っていらっしゃるんですか？」

「はい、いろんな種類の紅茶もありますよ。配達もいたしますから、どうかご贔屓下さいね」

美佐緒はそう言いながら、二階の涼子にも笑みを向け、丁寧にお辞儀をして駅前の広い道へと戻って行った。

階段を降りて来た涼子が、

「聖司、大前さんを知ってるのん？」

と訊いた。

「うん、苦楽園口のトーストの奥さんや。おばあちゃんはいっつもあそこでチーズとかジャムを買《こ》うてたんや」

そう答えてから窓を閉め、

「あの人、お姉ちゃんの病院の患者さんか？」

と聖司は訊いた。

「あの人のご主人が入院してはるねん」

聖司は相手が母であろうと弟であろうと、涼子が患者のことはいっさい何も口外しないと知っていたので、どんな病気で入院しているかは質問しなかった。

「入院して長いのん？」

「一ヵ月くらいかなァ。住所とか連絡先はカルテにも患者さんのデータにも載ってるけど、大前さんがトーストのご主人やとは知らんかったわ。職業は輸入品販売業になってたはずやねん」

そう言ってから、涼子はリヒャルト・シュトラウスの「アルプス交響曲」をかけた。

大前彦市のことを母は涼子には話していないのだなと聖司は思った。どうして話さないのであろう。母は呑気《のんき》な性格だから、船木家と大前家とはもはや何の関係もないと割り切って、だからいちいち娘に話すこともないと思っているのかもしれないと聖司は考えた。

母があえて涼子に話さないでいるのなら、自分が余計なことを喋らないほうがいい。聖司はそう思い、ソファに横になり「アルプス交響曲」に聴き入ろうとしたが、いまほんの少し目にしただけの大前美佐緒の顔が、その輪郭から何かの光を放って、心のなかに居坐《いすわ》りつづけ、繊細な交響曲の世界に入っていくことができなかった。

夫が一ヵ月近くも入院しているのなら、いったいあのトーストパンは誰が焼いているのだろう。

大震災で大怪我をしたという大前彦市が息子に代わって焼いているのだろうか。

聖司がそう考えていると、母がパジャマの上にカーディガンを着て、二階から降りてきた。

「なんぼなんでも、もう寝られへんやろと思て蒲団に横になったら、すぐにまた眠ってしもた。そやけどお陰でらくになったわ」

そう母が言うと、涼子は首を左右に振り、

「ことしの風邪は、そんなに簡単に治らへんよ。あと三日は熱が上がったり下がったりするわ」

と言って、冷蔵庫からミネラルウォーターを出した。

それをグラスに注ぎ、涼子は母と聖司に飲むよう勧めた。

「汗をかいたら血が濃くなるから……」

涼子は夜の九時に友だちと神戸の三宮《さんのみや》で待ち合わせをしているのだという。

「夜の九時に？」

と母は言った。

「そんな時間から何をするのん？」

聖司は笑いながら、

「あのなァ、お姉ちゃんは中学生の女の子やないねんで。三十五歳の熟女やで。夜の九時だろうが夜中の三時だろうが、好きにさせたりいな」

と母に言った。

「そやなァ、三十五歳っちゅうたら女盛りの熟女やなァ。そろそろこれっちゅう相手をみつけてくれんと、あっというまに皺だらけになるでェ」

母の言葉に、涼子はうんざりした表情で、

「しょうもない男と結婚するくらいなら、一生ひとり身でおったほうがええって言うたのは、お母ちゃんやろ？」

と言い返した。

六時前にてっちり鍋の準備を始めて、涼子は唐揚げを作り、聖司は白子を焼いた。

「このポン酢がうまい。上品な香りやな」

風邪で熱がある体なのに、幾らでも食べられるなと思いながら、聖司はそう言って、骨つきのフグの身をしゃぶるようにして食べた。

母の食欲も旺盛だった。

「おじや名人、お願いします」

鍋のなかの白菜やマイタケやシイタケをすべてたいらげてから、涼子は小さな丸餅《まるもち》を六つと卵を三個皿に入れて持って来ると、そう母に言った。

「おお、この黄金のスープ。春雨がまだこんなに残ってるがな。これ全部頂戴してもよろしいでしょうか」

そう言いながら、聖司は春雨を慎重に箸で挟んだ。

母は、雑炊とおじやの違いを説明しながら、土鍋の汁のなかにご飯を入れ、ガスコンロの火を強くした。

その母の能書きは、毎年元日の夜に、てっちり鍋のあとのおじやを作るとき聞かされてきて、もうすべて聖司の頭に入っている。

「溶き卵を入れる前に、ガスの火をいったん消してご飯とスープの温度を下げなあかんねんで。そうせんと卵がかたまってしもて、おじやのとろみが台無しになんねん。お餅もべたべたに溶けてしまうし……」

「そうせんとほんまにおいしいおじやは食べられへんということはわかっててんねんけど、お母ちゃん、きょうはちょっと急いでくれへん？」

と涼子は箸で土鍋の蓋を叩きながら言った。

「服を着替えなあかんし、お化粧もせなあかんし。八時には出たいねん」

「三宮やろ？　三十分もあったら着くやんか」

と母は言った。

「きょう初めて着る服やから、いつもの口紅の色がそれに合うかどうかわかれへんねんもん」

そう涼子は言って、消してあるテレビのほうに顔を向けた。

あっ、俺の視線を避けたなと聖司は思い、

「ほお、えらいおめかしをなさるんですね」

とひやかしてみた。

「お正月くらい、ちょっと女っぽく……」

と涼子は言った。

「女っぽくして行くということは、待ち合わせのお相手は男性ですか？」

「まあね。私より三センチ背が低い男性」

「お姉ちゃん、身長は？」

「百六十四センチ」

「ほな、その男は百六十一センチかァ……」

「中学生のとき、股関節《こかんせつ》の病気をしはってん。二年間、ギプスで腰から膝までを固定させてたから、その左脚だけが成長せえへんかってん。結核性股関節炎で、股関節の一部が崩れてしもたんや。それを大学生のときに手術して、ほとんど歩行に支障はなくなってんけど、育ち盛りのときにかかったから……」

「結核性の股関節炎？」

と母は訊き返した。

「あれは難病やなァ。結核菌が股関節の骨をぼろぼろにしてしまうからなァ……」

母はそう言って、いつもの年よりも少し早目におじやを仕上げた。

「どんなお仕事をしてはる人やねん？　お歳は幾つ？」

母の問いに、涼子は微笑み、

「二人きりで逢うのん、きょうが初めてやし、デートなんてもんと違うねん。一緒に義足を作ってる人のとこに行くねん」

と言った。

「義足？」

母は涼子のご飯茶碗におじやをよそいながら訊いた。

その男の左脚は右脚よりも七センチ短くて、手術で歩行に支障がなくなったとはいっても、それだけ長さに差があると、膝や腰や背に負担がかかる。

その差による負担を軽減するための靴を作ってもらうために、義手や義足を作るのが専門の職人に相談することになった。

その職人は、神戸の三宮から元町のほうへ少し行ったところに作業所を持っている。あしたから郷里の佐賀県に帰省するため、元日の夜でもよければ来てくれと言われたのだ。

涼子はそう説明した。

「要するに、左の靴のかかとの部分だけを高くするねんけど、背の低い人が高く見せるための靴とは違うて、いかに左右の脚のバランスを合わせて歩きやすくするかというための靴やから、いろんな測定をせなあかんねん」

「いままでは、そんな靴は履いてはれへんかったん？」

と聖司は訊いた。

「うん、自分の脚がそんな脚やってことを隠してるかのように取られるのがいややから、あえて普通の靴を履いてたそうやねん。そやけど、ちょっとした段差でも用心しとかんと、軽く踏み外しただけでも足首をねじったり、膝をひねったり……。それで、病院に出入りしてる義足屋さんに相談したそうやねん」

「へえ、その人、お前の勤めてる病院で働いてはるのん？」

その母の問いに、涼子は、ああ、うっかり余計なことを口にしてしまったという表

情で、

「うん、十月からうちの病院の外科勤務になりはったお医者さんや」

と答えた。そして、涼子は、おじやを半分だけ食べると二階にあがっていった。

ああ、やっぱりあの医者なのか……。まだ三十三歳だが度胸のある医者……。姉の、その男への思いは、どうやら本物だな。

聖司はそんな気がした。

涼子が出かけてしまってから、聖司は、大前彦市のことは姉には話していないようだが、それはなぜなのかと母に訊いた。

「おばあちゃんは、そのことに関しては娘の私にも話したがらんかったから……。それに、いまさらあらためて涼子に話をしたかて、何がどうなるわけでもないやろ？　もし大前彦市さんがここから電車で一駅のとこにあるトーストのご主人やなかったら、私らにとっては何の関係もない、話題にものぼれへん存在や。たまたま神戸から苦楽園口に引っ越して来はったから、妙に気にかかるだけやねんもん。大前彦市さんは、私にとっては、父親が違う兄やけど、お前や涼子にとっては、気に留めるほどのつながりやないねんから」

母の路子は、食器を洗いながらそう言い、土鍋をきれいにタワシで洗った。

それから糠床のなかに漬かっている少量の野菜を出すと、

「荒巻鮭の頭、ちょっと焼いてから入れたら香ばしいそうやで」

と言った。

「ちょっと糠も足しといてんか」

そう言って、聖司は薬袋から薬を出し、それを母の口に入れ、自分も服んだ。

涼子が大前彦市の息子の嫁と話をしていたことは黙っていた。それを喋ると、彦市の息子が涼子の勤める病院に入院していることも、祖母が、かつて一度だけ大前家の嫁に車で家の近くまで送ってもらったことも喋らなくてはならなくなりそうな気がしたからだ。

そうなれば、祖母がトーストの主人が誰であるかを知っていたにちがいないことまで話さなくてはならなくなる。

気が乱れる、という言い方があるが、母にとってはそれはまさに気が乱れる話題であろう。聖司はそう思った。

「お医者さんと看護師が結婚する率って高いんか？」

と聖司は魚焼き器の上に載せられて弱火で焼かれている荒巻鮭の頭を見つめながら訊いた。

「一般の会社の職場結婚とおんなじようなもんや」

と母は言った。

「教授やとか、所属する科の部長に勧められて、お金持のお嬢さんとお見合いしたり、交際したりして結婚する医者もいてるし」

鮭の頭は、軽く炙《あぶ》る程度でいいのだと母は言い、洗い物を片づけてソファに横になった。そして、お前はいつまでフリーの編集者という仕事をつづけるつもりなのかと訊いた。

聖司は、荒巻鮭の頭を魚焼き器の上でひっくり返し、

「俺がフリーの編集者をつづけてること、お母ちゃんは心配か？」

と訊き返した。

「フリーの編集者っちゅうても、俺の場合は一冊の本を造るんやから……。ただ編集だけをする仕事とは違うんやでェ」

「そやけど、その松葉さんていう奇特な人にだけ頼ってる仕事やろ？　松葉さんが本を造ることをやめたら、お前はたちどころに職を失なうがな。それに、松葉さんも、もう高齢というてもええお歳やし、いつどうなるかわかれへんやろ？」

母に言われるまでもなく、そのことは去年の夏ごろから聖司の思考のなかに常に存

在している懸案事項であった。

しかし、大学を卒業してすぐに入社した出版社が、地味な美術書を専門としていて、そのための専門的な技術や編集法を徹底して叩き込まれてきた聖司は、他の一般の出版物を扱った経験がなかった。

少部数ではあっても長い年月に耐える内容と造りの技術を駆使した本の必要性や重要性は、軽佻浮薄《けいちょうふはく》な本が書店の棚を席捲《せっけん》している時代にあって、逆に貴重なものとなるであろうし、そのような本造りを専門とする編集者もまた大きな価値を持つはずだという自信は、ときに聖司に誇りをもたらしはするが、ときに強い不安も与える。

内容の濃い、人間の精神を高める書物が売れなくなって久しい。

いつになったら、人々は自分を高めてくれる優れた書物を求め始めるのか。

金持になる方法だとか、株で一発当てる秘策だとか、なんとかのジュースでダイエットは出来るわ癌《がん》は治るわ、などという本がベストセラーになりつづける時代はいつまでつづくのか……。

一冊千円かそこいらの薄っぺらな本を読んで金持になれるはずもなければ、癌が治るはずもない。痩せたければ、食べる量を減らして体を動かすしかあるまい。

だがいま人々の多くは真の意味での良書に自分の金は使わず、いわゆるハウツー物を読みあさっている。

ハウツー物や、それに類した本が売れる時代は衆愚の時代なのだと言った人がいるが、そんな時代がこの日本では長くつづいている。

そう聖司は思いながら、荒巻鮭の頭を魚焼き器から皿に移し、ガスの火を消した。

その国でいまどんな本がベストセラーになっているかを知れば、その国の民度がわかると言った人もいるなと聖司は思った。

しかし、この日本も、いつまでもそんな時代がつづくとは思えない。

やがて軽佻浮薄な本に飽きて、優れた文学や学術書などに触れたくなるときがくるであろう。

だが人々の機が熟しても、名作と称されるものの多くは書店の棚から消え、図書館で捜すことも困難になっているであろう……。

いつだったか、そんな自分の考えを松葉伊志郎に漏らしたとき、

「時を待つんだよ。いまは時を待つときなんだよ」

とだけ答えて、それ以外の意見は述べなかった。

「心配せんでも、俺は自分の専門の領分でちゃんと一家を構えていくから」

聖司はそう言って母を見て微笑んだ。

「俺はまだまだ修業の時代や。歴史に耐えていく立派な本を造る職人でもあり編集者でもある自分を確立したら、仕事はちゃんとついて来るわ」

「そうやなァ……。男の三十二歳なんて、まだひよっこやなァ」

母も微笑を返し、ソファに横たわったまま目を閉じた。

聖司は母の体に毛布をかぶせ、皿に載せた鮭の頭が冷めるのを待ちながら、糠床を底のほうから何回もかきまぜ、古くなってしなびた鷹の爪を出し、新しいそれを入れた。

いったいこの糠床のなかには何個の発酵菌が生きてうごめいているのであろうと聖司は思った。

よく発酵した糠味噌は、小さじに一杯分くらいの量のなかに約八億から十億個の乳酸菌が元気に活動しているという。

それならば、この俺の糠床のなかには……。

「あかん、計算不能や。八桁《けた》の電算機でも無理や」

聖司はそう考えながら、荒巻鮭の頭を糠味噌によくなじませるようにして糠床のちょうど真ん中あたりに埋めた。

風邪が治ったら、岸谷明生教授と逢わなければならないと聖司は思った。新宮のサンマの熟鮓の取材が急に決まったので、岸谷教授とは電話で何度か話したが、まだ本人とは直接顔を合わせていなかった。

岸谷教授は十二月に中国の雲南省に発酵食品の調査と研究のための旅に出発したが、二十六日には日本に帰ったはずだった。雲南省の少数民族は、大昔から幾多の発酵食品を考案し、それを自分たちの食料としてじつに有効に利用してきたという。

岸谷教授はこれまでにも何度か東南アジアや中国の各地、そして韓国に発酵食品の調査に赴いている。

岸谷教授の経歴は、多くの大学教授のそれとは少々異なっていた。

彼は大学では日本の近現代文学を専攻したが、卒業と同時に農機メーカーに就職して、五年間、稲刈機などを農家に売る営業部員として全国を廻った。

就職したときは四国を担当し、三年目には北関東一円を統轄する支社に転勤となり、五年目に東北三県の担当となったころに退社した。

そして母校の大学の農学部にあらためて学士入学して発酵学と醸造学を学び、さらに修士課程に進んだのち、大学の教壇に立った。

岸谷明生という人物が、どんな動機から農機メーカーを辞めて、大学院にまで進んで発酵と醸造を研究しようと決心したのか、聖司は知らない。

だが、岸谷教授をよく知る丸山澄男は、五年間の営業マンとしての経験が、現在の学者としての岸谷に豊かな人間性をもたらしたと評している。

頑迷でも傲慢《ごうまん》でもなく、小さな自尊心に縛られるということもない。そしてなによりもまっとうな社会性を身につけている……。

丸山は岸谷明生という人物を聖司にそう説明したことがあった。

聖司は、風邪が治ったら、すぐに滋賀県高島町の「喜多品」で鮒の熟鮓の取材を開始しなければならないと考えた。

琵琶湖の鮒鮓の仕込みは四月の終わりから五月の初旬にかけてだが、すでに完成した鮒鮓の撮影はいまからでも可能なのだ。

新宮市の「東宝茶屋」の店内で桐原耕太が撮影したサンマの熟鮓は、あらためてスタジオに運んで撮り直した写真のほうがはるかに優れていた。だからおそらく喜多品の鮒鮓も、仕込みから完成までのさまざまな工程のうち幾つかをスタジオで撮影するほうが、いい写真が撮れるはずだった。

聖司は、糠床に蓋をして、居間の明かりを消し、自分の部屋に行くとベッドに入った。そして大事なことを忘れていたことに気づいた。

阪神淡路大震災で死んだカズちゃんとその姉と、生まれてまだ八ヵ月だった赤ん坊の墓参りに行かねばならぬ。そのためには、カズちゃんの姉さんの夫だった加瀬慎介に逢わねばならない。

「あのチビちゃん、名前は何やったかなァ。そうや、純介や」

聖司は胸のなかでそう言い、

〈加瀬慎介さんに必ず逢うこと。そして必ずカズちゃんたちのお墓参りに行くこと〉

と手帳に大きな字で書いた。

聖司は夜中の一時過ぎに目を醒ました。よく寝たのに体が重く、上体を起こすと悪寒に襲われた。

「あれ？　これは熱が高いからやがな」

昼間もぐっすり寝て、それからてっちり鍋をたらふく食い、さらにまた熟睡したというのに……。

聖司はそう思いながら、パジャマの上からセーターを着て居間へ行った。

母は二階の自分の部屋で寝ているらしかった。

体温計を捜していると、涼子が帰って来た。義足職人と逢ったあと、少しお酒を飲んできたのだと涼子は言い、二階にあがって、着替えを持ってくると、すぐに浴室に行った。

聖司は悪寒に耐えながら熱をはかった。三十九度三分だった。

「ありゃ、こらあかんがな」

聖司はそうつぶやき、浴室のドアのところで涼子に解熱剤を服んでもいいかと訊いた。

「お水もぎょうさん飲むのよ。いまの熱が下がっても、もう一、二回、高い熱が出ると思うわ。ことしの風邪はそういう風邪やねん」

という涼子の声が浴室のドア越しに聞こえた。

テーブルの上には、母が服んだのであろう解熱剤の空の包みがあった。

翌日も翌々日も、涼子が言ったとおり、熱が下がってもうこれで風邪も治ったかと思うと、夜になって三十九度近い熱がぶり返した。

それは母も同じだった。

聖司と母の路子は、正月の三日間、ずっとパジャマ姿のままで寝たり起きたりの生活だった。

一月五日から勤めに出た母は、昼過ぎに電話をかけてきて、いま最後の患者が帰ったから、すぐに「守口医院」に来るようにと言った。

「私も今から点滴をしてもらうねん。お前もしてもらいなさい。らくになるから」

「風邪に効く薬なんかないねんやろ？」

そう言いながらも、聖司は三日ぶりにパジャマを脱ぎ、服に着替えて車で守口医院に行き、母と並んで点滴注射をしてもらい、家に帰って再び寝た。

どうやらしつこい風邪も退散したと感じたのは一月六日の夜で、聖司はその翌日の午後、神戸の三宮に行くために甲陽園駅から電車に乗った。

おおかたの会社の仕事始めはきのうだが、年始の挨拶廻りで社員のほとんどが出払ってしまっているところが多いはずで、七日も忙しいことは忙しいが、加瀬慎介が社にいる可能性は高いであろうと考えたのだ。

加瀬慎介の勤める会社の所在地は、きのう調べておいた。

三十九度以上の高い熱が出たのは四日間だが、やはりその後遺症なのか体に力がなく、聖司は道が混む神戸に自分で車を運転していく気になれなくて、電車を利用することにしたのだ。

阪急電車が甲陽園駅を出ると、聖司は無意識のうちに進行方向の右側の車窓から沿線の家並を見つめた。

苦楽園口駅からトーストは見えるだろうか……。聖司はそう思いながら、乗降客の少ない苦楽園口駅の向こう側に目をやっていた。すると、ふいに目の前に大前美佐緒が立った。

美佐緒は少し青みがかったグレーのコートを着てホームに立っていて、電車のドアがあくと聖司のいる車輛に乗ってきた。

聖司が声をかけようかどうか迷っているうちに、大前美佐緒は聖司に気づき、

「あらっ」

とつぶやいて、軽くお辞儀をした。

「京都にお帰りになるんですか？」

美佐緒は聖司の隣の席に腰かけて訊いた。

「いえ、三宮に行くんです。京都にはあした帰ります」

と聖司は言った。

「私も三宮に行きます」

「お買い物ですか？」

おそらく夫が入院している病院に行くのであろうと思いながら、聖司はそう訊いた。

「ええ、暮れは忙しくて、お正月のための買い物がでけへんかったもんですから……。買い物っていうても、娘の服とか、そんな程度のもんですけど」

「つまり、気晴らしってやつですね」

「ええ、そうです」

そう言って、美佐緒は笑みを向けた。

「お嬢さんは？」

「きのうから私の妹が遊びに来てくれてるんです。妹の娘と私の娘とはおない歳で……。そやから私と三宮まで買い物に行くよりも、その子と家で遊んでるほうが楽しいらしくて。私もひとりのほうが気楽ですし」

自分の夫が聖司の姉が看護師をしている病院に入院していることを聖司は当然知っていると思ったのか、

「買い物をしてから病院に行こうと思って」

と美佐緒は言った。

「病院？」

聖司はあえて知らぬふりをして訊き返した。

美佐緒は一瞬いぶかしそうな表情をしたが、

「船木さんのお姉さんのいらっしゃる病院に、私の夫、入院してるんです。お姉さんは何も仰言いませんでした？」

と訊いた。

医者に守秘義務があるのと同じく、看護師も患者のことは口外してはいけないので、姉からそのような話は聞いていないと聖司は言った。

「へえ、そうなんですか」

「大前さんのご主人は、いつから入院してはるんですか？」

「去年の十二月の二日からなんです」

「そしたら、トーストパンは誰が焼いてはるんですか？」

「主人の父と私とで焼いてるんです」

そして美佐緒は、義父は片方の手で杖をつき、誰かにもう片方を支えられると、なんとか自力で車椅子《くるまいす》に坐ることができるのだと説明した。

「車椅子に坐ることはできても、パンを焼くっていう実際の作業に従事することはでけへんでしょう？　パン生地を練ったり、それを窯に入れたりなんてことは、かなりの肉体労働でしょうから」

聖司の問いに、

「ええ、私の側《そば》についてて、パン生地の発酵の具合とか、窯の火加減とかを指示してくれるんです」

と美佐緒は言った。

「そしたら、パンを焼く作業そのものは、奥さんがひとりでなさってるんですか？二斤のトーストパンを八十個も？」

美佐緒は頷き返し、

「私はぐずやから、いまでもよく失敗して叱られます」

と笑顔で言った。

パンを窯で焼く作業は、火加減さえ間違えなければさして時間はかからないが、パン生地を練り、発酵させ、それを寝かすという工程は時間もかかるし、長い期間につちかわれた熟練の技が必要で、車椅子に坐ったままで、作業にいっさい手を出せないまでも、義父のそのときどきでの指示がなければ、到底不可能なのだ……。

美佐緒はそう言った。

「作業は夜中の十一時からなんです。そのあと少し休んで三時半から焼き始めて、トーストパンが焼きあがるのは朝の五時。もう五時半にはパンをお店に並べますし、配達の用意をして家を出るのが六時。配達が終わって帰ってくるのは八時を廻ります。お店にお越しになるお客さまの応対は車椅子に坐ったお義父さんがやってくれてるんです。私はそれから娘を幼稚園に送って行って、作業場の掃除をして……」

「そしたら、寝るのはそれからですか？」

「寝るのは、夕食をとってからです。ときどきお昼寝をしますけど……」

夕食は普通の家庭よりも早くて、五時には終わっている。片づけ物をして、ベッドに入るのは夜の七時を少し廻ったころなのだ。

美佐緒は言って、車窓から背後の景色に目をやった。電車は夙川駅に着いた。

「私がひとりでパンをちゃんと焼けるようになったら、もっと要領がよくなって、お店をあける時間までに焼きあがるようになるんですけど」

甲陽線の電車から降り、神戸行きの電車が停まるホームへと美佐緒と並んで歩きながら、聖司は、家事と幼い娘の世話、そしてひとりでは歩けない義父の面倒をみるだけでも大変だろうに、美佐緒はさらに夜中にトーストパンを焼き、朝、それを得意先に配達するという仕事をこなしているのかと思った。

そんな生活をもう一ヵ月以上もつづけているのか、と。

「よく体がもちますねェ」

と聖司は言った。

「でも、みなさんが心配して下さるほど大変じゃないんです。私、子供のころからお昼寝の名人でしたから」

そう言って美佐緒は笑った。そんな美佐緒の体から風呂あがりの香りが一瞬立ちのぼったような気がして、聖司はそっと息を吸った。正月の冷たい風のなかに、たしかに匂い立つものがあった。

「昼寝の名人？」

と聖司は訊き返した。

「お昼寝の時間はちゃんと取ってあるんですけど、それ以外に私、椅子に坐って目をつむってるのかあけてるのかわかれへんような顔をして、ぐっすり寝るんです。ほんの十分か十五分ほどですけど。立ったままは無理ですけど、脚を投げ出して壁にもたれても、そうやって深く眠れるんです。私の子供のころからの特技なんです」

目をあけているのか閉じているのかわからないような顔……。

聖司は、目の前に立っている美佐緒を見ながら、そのときこの女はどんな顔になるのだろうかと思った。

三宮行きの電車に乗ると、美佐緒は話題を変え、船木涼子という看護師が、病院でどれほど人気があるかご存知かと楽しそうに聖司に問いかけた。

「ぼくの姉がですか？」

「わがままで、どんな看護師さんの言うこともきかへんお年寄りの患者さんが、船木さんの言うことやったら素直にきくんです。側で見てたらおかしくて」

「男の患者さんですか？」

「はい、八十三歳の」

　聖司はなんだか照れ臭くて、小さく笑った。

「そのおじいさんだけやないんです。ほかの男性の患者さんも、船木さんが夜勤だって日は、なんかすごく楽しそうにしてるって、私の主人が言ってました。ちょっと元気になった患者さんは、用もないのにナース室につながるベルを押すんですって」

　車窓から見える道には、新しい年が始まったことを示すかのような活気のある人々の動きや車の渋滞があったが、通勤時ではない電車のなかは、まだお正月気分の残るどこかのんびりしたものが漂っていた。

「お前と歳はおんなじなのに、あの船木さんは潑剌《はつらつ》としてて、全身が艶々してるって感じや、なんて主人も言うんですよ」

　美佐緒はそれで気を悪くしたといった様子もなく笑顔で言った。

「そんな……。ぼくの姉よりも美佐緒さんのほうが十倍くらい素敵です」

　そう言ってから、聖司は全身が熱くなった。さっきも「美佐緒さん」と言いかけて慌てて「奥さん」と呼び変えたのに、こんどは不用意に名前を口にしてしまったからだった。

微笑んでいるのか不審そうにしているのか判別しかねる表情で美佐緒はつかのま聖司を見つめたが、

「私がこれまで見た看護師さんのなかで船木涼子さんはとびきりの美人です。あんなきれいで魅力的な看護師さんは、病人の体にいいのか悪いのか、ちょっと判断に苦しむところですわね」

と元の笑顔を取り戻して言った。その言い方のどこにも嫌味はなく、夫の、お前よりも潑剌かつ艶々しているという言葉など気にもしていないといった屈託のなさがあった。

美佐緒が同じ歳の涼子よりも少し歳上に見えるのは当然だ。結婚して、娘がひとりいるし、体の不自由な舅《しゅうと》の世話をして、夜中にトーストパンを八十個も焼き、早朝にそれを車で配達しているのだ。元気そうに振る舞ってはいるが、心身ともに疲弊していることであろう……。

聖司は、美佐緒の夫の無神経な言葉に腹が立ってきて、

「ぼくには、姉よりも大前さんのほうが何倍も素敵に見えます。だいたい若い看護師っちゅうのは、病院では実際よりもきれいに見えるんです。姉とおんなじ病院で看護

師をしてる連中がときどき休みの日に家に遊びに来ますけど、あれ？　こいつこんなに不細工なやつやったかなァってびっくりしますよ。看護師のあの制服が曲者《くせもの》なんです」

と言った。

その聖司の言葉に、美佐緒は小さく声をあげて笑った。

電車が岡本駅に近づくと、美佐緒はそれまで山側のほうに向けていた体を海側に向け、岡本駅の近くに住んでいた友人一家が、あの阪神淡路大震災で全員死んだので、自分は駅に近づくとき、そのマンションがあった場所を見たくなくて、目を閉じたり、視線を海側にそむけてしまうのだと言った。

「小学校、中学校、高校、短大と、ずっとおんなじ学校やったんです。あの大震災の年の五月に結婚する予定で……」

「ぼくは、いまから、大震災で死んだ友だちのことで三宮に行くんです」

そう言って、聖司はカズちゃん一家のことと、きょうの用向きを手短かに説明した。

「もうあと十日程で、丸九年ですわね」

と美佐緒は言った。

「その私の友だちの婚約者やった人、おととし、結婚したんです。そやのに、自分が結婚したことを内緒にしてはったんです。仕方のないことやったんやから、内緒にせんでもええのに……」

電車が岡本駅を過ぎてかなりたってからも、美佐緒は座席に腰かけた体を海側のほうにねじったままだった。

「ご主人のお父さんはご兄弟はいらっしゃるんですか?」

随分迷ったのち、聖司は美佐緒にそう訊いた。

なぜそんなことを訊くのかといった怪訝な顔つきで、美佐緒はやっと体のねじりを元に戻しながら、

「お義父さんは一人っ子なんです」

と答えた。

祖母の最初の夫は、彦市をつれて再婚したが、その再婚相手とのあいだには子供はできなかったのか、と聖司は思った。

聖司が黙っていると、美佐緒はどんなお仕事をなさっているのかと訊いた。

「本を造る仕事です。普通の本じゃなくて、いわゆる豪華限定本てやつを専門に造る仕事です」

現物を目にしなければ、豪華限定本というものがいかなる本なのかわからないであろうと思いながらも、聖司はそう説明した。

「へえ、とても専門的なお仕事なんですね。私の父が一冊だけ、その豪華限定本ていうのを持ってました」

と美佐緒は言った。

「どんな内容の本ですか？」

少し驚きながら聖司は訊いた。

「肉筆の楽譜を一冊にした本なんです。モーツァルトやベートーベンやチャイコフスキーやバッハや……」

「えっ！　モーツァルトやベートーベンの肉筆の楽譜？」

こんどは聖司が体を美佐緒のほうにねじって、自分でも大きすぎたなと思うほどの声で訊いた。

「とんでもありません」

美佐緒は笑い、父の友人のイラストレーターが、さまざまな色を使って五線譜を書き、そこにさまざまな工夫を凝らした音符を書き込んだものを、たった一冊だけ羊皮で造ったのだと言った。

「中身は紙です。羊皮は表紙と裏表紙、あっ、それに背の部分も。でも中身の音符は印刷したもんやなくて、その人が自分で書いたものなんです。厚さは、このくらい」

美佐緒はそう言って、聖司の目の前で自分の親指と人差し指を横にしてひろげた。その幅は七、八センチほどあった。

「モーツァルトは、交響曲の二十五番と三十九番と四十一番、それに『レクイエム』の最初の部分です。間違いなくモーツァルトが作曲したと思われてる部分やそうです。ベートーベンは『月光』。チャイコフスキーは『白鳥の湖』全曲です」

五線譜も真っすぐな線ではなく、そのときどきで微妙に曲がっているし、音符のオタマジャクシも、なんだか子供が描いたようであったり、わざと幾何学的に直線や三角形を組み合わせてあったりと、曲によって異なっている。

「レクイエム」の五線譜は明るいセピア色で、「月光」は濃いブルーのクレヨンで書かれている……。

「紙の種類もばらばらなんです。ケント紙や和紙、ああ、薄く色のついている紙もあります。黄色とか紫とか……。私には楽譜なんてまるでわかりませんけど、見てたら音楽が聞こえてきそうな気がするんです」

「それはこの世に一冊しかないんですか？」

と聖司は訊いた。

「ええ、父はそう言ってました。そのイラストレーターは、父と子供のころからの仲良しで、小さいときから絵ばっかり描いてたそうです。その人は普通の鉛筆とか万年筆で絵を描いたんです。たまにクレヨンも使ったそうですけど、線を描くだけで色を塗るってことはなかったたって父が言ってました」

美佐緒はそう言ってから、そのイラストレーターは四十三歳で死んだが、死後、遺品を整理していたら、たくさんの楽譜がみつかったのだと説明した。

「イラストレーターっていっても、それで収入を得てたわけやないんです。そんな子供の絵みたいなもの、売れるわけがなくて、高校を卒業したらすぐに魚の卸し市場で働いて、それから実家の魚屋さんを継いだそうなんです」

「魚屋さんが書いたモーツァルトやベートーベンの楽譜を、なんでそんなたった一冊きりの豪華限定本にしたんですか？」

聖司の問いに、美佐緒は少し首をかしげ、

「その楽譜を貰ってきた父が、京都の出版社に頼んで造ってもらったんです。自分のために自分のお金で。なんでそうしたのか、私は詳しいことは知らないんです」

と答えた。

「京都の出版社？　なんて名前の出版社ですか？」

「……さあ、その本の手ざわりとか、中身の手書きの楽譜の感じはよく覚えてるんですけど」

「本のページの最後のところに『奥付』っていうものが印刷されてるんです。そこに出版社の名前が必ず載ってるんですけど……」

美佐緒は、車窓のはるか遠くを見るようにして考え込み、

「門ていう字があったような気がします」

と言った。

「大門社じゃないですか？」

「あっ、そうです、大門です」

間違いないといった表情で美佐緒は何度も頷いた。

「その本、いまもありますか？　あったら、見せていただきたいんですが」

と聖司は頼んでみた。

「盗まれたんです。父が亡くなる二年くらい前に」

「盗まれた？」

と聖司はまた大きすぎる声で訊き返した。

家に空巣が入って、わずかばかりの現金と、たいして高価ではない母の指輪と、その世界でたった一冊きりの本が盗まれたのだと美佐緒は言った。

「本も盗まれてたことはあとでわかったんです。台所兼食堂兼居間の十畳ほどの部屋の、裏庭につながるドアの窓ガラスが破られて、そこから入ったんです。ちょうど雨あがりのときで、泥棒の泥だらけの靴跡があっちこっちについてました」

新聞の配達店に支払う代金を封筒に入れてテーブルの上に置いてあったのだが、それはなくなっていた。食器棚の抽斗に入れてあった母の指輪も一万円程度のイミテーションだし、盗まれた現金も一ヵ月の新聞代だったので、買い物から帰宅した母は、驚いて慌てふためいたものの、警察に通報しようかどうかはしばらく迷ったらしい。

けれども半月程前にも、近くのマンションに空巣が入るという事件があり、町内会から、たとえ被害が小さくとも必ず警察にしらせるようにという回覧板が廻ってきていたので、警察に通報したのだ。

その本は、テレビを置いてあるところに近い壁に設けられた飾り棚に、幾つかの陶器の人形と一緒に並べてあった。父は読書家で二階に自分の蔵書を収納する小さな部屋を持っていたが、寝る前にテレビを観ながら、自分が註文して造らせた手書きの楽譜を一冊に纏《まと》めた本をときおりひらいて、自分だけの世界に浸るのを楽しみにしていたのだ。

大前美佐緒がそこまで話したとき、電車は三宮駅に着いた。

電車から降りて、改札口へと歩きながら、

「父は製紙会社に勤めてたんです。そやから出版関係の人とも仕事上のおつきあいが多くて……」

と言った。

「その本も盗まれたことは、いつわかったんですか?」

と聖司は訊いた。

「それから三日くらいあとです。空巣が入った日に、警察の人に、他に盗まれたものはないかって訊かれて、母は大事なものをしまってあるところばっかり調べて、そんな飾り棚のほうにまで神経が廻らなかったんです」

三宮の駅前の交差点に出ると、聖司は、ここで美佐緒とは別れることになるのだなと思った。

聖司はその交差点を西へと渡らなければならなかったし、美佐緒の足は南側のデパートのほうに向いていたからだ。

「泥棒の目的は、じつはその一冊の本やったってことは考えられないんですか?」

聖司は自分が渡ろうとしている交差点の信号がこのまま長く赤であればいいのにと思いながら、そう訊いた。

「えっ？　そうなんでしょうか」

と美佐緒は聖司の目を見つめた。

「私も母も父も、そんなふうに考えたことはありませんでした」

信号が青に変わった。

聖司は、もう少しその本についての話を聞きたいので、どこかこの近くの喫茶店でコーヒーでもいかがかと、思い切って誘ってみた。

「私、そのときはまだ高校二年生でしたから、あの本のことについても、空巣事件のことも、よく覚えてないんです」

そう言いながらも、美佐緒はデパートのほうへとゆっくり歩きだした。

その歩の進め方は、聖司とそこで別れて自分は買い物へ行くという感じではなかった。

デパートの手前にある細い道を指差して、美佐緒は、そこを曲がって少し行ったところに、自分が女子大生だったころによく行った喫茶店があると言った。

「地震で壊れたんですけど、三年後にまた開店したんです」

「このへんの古いビルは、ほとんど壊滅状態でしたもんね」

と聖司は言い、大門重夫はきっとその風変わりな一冊の本を克明に記憶しているはずだと思った。

美佐緒が案内してくれた喫茶店には、女子大生と思われる女客が多かった。ケーキの品数が多くて、若い女性向けのグラビア雑誌が数冊置いてあった。

聖司は美佐緒と一緒に入口に近いテーブルにつくとコーヒーを註文した。

「私はホットチョコレート」

と美佐緒はウェイトレスに言った。

「ケーキはいかがですか?」

聖司の勧めに、美佐緒は微笑みながら、さっき昼食をとったばかりだが、この店のケーキはどれも小さいのでと言い、モカ・トルテを頼んだ。

美佐緒はコートを脱ぎながら、

「プロの泥棒には、プロだけの手際があるそうなんです」

と言った。

「刑事さんは、私の家に入った空巣の手口を見て、これは素人の犯行だって……。窓ガラスの割り方とか、足跡のつき方とか、どういう順番でどの抽斗からあけていったかで、すぐにわかるそうなんです。計画的なものやないし、たぶん行き当たりばったりに留守の家に入って、あたふたと金目のものを物色して、あたふたと出て行ったんやろ……。刑事さんはそう言いはったそうです。そやからあの本も、何か特別に上等そうに見えて、中身が楽譜やなんてわからんままに持っていったんやろうって父が言ってました。あの本が目当てやったなんて有り得ません。父にはとても価値のある、思い入れの深い本ですけど、無名のイラストレーターのいたずら描きみたいな楽譜なんです」

その本は造るのにいったい幾らくらいかかったかと聖司は訊いたが、美佐緒は知らないと答えた。

「背表紙だけ見たら、立派な造りの鞄みたいなんです。そやからその空巣は、何か大事なものをしまってある革製の鞄やと思ったんやないでしょうか。立てたら四、五十センチくらいありましたし、厚みも七、八センチほどでしたから」

その本が盗まれたのは美佐緒が高校二年生のとき。高校二年生といえば十七歳か。美佐緒はいま三十五歳だから、十八年も前のことになる……。

聖司は暗算しながら、そう思った。

「世界に一冊しかない貴重な本が、その空巣のせいでただのゴミとなって消えてしまったんですねェ」

と聖司は言い、コーヒーを飲んだ。

「でもその人の描いたイラストが十枚、私の実家に飾ってあるんですよ」

と美佐緒は言った。

実家には、自分の母と兄夫婦、それに兄夫婦の子供二人がいま住んでいる。十枚のイラストは、兄嫁が気に入って、画材屋で木枠の額を買ってきて、そのなかに納めた。

十枚とも、子供と犬とが並んで坐り、太陽や森や川や海や夜空を見つめているイラストなのだと美佐緒は言った。

「子供は、男の子やったり女の子やったり……。犬も、大きな毛のふさふさした犬やったり、ブルドッグやったり、雑種の仔犬《こいぬ》やったり、まちまちなんですけど、どの子もどの犬も、うしろ姿なんです。並んで坐って、海や夜空を眺めてる姿を、うしろから描いてるんです。その父の友だちのイラストレーターは、子供と犬のうしろ姿ばかりを描いてたそうなんです。私もあの十枚のイラストがとても好きで、兄に二、三枚欲しいって、ねだったんですけど、『あかん、これは十枚で一組や』って……」

そう美佐緒は言って、ホットチョコレートの入ったカップを鼻先に近づけ、香りを嗅いだ。

「その、本職は魚屋さんのイラストレーターは、お名前は何て仰言るんですか？」

「滝井野里雄《たきいのりお》です。十枚のイラストには全部小さい字でＮ・Ｔって書いてあります」

美佐緒はそう言ってから、ホットチョコレートをそっとすすり、カップの縁についた口紅を指でぬぐった。

「そのイラスト、観てみたいなァ……」

それを見れば、楽譜のさまざまな線もおのずと浮かんできそうな気がして、聖司はそうつぶやいてみた。もし、美佐緒がそれを写真にでも撮ってくれたら、自分はその写真を口実に、美佐緒とまた逢うことができるという計算もなくはなかった。

「すごく静かで、しあわせな絵です」

と美佐緒は言った。

喫茶店の前で美佐緒と別れ、聖司は交差点へと歩きながらうしろを振り返り、美佐緒がデパートに入って行くのを見つめてから、交差点を走って渡った。

聖司が京都のマンションに戻ったのは一月八日だった。

ベッドも壁も冷えきった部屋に入るなり、聖司は手帳を机の上に置き、九年ぶりに再会した加瀬慎介の、罪悪感を隠しているような表情を思い浮かべた。

加瀬は三年前に再婚して、去年子供が生まれた。地震で亡くなった妻と子、それに、カズちゃんと母親の遺骨は、金沢の寺の納骨堂に納めたという。

「お墓を造って、そこにみんなの遺骨を納められたらと思ったんですけど、ぼくにはお墓を買う金がなくて……。それで裕子の父親の郷里に行って、夏木家の菩提寺《ぼだいじ》を調べて、そこの納骨堂に納めさせてもらいました。永代供養料ってのを払って……」

新しい妻を得た身としては、亡き先妻や子や、先妻の母や弟の遺骨を加瀬家の墓に入れるのは、いろいろとはばかられるものがあったのだ……。

加瀬慎介は申し訳なさそうにそう言ったのだ。

加瀬が大震災で妻と子を亡くしたのは二十八歳のときだったから、いずれは再婚して新しい家庭を持つことは誰に責められるものでもない。

それどころか、当然そうすべきであろう。

大震災から六年たって再婚し、子供を儲《もう》けたことは、聖司としても祝福しなければならなかった。聖司はつとめて明るくお祝いの言葉を述べたが、加瀬の表情がそれによっていっそう沈鬱《ちんうつ》になったので、寺の所在地を教えてもらって早々に辞したのだ。

聖司はそのとき初めて、カズちゃんの父親が石川県の金沢出身であることを知った。

さらに、この加瀬と同じように、阪神淡路大震災で伴侶《はんりょ》を喪《うしな》った若い夫や妻が大勢存在することにも気づいた。

彼等、彼女等もまた新しい人生を築いていかなければならない。夫や妻だけではない。結婚を約束しあっていた男たち女たちもいる。

加瀬の勤める会社のビルから出たあと、聖司はそんなことに思いを傾けながら三宮駅へと戻る途中、カズちゃんたちの墓のことを加瀬に訊きに行った自分に腹を立てた。

若い加瀬の再婚ということを、どうして自分は考えもしなかったのであろうと思ったのだ。

「俺はまだまだ思慮の浅いガキやなァ」

聖司はそうつぶやき、甲陽園の実家から一緒に戻って来た糠床を見つめた。このなかには、いったい何が入っているのであろう。

米糠、水、塩、昆布、昆布茶の粉末、鷹の爪、和辛子の粉、荒巻鮭の頭、飲み残したビール、そして南部鉄製の風鈴……。

いや、いまはもうそれだけではないのだ。

これまでに漬け込んだ白菜や茄子や茗荷や牛蒡や人参や大根などの養分が、乳酸菌によって分解されて新たに生まれた成分と化してうごめいている。

それぞれを化学的に分析すれば、何百種類もの化学記号となってあらわれることであろう。

その何百種類もの成分は、またそれぞれが有機的に作用しあって、化学では分析しきれない未知の成分を生み出しつづける……。

「俺よりもよっぽどえらいがな」

聖司は小声で言って、糠床の入っている容器の蓋を撫でた。

そんな自分の手を見ているうちに、大前美佐緒の指が脳裡に浮かんだ。ホットチョコレートのカップの縁についた口紅をぬぐう指であった。

聖司は、あっと声を漏らし、窓からの景色に焦点の定まっていない目を向けた。

美佐緒が、中指で口紅をぬぐっていたことに気づいたのだ。

女と喫茶店に入ったことは何度もある。バーで酒を飲んだこともある。

器についた口紅を紙ナプキンで拭く女もいたし、ハンカチで拭いた女もいる。だが、たいていは、人差し指と親指とで口紅をぬぐい取る。

中指でそうしたのは美佐緒だけだ。

聖司はそう思い、自分の中指に見入った。

武骨な男の中指ではあっても、机の上に落ちている小さなゴミを拭くときには滅多に使わない。人差し指か、それともすべての指か、そのどちらかであって、中指一本で汚れをぬぐうというようなことは日常の行為ではない。

あれは、美佐緒も気づいていない美佐緒だけの癖なのであろうか……。

聖司は、なんだか気になって、美奈子に電話をかけた。美奈子とは新宮以来だった。

「ちょっと訊きたいことがあるねんけど」

と聖司は言った。

「いま話せる？」

「うん、大丈夫よ。いま地下鉄の階段をのぼって御堂筋《みどうすじ》に出たとこ」

と美奈子は言った。

「コーヒーとか紅茶のカップについた自分の口紅を、美奈子ちゃんは中指で拭く？」

「えっ？　それ、発酵食品と何か関係があるの？」

「いや、発酵食品とは何の関係もないねん」

美奈子は携帯電話を耳に当て、どこかを歩きながら考えているようだったが、しばらくしてから、

「クラブのホステスさんがわざとそうするのを見たことあるけど、私も私の周りの女性も、みんな人差し指と親指で口紅を拭くわ」

と言った。

「クラブのホステスは、わざとそうするのん？」

と聖司は訊いた。

「中指を使うって、なんかセクシーやろ？　そやから客の前でわざとそうするねん」

それから美奈子は、中指でコーヒーカップについた自分の口紅をぬぐう素人が聖司さんの前にあらわれたのかとひやかすように訊いた。

「素人？　うん、素人やなァ。ごく普通の人妻や」

正直にそう答えてしまったことをすぐに後悔したが、聖司は大前美佐緒がわざと中指を使ったとは思えなかった。

聖司は話題を変えるために、例の串焼き屋の件はどうなったのかと美奈子に訊いた。

「一月の四日からそのお店で修業を開始してん。いまからそのお店のご主人に頼まれた買い物をして、それから京都へ行くねん」

美奈子は店の名を言った。場所は清水寺《きよみずでら》の近くなのだという。

「町家の内部だけを改造した店やから、表からはそこが串焼き屋ってことはわかれへんわ。そやけど創業してもう三十年もたつねん」

五千円、八千円、一万円と三つのコースがある。夜は予約が必要だ。いちど来てくれ。

美奈子はそう言った。

「あっ、そうや。寺沢くんは、弁当屋さんになるって決めて写真学校をやめてしもてん」

「えっ！　弁当屋に？」

「いま『喜代政』に住み込みで働いてるねん」

丸山澄男が寺沢恭二にアルバイト先として紹介したのが喜代政という老舗の弁当屋であることは聖司も知っていた。

「あいつ、写真家になる夢を捨てたんか？」

と聖司は訊いた。にわかには信じられなかった。

「うん。喜代政のお弁当の虜《とりこ》になってしもたんやて。いつか喜代政と肩を並べる弁当屋になるって、いまものすごく張り切ってるねん」

寺沢は喜代政が若い従業員のために借りている中京区の家で、七人の朋輩《ほうばい》とともに自炊生活を始めたのだという。

美奈子との電話を切ると、聖司はマンションの部屋に帰って来て暖房もつけなかったことに気づき、とりあえず仕事机の前の窓とベランダの窓とをあけて空気を入れ換えた。そして暖房のスイッチを入れ、部屋が暖まってくるのを待って、大門重夫に電話をかけた。

大門重夫は、会社の倒産が避けられないとわかったころ、妻と離婚した。妻や三人の子供たちに債務が及ばないようにしたのだ。

祖父の代からあった一乗寺近くの家と土地も抵当に入っていたので、それを明け渡した。大門社のビルと土地も同じだった。

大門重夫を良く知る陶芸家が、大門のために住む場所を提供してくれたのは倒産から三年ほどたったころである。だが、大門は自分が妻や子供たちと別れて、そこでひとり暮らしをしていることは誰にも教えなかった。

聖司がそれを知ったのは、去年の十二月二十七日だった。大門重夫から手紙が届いたのだ。

自分もやっと迷惑をかけた人たちの前に姿をあらわすことができるようになった。ときおり、松葉さんにだけは近況を報告してあったので、船木聖司さんの仕事についてはある程度は知っていた。

網膜剥離は完治しているし、緑内障もいい医者に巡り合って、進行は止まっている。

年が明けたら、家を借りて、また妻と一緒に暮らすことになった。引っ越しは一月十日を予定している……。

手紙はそんな内容で、引っ越し先の住所と現在の連絡先が書いてあったのだ。

電話に出てきたのは大門の妻だった。

「大門さんから暮れにお手紙をいただきました。新生活が始まりますね」

と聖司は言った。

「ご迷惑をおかけして……」

と大門の妻は言い、自分と夫とは法律上ではいま新婚ほやほやなのだと笑った。

「おととい、また入籍したもんですから」

聖司が笑うと、大門重夫の声が聞こえた。

「引っ越しの日には手伝いに行きます」

その聖司の言葉に、

「たいして荷物はないんや。わずかな所帯道具だけや。息子が手伝うてくれるから」

と大門は嬉しそうに言った。

聖司は手書きの楽譜を一冊にした豪華本のことを切り出した。

「ああ、覚えてるでェ。ぼくが造ったんや」

と大門は言った。

「依頼主は製紙会社に勤めてはった人でなァ」

大門はその製紙会社の名を口にして、

「あの本、造るのに苦労したし、ぼくにとっても思い出の一冊や」

とつづけた。

「あの本が、どうかしたんか?」

聖司は、本を造った人の娘さんと知り合って、ひょんなことからその一風変わった豪華本の存在を知り、しかも造本したのが大門社であることもわかったのだと説明した。

「あの本、空巣に盗まれたそうなんです。十八年前に」

聖司の言葉に、大門重夫はしばらく黙り込んだあと、

「十八年前に盗まれた? 空巣に?」

と訊き返した。

「ええ、その人の娘さんからそう聞いたんです」

「それは何かの間違いや」

と大門は言った。

「あの本、ぼくが持ってるで」

「えっ！　大門さんが？　いまそこにあるんですか？」

「引っ越し用の段ボール箱にさっき入れたがな」

「なんで、大門さんの手元にあるんですか？」

聖司の問いに、本を造った依頼主から買ったのだと大門は答えた。

「うん、たしかに十八年前やなァ。ぼくが鳥飼《とりかい》さんに依頼されてあの本を造ったときの代金は十八万円やった。それを十万円で買うてくれへんかって言うてきはってなァ。かかった費用を知ってるぼくとしては高い買い物やったけど、ぼくも思い入れのある一冊やったし、ぼくが買えへんかったら、どこかの古書店に叩き売るやろと思て、それで買うたんや。一冊きりしかない本やし、使うた革はモロッコの羊皮や。あれだけのサイズ分の革は、もう二度と手に入らんしなァ」

大門はモロッコのある地方にしか生息していない羊の名を口にした。

そういう羊皮が存在することも、それが貴重なものであることも聖司は知識として知っていた。

「本を造りたいって依頼してきた当の本人が大門さんに買うてくれって頼んだんですか？」

「うん、そうやねん。ぼくは鳥飼さんからたしかに十万円で買うたで。現金で払うた」

「引っ越しが終わったら、その本を見せて下さい」

その聖司の言葉に、こっちへ訪ねてくる時間があるのなら、いま見せてもいいと大門は言った。

「あの楽譜はなァ、滝井野里雄っていう人が書いたんや。滝井野里雄は、生涯、子供と犬の絵しか描けへんかった人で、若いころの絵は、ほとんど漫画みたいやけど、ある時期から独特の深みが出てきてなァ……。墨を硯《すずり》で磨《す》って、それを十数本のペンで濃淡使い分けて描くようになってからの線画は、ちょっと鬼気迫るものがあって……」

墨に七色ありという言葉があって、それとは少々意味合いが異なるかもしれないが、滝井野里雄は筆ではなく、極太や極細のペンを駆使し、黒墨の濃淡を自在に使い分けて、子供と犬のうしろ姿ばかりを描きつづけた。

とりわけ彼の最後の作品と思われる絵は、万年筆による線画とは思えない重厚さと耐えがたい寂寥感《せきりょうかん》、そしてその向こうに観る者を涙ぐませるほどの幸福感が満ちている。

大門はそう説明した。

「寂寥感と幸福感ですか」

と聖司はつぶやいた。

「いまからお宅にお伺いします。車で行きます。何かわかりやすい目印はありますか？」

いまの住まいが大徳寺の近くだということは手紙に書かれてある住所でわかるのだが、聖司はそのあたりの地理には詳しくなかった。

マンションを出て、車に乗ると、聖司は銀行に寄り、松葉伊志郎に仕事の前払い金として支払ってもらった金のうちから十万円を引き出した。今夜、松葉につれていってもらった下鴨の寿司屋で大門夫妻にご馳走しようと考えたのだ。

空巣は、美佐緒の父親の狂言だったのか？　それとも空巣が入ったことを利用して、自分の本も盗まれたと見せかけ、家族に内緒で売ったのか？

聖司はそんなことを考えながら車を大徳寺のほうへと走らせた。

たった十万円のために、家族を騙《だま》すだろうか。それも自分の本を売るために……。

どうにも腑《ふ》に落ちないまま、聖司はいつもよりも車の数の多い北山通を西へ行き、賀茂川を渡って堀川通に入ると堀川北大路の交差点を右折して、さらに西へと向かった。

すぐに「大徳寺前」という標示板が見えてきた。松ヶ崎のマンションを出てから十五分もたっていなかった。

大徳寺の観光客用の駐車場の前を北にのぼり、小さな町家や店舗の並ぶ細い道に沿って進むと、ちょうど大徳寺の北側の塀に道ひとつ隔てて向かい合う住居群の前に大門重夫が立っていて、聖司に手を振った。

大門の頭髪には白いものが増えて、七年前と比べると幾分痩せたように見えたが、顔の色艶《いろつや》は良かった。

「この狭い路地の奥やねん」

大門は三階建ての幅の狭いビルと瓦屋根が右側に傾いている古い小さな町家のあいだにある道を指差しながら言った。

「こんなに近いとこに住んではったんですねェ。ぼくのとこから車で十五分ほどですよ。きょうはいやに車が多かったから……。道が空《す》いてたら十分で来られますよ」

聖司がそう言うと、大徳寺の周りは駐車違反の取り締まりが厳しいのでと大門は言って、知り合いの表具屋の駐車場へと案内してくれた。

「夕方までは空いてるから車を停めてもええって言うてくれはってなァ」

三日前に六十三歳になったはずの大門重夫は、表具屋のドアをあけ、誰かに挨拶をしてから先に立って歩きだした。

細い路地の突き当たりに木造の二階屋があり「大門」という表札が掛かっていた。

「こういう路地を、京都人は『ろおじ』って言うんですね」

「そうや、『ろじ』とちごうて『ろおじ』やねん。その『ろおじ』と伸ばすイントネーションだけで、ほんまの京都の人間かどうかが一瞬にしてわかるねん」

大門は笑いながら言って、建てつけの悪い戸をあけた。すでにガムテープで封をされた段ボール箱が七、八個並べてあった。

熱い茶を持って来てくれた大門の妻は、船木さんにも迷惑をかけてしまったと詫《わ》びた。

「ボーナスも給料も未払いのままや」

と大門重夫は言った。

そんなものはもういいのだと笑い、聖司はあらためて大門夫妻に挨拶をした。

妻が台所のほうに行ってしまうと、大門は文机の上からハトロン紙で丁寧に包んである一冊の本を持って来た。

「これや。鳥飼さんに頼まれて造った本や」

背表紙だけを見ると鞄のようだと言った美佐緒の言葉どおりの大きさだった。

「その鳥飼って人、せっかく造った本を、なんでまた大門さんに買《こ》うてくれって頼みはったんですか？」

と聖司は訊いた。

「この本が、夫婦ゲンカの種やったそうやねん」

「夫婦ゲンカ？　その鳥飼さんと奥さんとのですか？」

「そうらしいねん。こんな子供のいたずら描きみたいな楽譜を十八万円もかけて一冊の本にしたことが、奥さんには気にいらんかったらしい」

「それやったら、なんで鳥飼さんは、空巣のせいにしたんですか？　お前がそんなに気にいらんのなら、この本を売ってくるって言えば、それで済むことやと思うんですけど」

聖司の言葉に、大門は少し考え込み、

「まあ、それぞれの家には、それぞれの事情があるわいな」

とだけ答えた。

「滝井野里雄って人は、本職は魚屋さんやったそうですね」

「うん、滝井さんが死んだあと、弟さんが跡を継いだんや。いまもあるはずや。魚滝っちゅう魚屋が。その弟さんで四代目やから、戦前からつづいてる魚屋っちゅうことになるなァ。錦《にしき》市場のなかに店があるんや」

「錦市場？　滝井野里雄さんは京都の人ですか？」

聖司の問いに、大門は、うんとだけ答えた。聖司は、大門が美佐緒の父のことについても、滝井野里雄についても詳しいのではないかという気がした。

美佐緒の父が世界に一冊しかない豪華限定本を売った真の理由も知っているのではないか、と。

「滝井野里雄の最後の絵は、観ることはできるんですか？」

「さあ、あの絵、どこへ行ってしもたんかなァ……」

その大門の口調や表情は、絵がいまどこにあるかを知っていると匂わせるものがあった。

「なんでそんなに興味があるんや？」

と大門は逆に聖司に問いかけてきた。

「ペンの線画で、子供と犬のうしろ姿だけを描きつづけた魚屋さんなんて、ちょっとおもしろそうで、どんな絵なのか観てみたいと思って」

と聖司は答えた。

大門は茶をすすり、

「たしかに、錦市場の魚屋さんで、子供と犬のうしろ姿を描きつづけたなんて聞くと、威勢のええ、おもしろそうな人のように思うやろけど、実際は神経質で、子供のころから病気勝ちで、気難しい人やったで」

と言った。

「大門さんは、その滝井野里雄さんとおつきあいがあったんですか？」

聖司の問いに、大門は、つきあいと呼べるほどの交友があったわけではないが、自分のような仕事にたずさわっている者たちのあいだでは、滝井野里雄はその存在を知られた人物だったのだと言った。

「あの線画は、もっとたくさんの人に評価されるべきもんやと、心ある人は思てたんやけど、とにかく、子供と犬とが並んで坐ってるうしろ姿しか描けへんのや。あんたの描いてるのは、絵と違う、漫画や、もっと他のものを描いたらどうやっていろんな人から言われても、聞く耳を持てへん。そやけど、ぼくは滝井野里雄の絵を漫画やと思たことはない」

そう言ってから、大門はその本をあけて、滝井野里雄が描いた楽譜を見てみろと促した。

聖司は、少し変色しているハトロン紙を丁寧に取り、手ざわりのいい羊皮の表紙をひらいた。

題も作曲者名も原語で書かれていたが、最初の楽譜がモーツァルトの「レクイエム」であることは聖司にもわかった。

五線はセピア色のインクで書かれていて、それはすべて波打つように曲がっている。音符は薄墨色で、飴《あめ》を伸ばしたようなデフォルメが施されていた。

「凄い線やろ？」

と大門は言った。

「こんな凄い線が描ける絵描きは、ざらにおらんで」

そして大門は、日本の高名な画家たちの名をあげ、彼等の絵などは、この滝井野里雄の描く五線のうちの一本の線の前では、ことごとく「ニセモノ」の「ゲテモノ」と言わざるを得ないとつぶやき、薄く笑った。

「レクイエム」は、A４判のケント紙に描かれていたが、チャイコフスキーの「白鳥の湖」はＢ４判くらいの大きさの、吸水性の少ない和紙に極細のペンで描かれていた。

墨の色は、もうこれ以上薄くしたら判読不能なほどに薄くて、墨のかすかなにじみが白鳥の精のはかなさを伝え、聖司の心に曲そのものを静かに響かせてきた。

紙のサイズも種類も曲によってすべて異なっていて、色鉛筆で描かれた楽譜は二曲あった。

モーツァルトの交響曲三十九番とリヒャルト・シュトラウスの「死と変容」だった。

「死と変容」という自分の最も好きな曲が、その風変わりなぶあつい豪華本の最後にあることで、聖司は心が高揚してくるのを感じた。

自分はいつか死ぬ。それは何人《なんぴと》もまぬがれることはできない。しかし自分が死んでも、秋は来て冬が来て春が来て夏も来る。

赤ん坊は生まれ、あの娘は誰かと恋をして、……世の中は、自分の死と関わりなく動きつづける。

死によって、自分はそれらを見ることはできなくなる。それが悔しい。それが寂しい。死は恐れないが、それらを見ることができなくなることが悲しい……。

聖司は、リヒャルト・シュトラウスの「死と変容」をそのようにとらえていたのだが、滝井野里雄が三色の色鉛筆を使い分けて描いた楽譜は、まさしく聖司の受けとめ方と同じ響きを奏でてくるようだった。

「これ、ぼくに売ってくれませんか」

と聖司は大門に言った。

そして、まるでそのために用意してきたかのような、十万円の入っている銀行の紙袋を出した。

大門は聖司を見つめてから、その紙袋には幾ら入っているのかと訊いた。

「十万円です」

大門は返事をしないまま、長いこと黙りつづけた。

大門が、十万円で売ることを惜しんでいるのではなく、なぜ船木聖司がこの本を欲しがるのかを考えているのだという気がして、聖司は本を閉じかけた。すると、最後のページに、あきらかに滝井野里雄が書いたと思われる数行のアルファベットらしき文字が目に入った。英語でもなくフランス語でもない、ドイツ語でもない、ということは聖司にもわかった。

「これは何ですか？」

「そんな字、見たことあれへん。この本を造るとき、鳥飼さんに、これは何ですかって訊いたんやけど、鳥飼さんはたぶんラテン語でしょうとだけしか教えてくれへんかったんや」

と大門は言った。

「ラテン語……」

「古代ラテン語って言いはったかなァ」

「滝井野里雄が、古代ラテン語で書かれた何かの文章を写し書きしたんですか？」

「いや、滝井野里雄の言葉を、誰かに古代ラテン語に翻訳してもろて、それを書いたそうやねん」

聖司には、古代ラテン語とラテン語とがどう違うのかさえわからなかった。

ハトロン紙でもとどおりに包み直し、本を膝の上に置いたまま、聖司は大門を見つめた。

「船木くんから十万円を貰うわけにはいかんがな」

大門は笑みを浮かべて言った。

「ぼくは給料もボーナスも未払いのまま、会社をつぶして行方をくらました社長やからなァ」

「あれはあれ、これはこれです」

　と言って、聖司も微笑んだ。だが、大門は十万円を受け取らなかった。

「これで未払い分は帳消しや、なんて虫のええことは言えんけど、もしそうしてくれるんなら、ぼくもありがたいなァ」

　聖司は大門に礼を言ったが、この十万円は断じて払うと決め、紙袋を文机の上に置いた。

　大門はガラス窓から外を見やり、大徳寺の境内を歩かないかと誘った。

「散歩するには寒いけど、ひさしぶりに顔をあげて胸を張って外を歩きたいんや。会社が倒産してからずっと、身を隠すように生きてきて、なんやしらん、身も心も小さく縮んでしもたような感じで」

「歩きましょう。ぼくも京都に住んでるくせに、大徳寺の境内に入ったことがないんです」

　聖司はそう応じて、紙袋を文机の上に置いたまま、ハトロン紙に包まれた重い本を持って立ちあがった。

　紙袋にしばらく見入ったが、大門はそれを聖司に返そうとはせず、妻に、近くを散歩してくると言って外に出た。

大徳寺全体を囲む塀に沿って歩きながら、大門は黒いアノラックのポケットに両手を入れて空を見あげた。

「会社を倒産させるっちゅうことがどんなことなんか、ぼくはようわかってなかったんや。会社というものの社会的責任なんてことも考えんまま、親父の跡を継いで大門社の社長になり、おじいちゃんや親父が苦労して切り拓《ひら》いた道を気楽に歩いとった。そしたら、突然思いも寄らんヒット商品が生まれて、大儲《おおもう》けして……。注目の出版社の社長なんてもてはやされて。気がついたら丼《どんぶり》勘定《かんじょう》の自転車操業になっとった」

そう言いながら、大門は塀が途切れるところに設けられた車止めの鉄製の柵《さく》のあいだを通って大徳寺境内に入った。

それは通行止めのための柵なのであろうが、近所の人たちは徒歩で、あるいは自転車で自由に出入りして、塀に沿って行くよりも多少は近道になる境内の道を利用しているらしかった。

「大徳寺は禅宗ですか？　ぼくはそんなことも知りませんでした」

聖司は「臨済宗大徳寺派」と書かれた立て札を見て言った。

塵《ちり》ひとつ落ちていない境内にはよく手入れされた松が植えられていて、それぞれ名がついた院の周りでは、作務衣《さむえ》を着た若い僧が箒《ほうき》で石畳や砂利道を掃いていた。

いったいこの境内には何百本の松が植えられているのであろうと聖司は思い、美佐緒の父が大門社に依頼して造った重い本を持って来たことを後悔した。

「この七年間、道を歩いとっても、誰か知ってる人と会えへんかとびくびくして、ついつい足が裏通りに向いてしまうんや。顔を隠すようにして歩くことが癖になってしもてなァ……。こないだ、自分がほんまに猫背になってしもてるのに気づいて……」

大門はそう言って、アノラックのポケットから両手を出し、マフラーも外すと、背筋を伸ばして深く息を吸った。

この七年間、どうやって生活の糧を得てきたのかを訊こうとしたが、そんなことは訊かないほうがいいと思い直し、聖司も立ち止まって両手を広げ、何度も深呼吸をした。

「鳥飼さんの娘さんと、なんで知り合いやねん？」

と大門に訊かれ、聖司は、その人の嫁ぎ先が自分の実家の近くなのだと答えた。

「へえ、甲陽園の？」

何回か深呼吸したあと、背を反らしたり、膝を屈伸させたりしながら、大門は訊いた。

「苦楽園でパン屋さんをしてるんです。トーストパン専門のパン屋で、チーズとかジャムなんかの輸入品も店で売ってます」

その店でチーズやパンを買っているうちにときおり親しく話をするようになり、何かのひょうしにこの本のことを話してくれたのだ。

聖司はそう説明した。そして、空巣事件のことも話した。

「その空巣は捕まったんか？」

「いや、それは聞いてないです。たぶん捕まってないんでしょう。もし捕まってたら、彼女もそう言うはずですから」

大門はまた歩きだし、

「滝井野里雄って人は、小さいときからひどい喘息《ぜんそく》でなァ、小学校も六年間のうち、合計で三年ほどしか行ってないはずや。中学生のときも高校生のときも、発作を起こして何回も救急車で病院に運ばれたらしい。結局、その喘息の発作で死んだんやけど」

と言った。

そして大門は、聖司も知っているある大学教授の名を口にして、

「じつはなァ、あの先生の紹介で、古代ラテン語を研究してるっていう人に訳してもろたんや」

と言った。

「大門さんが頼んでですか？」

「うん。なんか気になって、何が書いてあるのか知りとうなったんや」

「何て書いてあったんですか？」

と聖司は歩を止めて訊いた。

「私は死を怖がらない人間になることを願いつづけた……。これが最初の一行やねん」

大門も歩を止め、冬の空を見あげてそう言った。

「だが、そのような人間にはついになれなかった。これが二行目」

「ちょっと待って下さい」

聖司はさらにそらんじようとしている大門を制して、慌てて革ジャンパーのポケットをさぐり、手帳とボールペンを出すと一行目と二行目をもう一度大門に口にしてもらった。

「三行目と四行目は正確に思い出されへんのや。ただ最後の行は正確に覚えてる。〈ならば、私は不死であるはずだ〉やねん」

「ふし？」

言葉の意味がわからなくて、聖司は訊き返した。

「不老不死の、不死や」

と大門は説明した。

それから「聚光院《じゆこういん》」と書かれた木の立て札が門の前にある建物のほうへと歩きながら、大門は、

「三行目はなァ……」

と言って、何やら口のなかでつぶやいた。

「うん、〈きっと私に、最も重要なことを学ぶ機会が与えられなかったからだ〉や」

聖司はそれを手帳に書き留め、一行目、二行目、三行目を口に出して読んだ。

「私は死を怖がらない人間になることを願いつづけた。だが、そのような人間にはついになれなかった。きっと私に、最も重要なことを学ぶ機会が与えられなかったからだ……。この次にもう一行あって、最後に〈ならば、私は不死であるはずだ〉で終わるわけですね」

「うん、たぶんその四行は一字一句間違いはないと思うで」

大門は聖司の手帳に書かれた文字を目で追いながら、そう言った。

「四行目が皆目《かいもく》思い出されへんわ」

大門は言って、木の立て札を見つめた。そこには聚光院についての説明が為されていた。

永禄九年（一五六六）に建立されたこと。千利休が檀家《だんか》となって以来、茶道三千家の菩提所《ぼだいしょ》となったことなどが書かれてある。

「会社の倒産がもうどうにも免《まぬが》れんと知ってなァ……。不都合なことが書いてあるようなノートとか手帳を焼き捨てたんや。翻訳文もたぶんノートにまぎれ込んで焼いてしもたんやと思うなァ」

風が冷たくなり、若い僧たちが集めた落ち葉が舞った。

聖司と大門は聚光院の門前から離れ、どちらからともなく来た道を戻り、鉄製の車止めの柵を抜けて大徳寺の境内から出た。

第五章

聖司は、岸谷教授から助言を得たあと、一月中に新宮のサンマや鮎の熟鮓の取材と撮影をほとんど終え、二月には滋賀県高島町の「喜多品」、和歌山県湯浅町の醬油屋「角長《かどちょう》」、鹿児島県枕崎市の「丸久《まるひさ》鰹節店」の主人と会って、それらの製法や工程のあらましを学んだ。

完成品の醬油、鮒の熟鮓、鰹節の写真は現地でも桐原耕太が撮影したが、それらは京都に持ち帰り、あらためてスタジオ撮影も済ませた。

三月の半ばの夕刻、聖司と桐原は車で和歌山県湯浅町に向かった。

あしたから本格的な撮影を開始するのだが、大豆を発酵させる麴《こうじ》の仕込みは早朝に始められるので前日に和歌山入りしておかなければならなかったのだ。

和歌山市駅の近くのビジネスホテルにチェックインすると、

「うまい熊野牛のステーキを出す店があるそうやで」

と桐原は言った。

「ステーキ？　そんな高いもんを食べる予算はない」

聖司の言葉に、まかせておけというふうに片方の目をつむってみせて、桐原は聖司のセーターの袖を引っ張ってホテルを出た。

そのステーキ・ハウスの住所と電話番号を書いたメモ用紙を持ち、桐原は聖司の車の後部座席に置いたままだった紙袋を持って運転席に坐った。

「それ、何や？　えらい重そうやなァ」

「丸山のおっちゃんの差し入れや。これから和歌山へ行くのに、そんなもん持って行かれへんて言うたんやけど、あしたあたりがいちばんうまいときやからって……」

聖司は車のなかの明かりをつけ、桐原が紙袋から出したものに目を近づけた。

大きなガラス壜のなかに魚の切り身が入っていた。少し黄色がかった液体に漬けられた魚の切り身以外に、月桂樹の葉と粒胡椒《つぶこしょう》らしきものが見えた。

「春ニシンを三枚におろして、それを酢漬にしてあるそうや。酢というても、モルトビネガーっちゅうやつらしい。北海道の知り合いの網元が獲れたての春ニシンを送ってくれたから、おといい作ったたんやて。あしたの夜にいちばんうまくなるそうや」

「モルトビネガーて何や？」

聖司は、地図を頼りに和歌山市駅前の交差点を右折して車を走らせている桐原に訊いた。

「麦芽酢らしいで。イギリスの家庭で使う酢のほとんどはモルトビネガーやって丸山のおっちゃんが言うとった。このニシンの酢漬はオランダの家庭料理やそうやねん」

と桐原はいった。

「お前、ほんまにニシンが好きやなァ。お前のニシン好きを、丸山先生がなんで知ってるねん？」

そう訊きながら、「酢」の取材もやはり必要だなと聖司は思った。

日本の場合は、米酢であろう。米酢を造るのはある工程までは日本酒の造り方と同じであることは知識として知っていた。

聖司はこの数ヵ月、発酵や醸造に関するさまざまな本を読んだので、市販されている米酢には、本来の伝統的な製造方法をとらず、醸造アルコールで短期間に造られる酢が多いことも知っていた。

「丸山のおっちゃんは何でも知ってるねん。千里眼やのうて千里耳や。大阪の通天閣の近くの汚い大衆食堂のニシン蕎麦は日本一やて教えてくれてなァ、こないだ食いに行ってきたんや。京都の、お高くとまってる蕎麦屋の名物ニシン蕎麦よりもはるかに安うて、うまかった」

と桐原は言った。

「そしたら、丸山先生に、日本一の米酢を造ってるのは誰やって訊かなあかんなァ。酢も発酵食品や。食の文化から酢を抜くわけにはいかんもんなァ」

そう聖司は応じ返し、桐原に替わって地図を見た。

ステーキ・ハウスはすぐにみつかった。

肉を焼いてもらっているとき、聖司は、寺沢恭二が突然自分の進路を変更して、写真家になる夢を捨て、京都の老舗の弁当屋に住み込みで働き始めたことを話題にした。

「あいつをアルバイトの助手にでけへんようになったのは、俺にとっても痛いで」

と桐原は焼酎のお湯割りを飲みながら言った。

「あいつが弁当屋に鞍替《くらが》えしやがったから、おんなじ写真学校の生徒を使《つこ》うてみたんやけど、どいつもこいつも役に立てへん。機転は利かん、動きは遅い、怒ったらすぐに逃げ出しよる。機転が利く利かんちゅうのは、生まれつきのもんやな。訓練して身につくもんやないっちゅうことが、俺にはようわかった」

何人かの助手を使ってみたが、アルバイト料とその仕事振りとを比較すると、なにもかも自分でやったほうがいいとわかったので、この一ヵ月近く、助手を使わずに仕事をしているのだと桐原は言った。

「仕事が増えてよかったなァ。これで奥さんも安心して子供を産めるなァ」

その聖司の言葉に、

「いまはな」

と言って桐原は苦笑した。

「若い女の子の裸を撮る仕事が増えただけや」

「そやけど、どんな写真だろうと、見る人は見てるで」

「頭のからっぽの若いネーチャンの股《また》ぐらを撮ってもか？」

「何を撮ろうが、桐原耕太の写真やがな。俺、ときどきお前が俺のパソコンにパスワードを残していったサイトでヌード写真を観るけど、写真家の名前を見なくても、あっ、これは耕太が撮ったってわかるで」

そう言ってから、聖司は、いわゆるコマーシャリズムのなかにいなければ写真家は食っていけないのだから、そういう仕事をしっかりとこなしつづける覚悟が必要だと、自分の思いを口にした。

「何もかも、人間の営みの外には出られへんねんからなァ」

と桐原はつぶやき、ミディアム・レアに焼きあがった熊野牛のステーキを食べ、ガーリックライスを一粒残さず食べた。

帰りは、酒を飲まなかった聖司が車の運転をした。

助手がいないとなると、あの角長での撮影は大変だなと聖司は思った。とりわけ、吉野杉で作られた大桶のなかで静かに発酵をつづける醬油の撮影は手間がかかることだろう。

ライトの位置、レフの位置、カメラの位置などは、桶と桶とのあいだを渡すように張られた杉板の上に設定しなければならない。その杉板は一見床のように見える。だから桶はまるで床に掘られたかに錯覚してしまうのだが、そうではないのだ。

あの角長の醬油の仕込み蔵全体にこびりつくぶあつい酵母を鮮明な写真で捉えたい。百数十年ものあいだに自然に仕込み蔵の天井や柱や壁に住み着いてきた酵母の不《ふ》揃《ぞろ》いな層は、人間の手で造られたものではないのだ。

それは、百数十年にもわたって仕込み蔵の直径二メートル、深さも二メートルの大桶のなかで大豆を発酵させつづけた麴菌《こうじきん》たちの不可思議な営みがもたらした宝物というしかない。

蔵のあちこちにこびりつく夥《おびただ》しい酵母と大桶のなかの麹菌は、やがて密接な相関関係を結んで、大豆の発酵に人間の計算外の恩恵をもたらすのだ。

「良質の大豆を蒸して、煎《い》って砕いた小麦を混ぜて、それに麹菌をまぶして、その麹菌が活発化したら、塩水と一緒に大桶に入れて、角長の場合は一年三ヵ月発酵させるんやけど、なんで蔵の天井や柱や壁についてる酵母が、醬油の出来上がりに多大な影響を与えるのかは、いまだによくわかってないんや。大豆と麦と麹菌と塩水と、一年三ヵ月の発酵だけで充分やないかって思うんやけど、この自然にこびりついた酵母がないと、ほんまにおいしい醬油は完成せえへんねん」

と聖司は言った。

「湯浅町も、海が近くで、きれいな川が流れてるよなァ」

駐車場で車から降りると、桐原は春ニシンの酢漬の入っている壜を大事そうに胸にかかえながら、そう言った。

「新宮も、紀州の海と熊野川が交わるところで、朝晩霧が出やすいやろ？　イタリアの生ハムで知られるパルマ地方も、生ハムを造る建物はきれいな川の畔《ほとり》にあって、そこも川面から発生する霧が多いんや。その霧が、寝かせてるハムに命を吹き込むって何かの本で読んだなァ」

　桐原は、ベッドとテレビと小さな冷蔵庫があるだけの狭いビジネスホテルの部屋に入ると、壜を冷蔵庫にしまった。

「あしたの夕方くらいが食べごろらしいけど、待ち切れんなァ」

　と桐原が言ったので、

「熊野牛のステーキを三百グラムと、ガーリックライスを一粒残さず食うて、アスパラとレタスとトマトのサラダもむさぼり食って、まだ足らんのか？」

　そう聖司はあきれ顔で訊いた。

「女房のつわりがきついから、代わりに俺が食うてるんや」

「お前が食うて、それがお腹の子に何の役に立つねん」

「栄養をつけて、一日に十八時間働いてるがな」

　と桐原は笑いながら言った。

　聖司は、ホテルの自分の部屋へ行き、仕事用ではない、自分の雑記帳というべきノートを持って桐原の部屋に戻ると、滝井野里雄が古代ラテン語で書いた文章を見せた。

「日本語に訳すと、こうなるんや」

聖司の言葉で、桐原はノートを持ってベッドにあお向けに寝転び、それを読んだ。


〈私は死を怖がらない人間になることを願いつづけた。

だが、そのような人間にはついになれなかった。

きっと私に、最も重要なことを学ぶ機会が与えられなかったからだ。

ならば、私は不死であるはずだ〉

桐原は火のついていない煙草をくわえたまま、

「なんやねん？　この空白は」

と訊いた。

「その一行がわからへんねん」

そう答えて、聖司は大門重夫が滝井野里雄について語ったことのあらましを話して聞かせた。大前美佐緒のことは黙っていた。

「そこにはどんな言葉が書かれてるのか、いろいろとあてはめてみたんやけど、わかれへんねん」

「そら、わからんやろ。書いた本人でないとわかれへんがな。原文はこれか？　これを誰かに訳してもろたらええがな」

「古代ラテン語なんて、誰に訳してもらうねん？」

「どこかの大学に、そういうことを研究してる学者がおるやろ」

そう言ってから、桐原は唇を小さく動かして、何度も訳文を読み返し、

「死を怖がらん人間になるってことが、つまりは不死の境地に至るってことや。この人は、そう言いたいんや」

と言った。

「簡単やがな。この空白にどんな言葉が入ろうが、要するにそういうことやろ？」

さらにそう言って聖司を見つめてきた桐原の顔を見つめ返し、

「耕太、お前、頭ええがな」

と半ば感嘆の思いで聖司は言った。

「そうや、耕太、お前のその推理は当たってると思う」

「推理なんてそんな大層なもんか？　読んで字の如しやがな」

えらそうに言うなと桐原の顔に丸めたティッシュペーパーを投げつけ、

「死が恐怖ではないって境地に達したら、それはたしかに不死の人間になったのとお

んなじかもしれんなァ」

聖司はそう言って、モーツァルトの「レクイエム」の最初の何小節かを思い浮かべたが、そこには不死の境地は感じられなかった。

「死を怖がらない人間なんて、この世にいてるんやろか」

と桐原は言った。

「俺の従兄は、二年前、癌で苦しみ抜いて死によった。モルヒネを使うのを本人が最後まで拒否したんや。まだ三十五歳やった。息を引き取る三十分くらい前に、痛みが消えたのか、優しい穏やかな顔になって、周りのみんなにお別れの言葉を述べて、それから意識が失くなったそうや。病気と闘って闘って闘い抜いて……」

そう言ってから、桐原は天井を見つめたまましばらく考え込み、

「闘い抜いて、最後の最後に、あいつ、不死の人間になったんかもしれんなァ」

とつぶやいた。

死が恐怖ではない人間……。

聖司は、そう胸のなかで何度も言ってみた。そのような人間になることは、自分には到底不可能だという気がした。

桐原の手からノートを取り、自分の書いた文字に見入り、

「この空白には、死を怖がらない人間になる方法が書いてあるんやろか……」

と言った。

「さあ……、その古代ラテン語を訳すしかないなァ」

桐原は言って、口にくわえていた煙草に火をつけた。従兄のことを思い出しているのか、桐原の目が光って滲んでいたので、交通事故のあと、自分がどれほど死の恐怖に怯えたかを聖司は話して聞かせた。

「とにかく、その釣鐘の音が脳のなかで響き渡るたびに、ああ、こんどこそ俺は死ぬって思うんや。そのくらいすさまじい音と響きで……。不眠症になってしもた俺を、医者は精神科のほうに廻しよった。精神科の医者は、いろいろと調べてから、大丈夫ですよって俺の肩を叩きよったんや。そのときの釣鐘の響きは、脳味噌《のうみそ》が破裂しそうやったで」

こいつらはみんなヤブ医者だ。俺の脳のなかの致命的な損傷に気づいていないのだ。こいつらのせいで、俺は五分後、いや十秒後にも死ぬかもしれない……。そう思った瞬間、死の恐怖は、それまでの何十倍もの強さで襲ってきて、全身の血の気がひき、息ができなくなった……。

聖司がそう言うと、

「いまは完全に治ったんか?」

と桐原は訊いた。

「治ったけど、体に強い衝撃が起こるようなことは無意識に避けるようになったんや。車ででこぼこ道を走るときは、うしろの車の運転手が怒ってクラクションを鳴らしよるくらいスピードを落としてしまうし、階段の昇り降りも、一段ずつ気をつけて足元を見てっちゅうふうになってしもたなァ」

「そうか、それでお前の車の運転は、度が過ぎるほどの安全運転なんやな」

「何かのひょうしに、またあの釣鐘の音がぶり返したらって考えるだけで、息苦しくなるねん。そんな俺に、死を怖がらない不死の境地なんて、想像を絶する世界の話や」

「その滝井野里雄って人の、最後の絵、観たいなァ」

と桐原は言って腕時計を見た。

角長の仕込み作業は朝の六時から始まる。和歌山市駅から湯浅町の角長までは車で約四十分だから、撮影の準備のための時間も考慮すると、朝の四時には起きなければならない。

聖司はそう考えて、自分の部屋に戻ってシャワーを浴びるつもりで立ちあがった。

桐原の携帯電話が鳴った。桐原は、送話口を手でふさぎ、寺沢恭二からだと言った。

「えっ？　いまどこや？」

桐原はベッドから身を起こし、

「いま駅に着いたそうや」

と聖司に言って、和歌山市駅のほうを指差した。

電話を切ると、桐原は、

「撮影を手伝いたいから、休みを貰《もろ》たそうや」

と言い、慌てて靴を履いた。

「この仕事の手伝いだけは、できるだけやり遂げたいらしいねん。まだ晩飯は食ってないっちゅうから、どこかでうまいもんをご馳走してやろうか。あいつ、焼き鳥が好きやねん」

「駅の裏に焼き鳥屋があったで」

聖司はそう言って、桐原と一緒に、寺沢恭二が待っている和歌山市駅へと向かった。

ネオンや電飾板のさまざまな色が駅の周辺にあった。

聖司は、何に腹を立てているのか、信号待ちしながらむやみにクラクションを鳴らしている大型トレーラーに不快感を抱きながら、滝井野里雄の書いた文章の空白に、〈死というものは、生のひとつの形なのだ。この宇宙に死はひとつもない〉という言葉を入れてみた。

二十五歳の自分が、ひょっとしたら「死そのもの」よりも恐れたかもしれない「死への恐怖」が思いつかせたその言葉は、古代ラテン語の空白の一行のなかに奇妙におさまった。

聖司は駅への道を歩きながら、二十五歳のときノートに書き記した言葉を思い浮かべた。

〈死というものは、生のひとつの形なのだ。この宇宙に死はひとつもない。

きのう死んだ祖母も、道ばたのふたつに割れた石ころも、海岸で朽ちている流木も、砂漠の砂つぶも、落ち葉も、畑の土も、おとし日盛りの公園で拾ってなぜかいまも窓辺に置いたままの干からびた蝉の死骸も、その在り様を言葉にすれば「死」というしかないだけなのだ。それらはことごとく「生」がその現われ方を変えたにすぎない〉

聖司は空白の一行のなかに、いっそこの文章をすべて挿入したらどうなるかと考え、滝井野里雄の言葉と自分の文章を合体させてみた。

　すると、〈ならば、私は不死であるはずだ〉という最後の一行が着地点となること
に、聖司はまったく違和感を覚えなかった。

　ふいに、聖司は、父の死に悔しさを感じた。たとえ一瞬のものではあっても、生き
ている父の思い出を持ちたかったという無念さが強く胸の底からせりあがってきた。

「どないしたんや」

　桐原が駅の構内へと入って行きながら、聖司のほうを振り返って訊いた。

「口のなかで、ぶつぶつと何を言うてんねん？」

「えっ？　何か言うとったか？」

　照れ隠しの笑みを無理矢理作って、聖司はそう訊き直した。

「お前の目、ちょっと危ない人みたいになっとったで」

　と桐原も笑顔で言い、寺沢恭二をみつけると手を振った。

　髪を短く刈った寺沢は、リュックサックを背負って、聖司と桐原のところに小走り
でやって来て、

「二日間、休みを貰いました」

　と言った。

弁当屋の主人に理由を話すと、よし、行ってこいと送り出してくれたという。

「朝早ようから夜遅うまでこき使われて、さぞかしやつれたやろと思たけど、お前、太ったんちゃうか」

と桐原に肩を叩かれて、

「規則正しい生活で、一日に三度の飯を決まった時間に食べてますから、それで太ったんかもしれません」

と寺沢は言った。

「よう来てくれたなァ。俺が助手ではこころもとないなァって不安やったんや」

聖司はそう言いながら、人混みを縫って駅の裏側への道へと歩いた。

先月に来たとき、雑居ビルの二階のトンカツ屋で食事をしたのだが、その際、隣の店が焼き鳥屋で、ほとんど満席だったので、きっとうまい店なのであろうと思ったのだ……。

聖司はそう説明して、ビルの階段をのぼった。

「俺も聖司も、ステーキを腹一杯食べたあとやけど、焼き鳥の五、六本はまだ入るで」

と桐原は言った。

「俺はもう入らん。ビールなら、ちょっとだけ入るかなア」

聖司は焼き鳥屋の戸をあけた。カウンター席が空いていた。テーブル席では、どこかの会社の社員たちが送別会をやっているらしかった。

「ネギマ、手羽、肝、砂ズリ、ハート。二人前ずつ。その前に生ビール三つ」

と桐原は椅子に腰かけるなり註文した。

「ハートて、何や？」

と聖司は訊いた。

「鶏の心臓や。こりこりしててうまいねん」

桐原は機嫌良さそうに言って、京都の老舗の弁当屋での仕事がいかなるものなのかを寺沢恭二に訊いた。

「弁当屋っていうても、高級弁当ですからね。いちばん安いのでも千八百円です。いちばん高いのは五千円。駅の売店で売ってる弁当と一緒にせんといてくださいね」

その寺沢の言い方がひどく自慢気だったので、聖司も桐原も声をあげて笑った。

ステーキとガーリックライスを食べて満腹だったが、聖司は昼食がラーメンであったことを考え、これでは野菜不足だなと思って、シイタケとネギとシシトウを焼いてくれるよう頼んだ。

六十を少し過ぎたと思われる主人が、

「お客さん、ベジタリアンですか?」

と笑顔で訊いた。

聖司は桐原を指差し、自分たちはさっき食事を済ませてしまったのだが、この若い人はまだだったし、焼き鳥が好物なので、と説明した。すると、主人は桐原に、それなら無理に食べないほうがいいと言った。

「野菜を焼きましょうか?」

「うん、申し訳ないけど、ぼくも、もう入らんです。シシトウを焼いてください」

桐原はそう言ってから、

「ちなみに、三千円くらいの弁当には、何が入ってるんや?」

と寺沢に訊いた。

「まず、だし巻玉子。これは『喜代政』の弁当の命です」

命という言葉にいやに力を込めて、寺沢恭二は言った。

「季節によって、中身は変わりますけど、牛蒡の穴子巻、京野菜の煮物、帆立のしんじょう、酢レンコン、まながつおの西京焼、イカの松笠焼《まつかさやき》、のし鶏」

「のし鶏て、何や?」

と聖司は、焼きあがったシシトウを食べながら訊いた。

「鶏のひき肉の半分を空炒《からい》りして、残りの生のひき肉と、空炒りしたのとをすり鉢ですり合わせて、卵と調味料を入れて、さらに滑らかにすり混ぜます」

「ふん、それから？」

と桐原は訊いた。

「それをアルミ箔《はく》に載せて三〜四センチの厚みで箱型に整えて、肉の表面の両サイドにケシの実をふりかけます」

「両サイドにケシの実をふりかけるって、その意味がようわからんなァ」

聖司は、アルミ箔に載っている箱型の鶏ミンチ肉を想像しながら、そう訊いた。

「真ん中の三分の一にだけは、ケシの実はふれへんのです」

と寺沢は紙ナプキンにボールペンで絵を描いて説明をつづけた。

「それをオーブンに入れて強火で十分ほど焼いて、焼けたら冷まして、真ん中の、ケシの実をふれへんかった部分に青海苔粉《あおのりこ》をふりかけて、こういうふうに二等分して、細長く切っていくんです」

聖司も桐原も、寺沢が描く絵に見入った。

「それをこう並べたら、きれいな市松模様になるでしょう？　のし鶏は正月のおせち料理にも使われます」

「帆立のしんじょう、ってのは、どないやって作るねん？」

こんどは桐原が訊いた。

寺沢はその作り方を淀《よど》みなく説明した。

「喜代政で働くようになってたった三ヵ月の小僧に、もうそこまで教えてくれるのか？」

桐原の言葉に寺沢は首を横に振り、作り方は、盗み見して少しずつノートに書き写したのだと言った。

「だし巻玉子は、レシピは簡単です。そやけど、ご主人のように焼けるには、十年かかると思うんです。表面と中とがおんなじ色、おんなじ焼き加減で、焼け過ぎた部分も、焦げた部分もない。だし汁が滲み出ることもない……。そんなふうに焼くのは、至難の業ですねん。だし巻玉子を焼けるのは、ご主人と、喜代政にもう二十二年も勤めてはる先輩の二人だけですねん」

そして、寺沢は、弁当で重要なのは、ご飯の炊き方なのだと言った。

「ご飯に、ちょっとでも熱が残ってるときに弁当の箱に入れたら、水分が出て、他のものにも影響しますし、傷みやすいんです。完全に冷めたときに、どれだけご飯のうま味と適度な硬さや軟らかさがあるか……。ここがポイントです。それは普通のご飯のときと、筍《たけのこ》ご飯のときと、松茸ご飯のときと、それぞれ水加減も火加減も変わるんです」

「……なーるほど」

桐原はそう言って、感心したように寺沢を見つめた。

「ご飯だけやないんです」

と寺沢はつづけた。

さすがにシシトウひとつすら食べられなくなったらしい桐原がまったく手を出そうとしない砂ズリや手羽を、見事というしかない食欲で頬張りながら、

「蒸し物にしても焼き物にしても揚げ物にしても、お弁当であるかぎりは、できたてのときよりも冷たくなったときのほうがおいしくなるという味つけをせんとあかんのです。ところが、これが難しいんです」

寺沢はそう言って、焼きおにぎりを註文してもいいかと訊いた。

「遠慮せんと、なんぼでも食べてくれ。いま俺はちょっとだけ金持やねん」

その桐原の言葉で、寺沢は焼きおにぎりを二人前頼んだ。

聖司は、あれだけ懸命に写真家への道をめざしていたまだ二十歳の寺沢恭二が、将

来必ず自分の店を持とうと決めて、京都の老舗の弁当屋で修業を始めるには、多くの迷いや煩悶《はんもん》があったであろうと思った。

それが若さといってしまえばそれまでだが、寺沢は将来への道を変更するにあたって、やはり〈勇気〉というものを振り絞ったはずだ。

若いという度合においては、三十二歳の俺も二十歳の寺沢もさして差があるわけではない。俺に足りないものは、さしずめ〈勇気〉であろうが、俺は、何に対して勇気を振り絞ったらいいのかさえわからないでいる……。

聖司はそう思った。

実際に目にしたわけではないのに、幼いころに股関節を結核菌に冒されたという若い外科医のメスさばきを思い描いた。

「論語って知ってはりますか？」

と寺沢は聖司と桐原に訊いた。

「論語？　孔子の言葉やろ」

と桐原は言った。

「喜代政のご主人が教えてくれはったんです。〈死生、命あり、富貴《ふうき》、天にあり〉っていう論語のなかの言葉を」

その寺沢の言葉に、桐原は、知っているか？　というふうに聖司を見やった。聖司はそっと首を横に振った。

「俺は知ってるで。論語の言葉を」

と桐原は勝ち誇ったように聖司に笑みを向けた。

「巧言令色《こうげんれいしょく》は、鮮《すく》ないかな仁《じん》。もうひとつ知ってるでェ。学べば則《すなわ》ち固《こ》ならず」

「それ、どういう意味？」

と聖司は桐原に訊いた。論語のなかに収められている言葉を、聖司はひとつも知らなかった。

「巧言令色は、鮮ないかな仁、ちゅうのはやなァ、喋ることが上手なことも、容貌とか物腰とかを美しくすることも大事やけど、それを主とするだけの人間は、人間の根本の道であるところの他者への慈しみの心が薄くなりがちや、っちゅう意味やがな」

と桐原は言った。

「お前、なんでそんなこと知ってるねん？」

聖司の問いに、桐原は、自分が高校生のときに死んだ祖父に教えてもらったのだと答えた。

「学べば則ち固ならず、っちゅうのは、お勉強がなんぼようできても、人の世に通用する知識が狭いやつは、頑固で狭量になりがちや。学問によって広く柔軟な心を養わなければならない、っちゅう意味や」

「ほお、桐原耕太は教養に満ち溢れてるなァ。そしたらいま寺沢が言うた言葉をわかりやすく説明してくれよ」

聖司はいささかむきになりながら言った。

「わからん。死生、命あり、っちゅうのはなんとなくわかるような気もするけど、富貴、天にあり、っちゅうのは、わからん。幸福とか幸運なことっちゅうのは、天から降ってくるっちゅうことか？」

桐原は寺沢にそう訊いてから、ウーロン茶を註文した。

「浅い。浅いですよ、桐原さん。なんぼなんでもその解釈は浅すぎます」

寺沢が言うと、

「お前、首しめたろか。なんや、そのくそ生意気な言い方は。お前かて、喜代政のご主人に教えてもらうまでは知らんかったんやろ。こういうやつに〈学べば則ち固ならず〉と孔子はいましめたんや」

そう言い返して、桐原はほんとうに寺沢の首をしめた。

焼き鳥を焼いていた主人が笑った。

首をしめられながら、寺沢は、じつは自分もわからないのだと言った。喜代政の主人は〈富貴、天にあり〉の意味を自分で研究してみろと言ったという。

「知らんくせに、えらそうに言いやがって」

桐原は笑いながら手を寺沢の首からウーロン茶へと移し、

「すばらしいことが天から降ってくるなんてことは、滅多にないよなァ」

と言った。

聖司は、確かにそのとおりだが、すばらしいことというのは、やはり突然、何の前ぶれもなく、思いも寄らぬところからやって来るものだという気はした。

しかし、何かを願って、それを求めて、一時間や二時間後に、どこかから降って湧いて来るわけでもない。願いつづけ、求めつづけ、そのための辛労を尽くしつづけたとき、三年後、五年後、十年後、二十年後に、天はそれを思いも寄らぬ場所から差し出してくれる……。

〈富貴、天にあり〉とは、そのような意味ではないのかと思った。

だとしても、天とはいったい何なのであろう……。

そう考えながら、聖司もウーロン茶を註文した。

地元の人間ではないとわかったらしく、焼き鳥屋の主人は、お仕事で和歌山にお越しになったのかと訊いた。

あした、仕事で湯浅町の角長という醤油屋さんに行くのだと聖司が答えると、

「へえ、角長さんに。うちの焼き鳥のたれに使うてる醤油は、昔から角長さんの醤油ですよ」

そう主人は言った。

「氏素姓のはっきりした大豆を使うて、防腐剤も防黴剤《ぼうばいざい》もいっさい使わずに、あの昔からの蔵で造ってる醤油ですからねェ」

「角長の仕込み蔵をご覧になったことはありますか？」

と聖司は訊いた。

「お店のパンフレットでは見たことがありますけど、蔵を見学させてくれなんて、そんなあつかましいこと、よう言いまへん」

そう言って、焼き鳥屋の主人は、壺に入っているたれを小皿に少しだけ取って、それを聖司たちの前に置いた。

「三十年、使いつづけてるたれです」

それは、ここに店を開く三年前から準備しつづけたたれだという。

「まあいろんなもんが入ってますけど、基本は醤油です。そこに砂糖とか酒とか昆布

とか、私だけのちょっとした工夫のスパイスとか……。焼きあがった焼き鳥をこの壺のなかにじゅっと音をたててひたすんですけど、そのときに出る鶏肉のうま味は、ちょっとずつ、ちょっとずつ、このたれに移っていくんです。三十年のたれは、三十年という年月がたたんと、でけまへん」

そう言ってから、主人は聖司たちに、小皿に取ったたれを舐《な》めてみてくれと促した。

聖司は、人差し指にたれをつけかけたが、ふと思い直して中指に変えた。美佐緒ならきっとそうするだろうと思った。

焼き鳥のたれは、予想していたよりも甘くも辛くもなかった。意外なくらいに淡泊な味だったが、味覚を表現する甘い、辛い、にがい、すっぱい、という語彙では表現できない何かがあった。そこにうま味という語彙をあてはめても足りない何かがあるのだ。複雑微妙な滋味というしかなかった。三十年という時間が作りだした味というしかなかった。

「濃厚なもんやないんですねェ」

と桐原も言った。

「夕方になると、私の店に焼き鳥を買いに来てくれる奥さん方が多いんです」

と主人は言った。

そんな〈お持ち帰り〉という方法で焼き鳥を売ることには逡巡《しゅんじゅん》があって、最初は断っていた。炭火で焼いたばかりのものがいちばんうまいし、今夜の夕食のおかずにと買って帰っても、何かの事情で食べられなくて、冷蔵庫に三日も四日もしまったままにして、万一食中毒でも起こったら、うちとしては責任の取りようがないと思ったからだ。

だが、必ず今夜中に食べるし、オーブントースターで軽く熱してからテーブルに載せるからと約束され、必ずそれを守ってくれるならと売ったところ、評判が評判を呼んで、いまでは店に客が訪れる時分になっても、家庭用に持ち帰ろうとする主婦が買いに来てくれるようになった……。

「まあ、うちで使う鶏が、ここから車で一時間ほどのとこにある養鶏場から仕入れてることを知ってはる人が多いからやけど、少々値が張っても、安心できるもんを自分も家族も食べたいと考える人が増えてきたからです。こんな鶏、町のスーパーでは手に入りまへんからねェ」

そう言って、主人はまだ焼いていない鶏の肉を見せた。

「広い丘の斜面に放し飼いで、化学飼料は使うてないんです。よう運動してる鶏の脂は、臭みもないし、脂肪分も少ないんです」

そして、主人は、主婦たちの食べ物に関する考え方が大きく変化してきていると言った。

「角長さんの醤油が、いかに価値あるもんかもわかってきたんですなァ」

主人は、座敷の客たちのための鶏スープを器に入れながら言った。

時間をかけて作られたもの、手間暇を惜しまず作られたもの。そういうものはこれからますます見直されていくであろう。そのようなことを知っている家庭で育った子は、舌そのものが、大量に作られたいかがわしいものに気づくようになる……。

聖司たちの前にも鶏スープを入れた小さな碗《わん》を置きながら、焼き鳥屋の主人はそう言って笑みを向けた。


翌朝、四時に起きた聖司たちは、軽い食事をとると、湯浅町の角長をめざした。

車は寺沢恭二が運転した。

阪和自動車道に入ったころはまだ暗かったが、その道から海南湯浅道路に入るころには、山側に朝日がのぼってきた。

去年、初めて角長を訪ねた際に聖司は自分のデジタルカメラで周辺の写真を撮ったのだが、そのなかに〈醬油の発祥〉と題された文章が書かれている銘板があった。

建物の一角に掲げられていたのを、聖司は慌ててカメラに納めたのだが、手ぶれして字は読みにくかった。

それを桐原は眉根《まゆね》を寄せながら読んでいた。

——紀州由良から湯浅への熊野路は、醬油の道である。十三世紀半ば、由良興国寺の開山覚心（法灯国師）は、中国、宋の時代に勉学する事十年、帰朝の節に径山寺味噌—金山寺—の製法をわが国に伝え、当時、湯浅の水質の宜《よろ》しきを得て研究の結果、味噌の溜まり水から今日の醬油を発明したといわれている。その後、銚子、小豆島など日本各地に海路から製法を伝え、江戸時代には、御三家の紀州侯の手厚い保護を得て、最盛時には百軒に及ぶ醸造家が湯浅近辺で、醬油製造に従事したと伝えられている。昨今は、種々の事情に恵まれず、真の醸造家はまさに、貧者の一灯ならんとしているが、当家はそのルーツを守るを家訓として、また、湯浅の名前を不滅の栄光の町たらんとする所です。角長　当主敬白——

「この、種々の事情に恵まれず、っちゅうのは、どんな事情やねん？」

と桐原は聖司に問いかけてきた。

醬油造りも、店の経営も、跡取り夫婦にまかせたという角長のご隠居は、その種々の事情について細かくは語らなかった。

環境の変化とか、その他のいろいろな事情だと聖司に言っただけだったが、言葉が少ないぶん、この日本という国に物申したいことはたくさんあるのだと聖司は受け取った。

川の汚染、大気の汚染、地球の温暖化だけではなく、手仕事で時間をかけて良質の製品造りを貫こうとする地方の小さな醬油屋が生きにくかった時代は長くつづいたのだ。

大手メーカーは大量生産で安価な品をスーパーや小売り店に並べる。

醬油の大きな敵である黴の発生を食い止めるために、そこには防黴剤が使用される。

角長の醬油は、防黴剤もアルコールも使っていないので、甕の栓をあけて放っておくと、表面に黴が付着する場合もある。

家庭の主婦たちは、甕から醬油差しに移したあとは、その甕をたいていは流しの下の棚に入れたままにしてしまう。

醬油差しに入っている醬油は、日常的に使うので、しょっちゅう動いているが、どこかにしまわれたままの醬油甕は固定して動かず、空気に触れることもない。

「せめて四、五日にいっぺんでも、墹を軽く振ってくれたら、黴は防げるんですが、最近の奥さま方は、それすら面倒臭がって……。それで墹のなかの醬油の表面に黴が張ったら、造り手の責任ということになりまして……。転がる石に苔はつかない、という言葉がありますが、それとおんなじで、防黴剤なんて入れてなくても、ときどき醬油墹を動かしてくれるだけで、黴は防げるんです」

その角長のご隠居が言った言葉を、聖司は桐原に話して聞かせた。

「種々の事情のなかには、俺は塩の問題もあったという気がするんや」

と聖司は言った。

「発酵食品に関する文献を読んでるうちに、塩の問題が日本の食文化に大きな影響を与えたんとちがうかなァって気がして……」

「塩？　塩がどうしたんや？」

と桐原は訊いた。

「塩と煙草は専売公社の独占商品やったんや。そやから、個人が天然の塩を造るのは法律で禁止された時代が、一九九〇年代までつづいて、日本人が手に入れられる塩は、食塩という名の塩化ナトリウムやった」

聖司は取材用のノートをひらき、

「国が塩と煙草を独占的に販売するようになったのは一九〇五年、明治三十八年や。日露戦争の最中や。厖大な戦費を賄うためや。そのときから、一般の人間が海の水から塩を造るのは御法度になって、それがなんと延々とつづいてきて、太平洋戦争が終わって、飢餓《きが》の時代に入り、そのあと高度経済成長期に入ると、人間が口にする塩だけではなく、工業用の塩も大量に必要になってきた。それらすべてを、塩化ナトリウムで賄ってきたんや。海水から取った天然の塩と、工場で造った塩化ナトリウムとは、別の物やと考えるほうが正しい」

と言った。

「天然塩は造るのに手間暇がかかるから、どうしても食塩よりもはるかに値段が高くなる。たとえば魚の干物を造る工場も、ハムやベーコンを造る工場も、ミネラル豊富な天然塩なんかを使うてたら、採算が合えへん。値を安くするには塩化ナトリウムを使うしかないんや」

聖司は、この塩の問題も、〈種々の事情〉のなかのひとつであろうと思うのだと桐原に言った。

「その他にも、大豆の問題もあるやろなァ。大手メーカーのなかには醬油に人工調味料を入れるとこもあるやろから、それを生まれたときから口にしてると、舌がその味に慣れてしもて、添加物ゼロの、伝統的技法で造られた醬油はまずく感じるようになってしまうんやなァ」

と桐原はひどく納得したように言った。

「ある意味では瀕死《ひんし》の状態やった角長の醬油が少しずつでも甦ってきたのは、消費者の意識が変わってきたからやねん。少々値が張っても、わけのわからん添加物の入ってない、じっくりと時間と手間をかけて造られたものを口にしたいと考える人たちが増えてきたことと、角長という醬油屋さんの信念と企業努力とが実を結んできたんや」

聖司はそう言って、車を運転している寺沢に、海南湯浅道路に入ってくれと指示した。

「角長のご隠居さんが先祖代々伝わる醬油の技法を守り抜こうと決めて、戦後、跡を継いで醬油造りを再開したときは、塩は岩塩を使うてたそうやけど、いまは天日塩を使うてるねん。岩塩を手に入れるのは大変やったろうなァ……」

その聖司の言葉で、

「防腐剤を使えへんのに、なんで腐敗せえへんねん?」

と桐原は訊いた。

「腐れへんだけの塩分を使《つこ》てるからや」

「塩分の摂《と》り過ぎは、体に良うないやろ？」

「普通の醤油とおんなじ量を使うたら、そらまあ多少は塩分の摂取量は多くなるけど、そのぶん、量を減らしたらええがな」

「なーるほど」

「たとえば刺身を食べるとき、醤油差しから小皿に入れる醤油を、どうせ残るのに、ぎょうさん入れる人がおるやろ？　安い醤油やから余ったら捨てたらええと思てるんやろ。そやけど、これは職人さんが丹精込めて一年三ヵ月もかけて、吉野杉の大桶のなかでじっくりと育てた醤油やと思たら、大事に使うはずやで」

「なーるほど」

「耕太、お前、きのうの晩から『なーるほど』ばっかりやなァ」

「うん、勉強になることばっかりやからなァ」

聖司は笑い、早朝の太陽を捜した。それはまだ低い山並に隠れていたが、太陽が昇りつづけている山側よりも海側のほうが明るかった。

海南湯浅道路の吉備《きび》インターチェンジで降りると、聖司は国道42号線に入るようにと寺沢に言った。

「あっ、潮の香りがしますよ」

運転席の窓をあけて、寺沢が言った。

紀州の海に、湯浅町を流れる山田川が注ぎ込む一帯は、海水と淡水とが混じり合って、しばしば霧が発生する。大桶のなかで発酵をつづける醬油に、その霧がいかなる影響を与えるのか、肉眼では確かめることはできないが、工程の初めの大豆の蒸しに大きく関わっていることはわかる……。

聖司は、角長の五代目に当たるというご隠居の言葉を思い出し、前方に見えてきた湯浅町の、どこかのんびりした町並を見つめた。

「その交差点を右折や」

聖司が寺沢にそう言うと、桐原は気合を入れるかのように、両手で自分の頰を叩いた。

川と海の境界のところには、小さな船が何隻も停泊していた。

角長の、白壁の土蔵のような建物は、かつては〈醬油堀〉と呼ばれた運河を背にしている。

醬油を江戸など各地に運ぶ船が荷物の上げおろしをしたり、休息するためであったという運河は、いま水は澄んでいるが水量は乏しく、ボートを浮かべることもできそうになかった。

車のなかから海は見えなかったが、やはりどこかに、紀州の海辺の町と感じさせる暖かなものが漂っている。

聖司たちは、運河に沿って角長の裏側から車を迂回《うかい》させ、朝日の差し込む玄関への細い道の手前で車から降りた。古い頑丈そうな屋根瓦を載せた黒い板壁の建物は、道に沿って細長く延びている。

〈天保十二年〉と創業の年代が書かれた木の看板の横の入口に立って、すでに仕込み作業を始めている作業員の姿が見えるところに、

「おはようございます」

と聖司が挨拶すると、五代目に当たるご隠居が迎えに出て来てくれた。

跡を継いだ五十代半ばの六代目は、作業の手を止めることなく、聖司の挨拶に軽く応じ返した。

そのいささか気難しそうな、初対面の人ならたいていは怒られているのではないかと思ってしまう良く光る目に、聖司も初めはひるんだのだが、素人の質問にも誠実に丁寧に答えてくれて、いまでは角長を背負って立つ六代目の当主を、聖司は好きになっていた。

ご隠居と呼んだりしたら機嫌を悪くさせてしまいそうなほど明晰《めいせき》な五代目は七十八歳で、代々伝わる製法を守りつつ、戦後の角長の苦難の時代を乗り越えてきた辛苦などはまったく感じさせない温厚な顔立ちではあったが、その職人魂を、ときおりどうかしたひょうしに喋る言葉の隅に閃《ひらめ》かせる。

店の奥から蔵へとつづく通路を先導してくれながら、ご隠居は、遠慮なく好きなように撮影してくれと言った。

聖司たちは、蒸しあがった大豆に煎って粉砕した小麦と種麹《たねこうじ》を混ぜ、それを一定の温度に保った〈もろぶた〉に入れる作業から撮影することに決めていた。

数人の婦人たちが、その作業に忙しかった。

「まあこうやって〈もろぶた〉に入れましたら、あくる朝に一番手入れというのを人間の手でやります。夕方にまた二番手入れをしまして、四日たちますと〈麹に花が咲く〉と私どもが言うております状態になります」

ご隠居は、露出計を持った寺沢と、カメラの置き所を手早く決めてセッティングしている桐原を見ながら言った。

「これを〈四日麹《こうじ》〉とも呼んでおります。大手の大量生産のメーカーさんは、三日で済ませるんですが、私どもは四日かけます」

麴菌の花の咲かせ具合が、ある意味ではすべてを決定するといっても過言ではない、とご隠居はつづけた。

「麴菌は市販のものですか？」

と聖司は訊いた。

「自分のとこの種菌と、麴菌を作るメーカーのものとを合わせております」

一度決めたカメラの位置が気にいらなかったらしく、桐原は作業の邪魔にならないよう神経を配りながら場所を変えた。寺沢も照明の位置を素早く変え、桐原の指示を待ちながらフィルムを装塡《そうてん》した。

「狭いところですので、撮りにくいでしょう」

というご隠居の言葉に、

「大丈夫です。いい写真を撮ります」

と桐原は答えた。早朝の冷気のなかなのに、桐原の首筋には汗が伝い流れていた。

「聖司、お前が邪魔やねん。俺のうしろに来てくれ」

桐原が大声で言った。

「ということは、私も邪魔ですな」

と笑いながら言って、ご隠居は聖司と一緒に桐原の背後へと移った。

「角長さんの醤油復活の鍵を握ったのは何だったたんですか?」

と聖司は訊いた。

「あれは昭和の……、えーと何年やったかなァ。ある方が、醤油を入れる容器とかレッテルについてアドバイスをして下さいまして、〈手造り〉ということを思い切り強調せえというアドバイスでした。レッテルに〈手造り醤油〉と大きく書きまして、手造り醤油イコール角長の醤油というふうにしたんです」

レッテルをそのようにしたのだから、容器もそれにふさわしいものにしなければと考えているうちに、岐阜県の多治見《たじみ》に源蔵徳利と呼ばれる二合徳利があることを知った。

その徳利は、価格といい形といい安定感といい、〈手造り醤油〉にふさわしい風情だった、とご隠居は説明してくれた。

シャッターを切る音と、フラッシュの閃光《せんこう》が、作業場に生まれた。

「それが消費者の方々の目に止まりまして、テレビでも紹介されたんです。昭和四十七、八年のことでした」

とご隠居は言った。

「まあ、それがきっかけで、東京の大きな百貨店から引き合いがありまして。そうしてるうちに大阪の百貨店でも角長の手造り醬油を置いてくれるようになり、名の知られた老舗の料亭からも註文をいただきました」

ご隠居はそうつづけてから、なにぶんこんな小さな醬油屋なので、年間に造れる量は限られている、と言った。

「たとえば年間千石の醬油が造れるとして、ちょっと売れるようになったからと、それを千三百石に増やそうなどと考えたら、角長の醬油はおしまいです。そのくらいの心構えを守り抜きませんと、こういう生き物の質はたちまち落ちてしまいます」

そのご隠居の言葉に、聖司はまさしく〈生き物〉だなと思いながら、麴菌を大豆にまぶす作業に没頭している従業員たちの手の動きに見入った。

自分は陸軍経理学校を出たのだが、家業を引き継いで醬油造りをやろうと決めた昭和二十二年頃は、角長の醬油になど誰も目も止めてくれなかった。

大豆の選定や麴菌の育成から始めて、大桶に寝かし、そのときそのときの気候の状況に対応しながら、一年三ヵ月間かかって造りあげた、どこに出しても恥かしくない良質の醬油が一本も売れなかったときは、落胆などという言葉では表現できない挫折と悲哀を味わったものだ……。

自分がやっていることは、もはや時代に合わないし、これから先も角長の醬油に日が当たる時代は訪れないのではないかと思いながらも、いい物は必ず認められると自分で自分を励ましてきた……。

ご隠居は微笑みながら、そう言った。

この作業の撮影は終わりだ。桐原がそんな表情で聖司を見た。

次は、麹の花を咲かせる〈もろぶた〉の撮影だった。

「俺に手伝えることはあるか？」

と聖司が訊くと、

「ない」

桐原はそう言って、ハンカチで汗を拭いた。

それで聖司は仕込み桶がある蔵への木の階段をのぼった。

これまでに二度、聖司は仕込み蔵を見学させてもらっていた。

幾つかの大桶のなかで、ひそやかに大豆は発酵をつづけている。仕込み蔵には裸電球がひとつ灯《とも》っているだけで薄暗いが、天井に一メートル四方の天窓があって、そこからの光がなければ、誤って大桶のなかに落ちてしまいかねない。

天井板にも四方の木の壁にも、剝きだしの太い梁《はり》にも、酵母がぶあつく隆起するようにこびりついている。

発酵をつづける醬油の表面には白い泡に似たものが浮かび、それらはなにかを絶えずつぶやいているかに思える。

階下の作業場での音は仕込み蔵にはほとんど聞こえてこない。

聖司は、この仕込み蔵にたたずんで、大桶のなかをのぞき込んだり、梁や柱や壁を見つめていると、自分の気管や肺が清浄になっていくような気がするのだが、それはどうやら気のせいではなく、角長を辞して帰路についてからも、体が活性化したような力を感じるのである。

目には見えない麴菌や酵母の微生物は仕込み蔵に充満していて、それは呼吸とともに鼻孔や気管や肺に入るのであろう。

化学的根拠はないとしても、そこにわずか三十分ほど立っていただけで、体が癒《いや》されたことを実感するとしたら、人智《じんち》を超えた何か大きな力が、この醬油の仕込み蔵には充満しているのだ……。

聖司はそう思うしかなかった。

「貧者の一灯ですね」

そう言って、聖司はたったひとつの天窓を指差した。

角長のご隠居は微笑み、

「そうです、私はあの明かりをそう呼んでおります」

と言った。

「このあたりは戦争中に空襲を受けませんでした。もし受けていたら、角長の醬油は絶えたかもしれません」

ご隠居は、太い梁を指差し、そこにも密生している酵母に目をやった。茶褐色のもの、黄土色のもの、灰色のもの、乳白色のもの……。

酵母はさまざまな色で仕込み蔵の内部を覆い尽くしていた。

「和歌山というところは台風の通り道でして」

とご隠居は言った。

「台風が九州のほうからやって来るときも、四国のほうからやって来るときも、もちろん和歌山の南端から上陸して来るときも、中部地方に上陸するときも、この湯浅町近辺は必ず雨と風に襲われます。将来のことを考えますと、この仕込み蔵だけは、ちょっとずつ防災のための補強をしていかんならんのです」

そう言いながら、ご隠居は仕込み蔵の奥へと歩を運び、ひとつの大桶を指差した。

「もう随分昔のことになりますが、ある有名な女性歌手が見学にお越しになりまして、この大桶のなかに落ちたんです」

「えっ！　落ちたんですか？」

「はい。深さ二メートルですから、危ないとこでした。醬油の匂い、たぶん四、五日は取れへんかったんやないかと……」

聖司は、麴菌の花が咲いてから大豆を塩水に混ぜるとき、どのくらいの濃度の塩水にするのかと訊いた。

「企業秘密でしたら書きません」

「いやいや、べつに企業秘密というわけではありません。ですが、大豆の状態、麴の花の咲き方なんかで微妙に変わります。これは、勘というしかありませんので……」

聖司はノートに書いておいた〈塩水の濃度〉という一項に×印をつけた。そして、きょうはこの仕込み蔵の撮影が精一杯だなと思った。

別の場所には、発酵を終えた醬油を絞るための機械がある。電動の機械ではなく、人間の力で圧縮して絞る昔ながらの機械なのだ。そこで絞られた醬油は、次に大鍋に移されて薪《まき》で煮られる。濃度を強めるとともに麴菌の働きを止めるためである。

この〈絞り〉と〈煮る〉作業の撮影は、あしたか、もしくは日をずらしてもいいと聖司は考えた。

「この大桶に入れましたら、三日に一度、かきまぜてやるんです。その作業をつづけて、発酵の状態が順調に進みますと、一ヵ月に一度かきまぜてやればいいというふうになります。静かにしといてやったほうがええという時期に入るわけです」

そして、ご隠居は、ちょっと一服してお茶でもいかがかと言った。撮影が一段落したら頂戴すると礼を言って、聖司は足元に注意しながら仕込み蔵から階下に降りた。

撮影に集中している桐原と寺沢の息の合った動きをしばらく眺めていたが、聖司は、午後からは角長の建物とその周辺の風景をカメラにおさめる作業に移ろうと考えて、戸外へ出た。醬油の仕込みという重要な作業に没頭する人たちの仕事の邪魔になることは極力避けたかったので、作業そのものの撮影は午前中でいったん終えようと思ったのだ。

角長の文化財に匹敵する古い木造の建物の向かい側には、それも角長が造った資料館があった。

聖司は、その前を通って運河の畔に行くと、腰かけるのに手頃な石をみつけて、そこに坐り、角長の焼き板塀を見つめながら、京都とは異なる暖かい日の光を浴びた。

自分もそろそろ真剣に将来のことについて考えなくてはなるまいと思った。

松葉伊志郎という奇特な人物がいなくなれば、もう少部数の豪華限定本なるものを造ろうとする人を捜すことも困難になるであろうと聖司は思った。

母には、本造りの専門家としての技術を磨いて、その地歩を確立すれば、細々とではあっても、ちゃんと生業《なりわい》を得ていけると豪語したが、実際はそんなに簡単なことではない。

書物が大切にされない時代になってもう久しい。

自分の知人のなかには、一冊五、六百円の文庫本すら、書店で買わずに古書店で捜したり、図書館で借りる者がいる。そのような人は、自分の予想を超えて多いことを知り、聖司は驚いたものだった。

学生であるとか、経済的に苦しい状態にある人だけではなく、本というものに金を使いたくないという理由でそうする人が多くなっていることを聖司は最近知ったのだ。

聖司の持つ図書館の概念は、書店ではみつけることの難しい専門書や全集や、いまや絶版となった名著を市民が読めるようにするところであり、好きな本を自由に手にできない青少年たちに優れた書物と出逢えるようにするところ、なのである。

「俺のやりたい仕事の前途は真っ暗やな」

と聖司は角長の焼き板塀に向かってつぶやいた。

時代の動きというものは、誰かが恣意《しい》的に操作できるものではない。押しとどめることの不可能な巨大な流れのように見えても、その流れは決して永続的でもない。どうかしたひょうしに、それまでまったく気配も見せなかった新しい流れに変わったりする。

それが歴史というものだと、聖司はこれまでに読んださまざまな書物から学んだのだが、一九七一年生まれの自分は、戦前、戦中、戦後の時代を生きたわけではなく、日本の高度経済成長期すらも知らないまま成人した世代であるのだと自覚しようとしても、その自覚自体が観念であると思い知るしかなかった。

松葉伊志郎の兄が、なぜ一冊の書物そのものに生きる光明を見いだしたのかを、自分は真に理解することはできないのだと聖司は思った。

一冊の本のなかに書かれてある言葉に心打たれたのではない。松葉の兄は、それまで一度も見たこともない革の装幀や、おそらくその本のために特別に造られたのであろう活字や、意匠を凝らした文字組みなどで造られた本そのものに強く惹かれたのだ。

聖司はそう思っていた。

人間にとって大切なものを、そこに見たのだ、と。

手造りの丹精込めた本を造る仕事で生計を立てていく方法はないものだろうか

……。

運河の、目に見える流れはないのに澄んでいる水を見つめながら、聖司は、松葉伊志郎という後ろ盾がいなくなったときのことに考えをめぐらせた。

なにげなく橋のたもとに視線を移すと、一台のワゴン車が停まっていて、運転席の窓から自分を見ている男がいたので、聖司は手で庇《ひさし》をつくって頭上の太陽からの光を遮《さえぎ》り、男の顔を目を細めて探った。

丸山澄男だった。

「あれっ？」

と声を出してから、聖司は立ちあがった。丸山はワゴン車から降りると、ジャケットを脱ぎながら運河のほうへと歩いて来て、

「寂しそうに坐ってるから、声をかけられへんかったがな」

と言って微笑んだ。

朝の九時ごろに喜代政の近くに用事があって出向いたので、寺沢はどうしているかと思い、喜代政に立ち寄ったのだと丸山澄男は説明した。

「大将から和歌山の角長さんへ行ったと聞いてなァ。喜代政の弁当を買うて、陣中見舞いに参上したっちゅうわけや」

そう言って、丸山澄男は運河の畔に腰を降ろした。

「角長さんのこの建物を見るのは三年ぶりやな。この黒塀と白い壁を見ると、なんか心が安らぐなァ」

「お忙しそうですねェ。おとといの夜も、先週の日曜日も、テレビで丸山先生を観ました。おとといは、冬の北海道料理の紹介。先週の日曜日は〈関西の麺《めん》特集〉。ますます売れっこで。丸山先生は、しょうもないタレントの百倍おもしろいです」

と聖司は言い、わざわざ弁当を持って陣中見舞いに来てくれた礼も述べた。

「さすがに疲れてなァ、きょうは昼寝でもして体を休めようと思てたんやけど、久しぶりに聖司くんの顔を見とうなって……。こんなええお天気やしなァ」

「もうそろそろ、作業場での撮影は終わります。午後からは角長さんの建物を外から撮ろうと思てるんです」

聖司は、丸山澄男が気持良さそうに春の日差しを浴びているので、その隣に腰を降ろした。

「あのなァ、折り入って、聖司くんに頼みがあるねん」

と丸山は言った。

「またですか。円満に別れたい女は、次は誰ですか。冷たいようですが、ぼくはもう巻き込まれたくないんですが」

それはたぶん美奈子ではあるまいと思いながら、聖司は丸山を見つめて言った。

「そんなことやないがな。ぼくはもう若い女には疲れたんや。これまでどれだけ若い女に傷つけられてきたことか……」

聖司は笑い、運河の水面に映っている丸山の上半身に向かって小石を投げた。

「痛いなァ。石が顔に当たったたで」

運河の波紋をのぞき込み、丸山はそう言って笑った。

「本を造りたいねん」

「本？　どんな本です？」

「ひとつは、この世に一冊しかない本。もうひとつは、年に一回、五、六百部出版する本やねん」

丸山は、一冊だけ造る本については、あとで説明すると言った。

「ぼくの料理教室も、生徒さんが増えてきて、ことしは二百二十人にもなったんや」

秋には、金沢と名古屋にも〈丸山澄男料理教室〉を設立することになったと丸山はつづけた。

「いろんなテレビ局からお声がかかって、ぼくの名前が知られるようになったお陰もあるやろけど、料理は奇をてらうものではない、というぼくの基本的な考え方と、食が健康に密接につながってるという医食同源の考え方が、世の奥さま方に受け入れられたんやと思うねん。それと、ぼくの料理教室は営利を目的としてないから、奥さま方の経済的負担も少ないんや」

生徒は一年間で教室での講座を終える。基本さえ身につければ、どんな料理にも応用がきくので、丸山澄男料理教室では、最初の三ヵ月間はとにかく基本を徹底的に教える。

包丁の使い方、鍋や調理器具の選び方、野菜や肉の切り方、魚のおろし方、出汁《だし》やスープの取り方、調味料の使い方……。

それがわかってしまえば、いわば古典的な料理はたやすく作れるようになる。きんぴらや筑前煮や味噌汁や炊きこみご飯や茶碗蒸《ちゃわんむ》しといった家庭料理をあらためて一から作るということを三ヵ月やってから、次は丸山澄男がおいしいと太鼓判を押せる少々凝った料理に挑戦してもらう期間をもち、最後の三ヵ月に入る。

「最後の三ヵ月はなァ、食材を決めて、それで奥さま方それぞれに、即興で独自のアイデアを駆使して料理を作ってもらうねん。卵を見せて、さあ、きょうは卵料理を工夫してみて下さい、とか、そのときの旬の野菜や魚を提示して、これを焼くなと煮るなと好きなようにして、料理して下さい、とか……。それでなァ、最後に卒業制作のようなものでコンテストをするんや」

と丸山は橋のたもとへとゆっくり歩を運びながら言った。

「もうそらなァ、びっくりするようなアイデア料理を奥さま方は考えてきはるんや。生活の知恵というやつやねん。なかには、それをそのまま料理店で客に出しても、ちゃんとお金が貰えるというような作品もあってなァ、プロのぼくが感心したり、学ばせてもろたり……。その卒業制作のアイデア料理を一冊の本にして、一年間の受講を終えた生徒さんたちに買《こ》うてもらおうと思うねん。聖司くん、それを造ってくれへんか？　ちゃちなペラペラの本を造る気はないねん。生徒さんにとっては一生の記念になる立派な写真集や」

「ぼくに造らせてくれはるんですか？　ありがとうございます。いい写真集を造りますよ」

と聖司は歩を止めて言った。

「引き受けてくれるか？　そうかァ、そしたら決まりや。今週の土曜日に、京都教室の卒業制作のコンテストをするから、八十人分の料理の撮影、よろしゅうたのんまっせ」

その言葉に、聖司は驚いて丸山の顔を見つめた。

「今週の土曜日？　八十人の生徒さんが作った料理を今週の土曜日に全部撮影するんですか？」

「うん。大阪教室はその次の土曜日で生徒数は六十三人や。次の次の土曜日は東京教室で七十五人」

「本の単価を幾らにするのか。どんなサイズで、どんな紙を使うのか。表紙はどうするのか。何社かの印刷屋や製本屋に見積りを出してもらわなあきませんよ」

「そんなことは、撮影が終わってからでええがな。とにかく、その写真集の納品は六月末厳守や」

「えっ！　全部の撮影が終わってから納品まで三ヵ月しかないんですか？　それはちょっと無理かもしれません」

聖司は、頭のなかで一冊にかかる原価計算をしながら、角長の店先への細い道を曲がった。

その卒業制作のコンテストで作られた料理写真は、次の生徒募集のための重要なＰＲも兼ねているので、何があっても六月末に完成してもらいたいのだと丸山は言った。

「ぼくは、経済的に余裕のある奥さんは、ひとりで十冊とか二十冊をまとめ買いしてくれるやろと思うねん。そやから、さっきは五、六百部って言うたけど、千部刷っても大丈夫やという気はしてるねん」

丸山は角長の店先に立ち止まり、しばらく考えてから、

「よし、千部刷ろう」

と笑みを浮かべて言った。

「絶対にひとりで五十冊買うと断言できる奥さんが五人いてる。どんな造りの本にするかは聖司くんにまかせるわ」

そして、丸山は角長の店内に入って行った。

撮影機材を片づけている寺沢の横で、桐原が顔や首筋の汗を拭いていた。

ふたりとも丸山の顔を見ると驚き顔で、

「あれ？」

と声をあげた。

「喜代政の弁当を持って陣中見舞いに来たのに、桐ちゃん、なんやねんな、その黴菌《ばいきん》を見るような顔は」

丸山はいたずらっぽい表情でそう言ってから、まだ作業をつづけている角長の従業

員たちに挨拶をして、それから母屋のほうに行った。

丸山と挨拶を交わし合うご隠居や六代目主人夫婦の声が聞こえた。

桐原はひとりで仕込み蔵への木の階段をのぼって行ったが、すぐに戻ってきて、

「凄いなァ。天井や梁や壁にこびりついてる酵母のあの隆起……」

と言った。

「あれは撮るのが難しい。下手をしたら、ただの汚れにしか見えへん。あれがいかに神秘的なものであるかを写真で表現するのは、ライティング次第や」

そう言って、桐原はしばらく考え込み、

「自然光で撮ろう」

とつぶやいた。

「裸電球一個と天窓からの明かりだけやで」

その聖司の言葉に頷き返し、桐原は小声で寺沢に何か耳打ちした。寺沢はすぐに仕込み蔵へと行き、戻ってくると、

「間接光を作りましょうか」

と言った。

「もう一本、ライトが要るなァ」

「ぼくが調達してきます」

ふたりの会話を聞きながら、聖司は、絞りたての醬油を加熱する大釜のあるところへと行った。

昼食を済ませたらしい六代目主人が、頭にタオルを巻きつけながらやって来た。手には出来あがったばかりの醬油が入っている壜があった。

「これが〈濁《にご》り醬《びしお》〉ですよ」

と六代目主人は言った。

「これは火入れしてません。濁り醬として販売するのは特別に十五ヵ月発酵させるんです。酵素も乳酸菌も酵母も、この壜のなかで生きつづけてるから、冷蔵庫に保存してもらわなあきませんけど、香りのええ、じつにこくのある醬油です」

そう説明してから、六代目主人は、午後は仕込み蔵を撮影するのかと訊いた。

ライティングが難しいのであしたにするつもりだと言い、聖司は、大釜のなかの醬油に火入れするための薪の束を見た。

「これは松ですね」

「そうです。いろんな燃料を試してみましたけど、結局、この松の木の薪に優《まさ》るものはないです。ひょっとしたら、うちの醬油造りでいちばん費用がかかるのは、この薪かもしれません」

六代目主人は、五十五歳とは思えない精悍《せいかん》な顔をほころばせて言った。

松の木の薪は、熱の伝導が均一で、熱そのものが尖っていなくて柔かい。そのために、絞りたての醬油の香りが保たれるし、焦がして風味を損なうこともない。

そう説明しながら、作業場の床の下にある低い地下室のような穴を聖司に見せてくれた。

「醬油を煮る温度が難しいんでしょうね」

と聖司は訊いた。

「難しいです。親父とぼくとでは、少し意見が異なるんです。だいたい九十四度から九十六度で煮るんですが、それも煮てる最中に出てくる灰汁《あく》の具合で調節してみたり……。まあそのときそのときの勘ですね。その日の気温とかによっても、微妙に調節するんです」

煮つめすぎると濃くなるし、その逆だと薄くなる。大手メーカーの醬油の味に慣れてしまった人たちの舌には、角長の醬油は塩分が強すぎると感じるらしく、それだけの理由で敬遠されたりする。

それが健康志向というものらしいのだが、インスタント食品やスナック菓子に含まれている塩分がどれほど多いかを消費者はさして問題視しない……。

六代目主人は、そんな意味のことを言って、〈濁《にご》り醬《びしお》〉を数滴、聖司の掌に垂らしてくれた。

聖司はそれを指先につけて舐めた。醬油とはこんなにうまいものだったのかと聖司は思った。

「これをほんの少し刺身につけて食べたら、その魚のおいしさがようわかるんです」

と六代目主人は言って微笑んだ。

「五年ほど前に、仕事で愛媛県の宇和島《うわじま》市に行ったんです。そのとき、駅の近くの食堂に入って、刺身定食を食べました。大阪や京都で売ってるのと同じ醬油が置いてあったんですが、味はまったく別物でした」

と聖司は言った。

「甘いんです。といっても砂糖の甘みじゃなくて、溜《たま》り醬油《じょうゆ》の濃厚さでもないし……」

それで自分は、宇和島市のスーパーに行き、その醬油を買って帰ったと聖司はつづけた。

「壜の形もラベルも、関西で売ってるものと何の違いもないんです。外見はまったくおんなじです。でも、味は、はっきりと別物なんです。大手の醬油メーカーは、その地方の消費者の味覚に合わせて、醬油の味を人工的に変えてるんやということを、そのとき初めて知りました」

そう言って、聖司は午後からの作業を始めた六代目主人の仕事の邪魔になってはいけないと思い、桐原と寺沢のいるところへと戻った。

丸山が角長の建物から出て来るのを待つあいだ、聖司は桐原に丸山澄男料理教室のための写真集の件を相談した。

「たった一日でそんなにぎょうさんの料理の撮影は無理や」

と桐原は煙草に火をつけてから言った。

「料理の撮影っちゅうのは手間がかかる。盛りつけ、皿や器の並べ方、ライティング。そういうことを丁寧にやらんと、まずそうな料理に写ってしまうんや。一日では無理やで。ちゃちな写真集になったら、丸山料理教室のイメージダウンになるがな」

その桐原の言葉を、聖司は角長から出て来た丸山に伝えた。

丸山は、わかっているというふうに頷きながらも、

「どうやったら一日で撮り終えられるかを考えてェな」

と言い、聖司たちに自分のワゴン車に乗るように促した。

車は山田川に沿って上流のほうへと走り、車の通りも人通りも少ない、大きな桐の木の横に停まった。

「喜代政の弁当を食べるの、ぼく、初めてです」

と寺沢は言い、丸山の手から大事そうに弁当の箱を受け取った。

「ひとつの国が経済的な発展にしゃかりきになるときは、どうしても大量生産、大量消費っちゅう時代を避けられへんけど、それによって失なうものはあまりにも多いなァ。五十年かかって失なったものを取り戻すには、その倍の年月がかかるような気がするわ」

と丸山は言った。

「時間というものは、思いもよらんものを造りだしてくれる。時間というものが造りだす事柄を、人の手で速めようとすると、失敗するんや。感情というものも、おんなじやなァ。五十年間、怒りつづけた人間なんておらんし、五十年間、哀しみつづけた人間もおらんわ」

聖司は、丸山が何を言いたいのか、よくわからないまま、喜代政の弁当に入っているだし巻玉子を食べた。

「なんでも時間をかけなあかんけど、人間の寿命は短いなァ。生まれたての赤ん坊が五十歳になるには五十年かかる……」

そう言って、丸山は鰆《さわら》の西京焼を口に運んだ。

「うまい。鰆はやっぱり春の魚ですねェ。ニシンも春の魚や。きょうホテルに帰ったら、丸山先生にもろたニシンの酢漬が待ってるなァ」

と桐原は言った。

「最後の十年やなァ。いや、最後の五年かな。うん、やっぱり五年やなァ」

丸山の言葉に、

「さっきから何をぶつぶつ言うてるんですか」

と桐原が笑顔で訊いた。

「死ぬ前の、いったい何年間が満たされたら、人間は幸福やろって考えたんや。人生の何たるかを知り、必要なだけの金があり、生きることが楽しくて仕方がなくて、自分と縁のある人たちも、いろいろと悩みはかかえとるが、まあなんとか息災にやっとる。ああ、人間に生まれてきてよかった。頑張って生きてきてよかった……。そういう時間を、人は人生の最後に何年間くらい持てたらええのかなァと考えると、五年間で充分かなと、いま不肖丸山澄男は思ったわけや」

「たったの五年間ですか……。せめて十年間くらいは欲しいなァ」

その桐原の言葉に、

「いや、ぼくは五年間でええ。人間、あんまり欲ばったらあかん。死ぬ前の五年間が幸福やったら、人生は勝ちや」

と言った。

「その五年間ていうのは、たとえばその人が三十歳で死んでも、ですか？」

と聖司は訊いた。

「八十歳で死のうと、三十歳で死のうと、その死の前の五年間ということですか？」

丸山は鴨のローストを食べながら、

「うーん、三十歳で死ぬのは早すぎるなァ。早死にするっちゅうのは、やっぱり幸福なことではないからね」

と言い、ゆっくりと味わって食べている寺沢に自分の弁当を差し出した。

「寺沢くんには、この弁当のご飯では足りんやろ。ぼくのを半分食べてんか」

桐原は、聖司がまだ半分しか食べていないのに、もう弁当をすべてたいらげ、ワゴン車から降りると、山田川のほとりをどこかに歩いて行ったが、しばらくすると、茶の入っているペットボトルを四本持って戻って来た。そこの郵便局の近くに自動販売機があったという。

「金も要る分はある。周りにしんどい思いをさせるほどには体に不自由なところもない。子供や孫にも、さして悩みはない。……そんな老人は少ないですよ。そういう歳の取り方ができる人は、滅多にいてへんと思いますねェ」

そう言って、桐原はワゴン車の助手席のシートを倒して背筋を伸ばした。

「うん。そのとおりやけど、歳を取って、体の自由がきかんようになるのは、これはもう自然のなりゆきやからなァ。物忘れがひどくなったり、息子と孫を間違えたり、なにやかやととんちんかんなことを言うたり……。歳を取ってそうなるのは致し方がないがな。それが、歳を取るということや」

と丸山は言って、眩しそうに山田川の流れに目をやった。

聖司は、栗と魚のすり身のしんじょうを食べ、黒ごまを散らしたご飯を頬張った。仕事の合間にこんなにのどかな時間が待ち受けているとは思わなかったので、聖司は〈人柄〉というものについて、ぼんやりと思いを巡らせた。

新宮でも、丸山が作ってくれた弁当を食べながら、紀州の海を見ていたなと思った。

この丸山には、接する人を、なんとなくのどかにさせる力があるのだという気がした。

「四月の末に、鹿児島県の枕崎の丸久鰹節店に行って撮影します。その次は、琵琶湖の高島町の喜多品の撮影です。事前の取材で、ぼくはこれまでどっちも二回お邪魔しましたけど、気難しい職人さんという先入観からは程遠い気さくな人たちでした」

と聖司は言った。

「角長さんもそうです。一見気難しそうで、臍《へそ》を曲げたら梃《てこ》でも動かんて感じですけど、自分の専門とする分野については、こっちが恐縮するくらい丁寧に応対してくれはります。あの人たちの造るものには、あの人たちの人柄の力みたいなもんが反映されてるって気がするんです。それに、専門的なことを説明してくれる言葉がわかりやすいんです。たまにメタファのような語句も使いはるんですけど、そのメタファは生活に根ざしてるから、わかりやすくて的確なんです」

聖司の言葉で、丸山澄男は大きな音を立てて自分の膝を叩いた。

「そうやねん、そのとおりやねん。わかりにくいことを言うやつっちゅうのは、結局は偽者やねん。無から有を生みだす仕事をしてる人間は、まわりくどい思考をしてる暇がないんや。具体的で普遍的なことしか役に立たんちゅうことを知ってるからや」

丸山はさらに声を大きくしてつづけた。

「それとなァ、もうひとつあるんや。ええ仕事をする人に共通してるものが」

「何ですか？」

と聖司は訊いた。

「自分の仕事に、うしろめたさがないんや。そやから、仕事に関しては、いつでも堂々としてられる」

丸山はそう言って、弁当箱を集め、それをビニール袋にしまった。

「ぼくは、自分の仕事に関しては、うしろめたさはないけど、私生活についてはいささかうしろめたさがあってね……。どうもこれは体に悪い。最近、尿酸値が高いのは、そのせいやと思うねん」

聖司と桐原が笑っていると、丸山はダッシュボードから薬の入った袋を出した。

「尿酸値を下げる薬や」

丸山は言って、それを服んだ。

「これはコレステロール値を下げる薬。それと、これは……」

「いろんな薬が、ぎょうさん入ってますねェ。これは？」

と粉状の薬を指差して、桐原が訊いた。

「花粉症の薬や」

そう答えて、丸山は笑った。

角長の近くまで送ってくれてから、丸山は帰って行った。

午後からの撮影にとりかかったとき、聖司は、丸山澄男が造ろうとしている本がもうひとつあったことを思いだした。

喜代政の贅沢な弁当を食べているうちに、うっかりと忘れてしまったというわけではあるまいと聖司は思った。桐原と寺沢のいるところでは話しにくかったというのでもなさそうだ。聖司は、そんな気がした。

角長周辺の撮影をひとまず終えると午後四時近くになっていた。

あすは朝の九時から仕込み蔵の撮影を始めることにして、聖司たちは角長を辞し、和歌山市駅のビジネスホテルに戻った。

途中、酒屋で紀州の地酒を買った桐原は、ホテルの自分の部屋に入るなり、

「さあ、ニシンや。春ニシンのモルトビネガー漬や」

と言って、小さな冷蔵庫をあけた。

「きのうの夜から贅沢なもんばっかり食うてるからなァ、今夜はこの春ニシンのモルトビネガー漬とご飯だけでええで」

聖司がそう言うと、

「コンビニでお握りを買ってきます」

と打てば響くように答えて、寺沢は部屋から出て行った。

聖司は、広口の壜のなかに入っている、三枚におろした春ニシンの身を日にかざして見つめた。

赤胡椒《あかこしょう》の粒と月桂樹の葉と、聖司の知らないハーブの葉が、ニシンの身と身のあいだに隠れていた。

とりあえず、汗を流したいと思って、聖司が自分の部屋へ戻ったとき、携帯電話が鳴った。

母の路子からだった。

「いま仕事中？」

と母は訊いた。

「いや、ホテルに戻って来たとこや」

よほどのことがないかぎり、母は電話をかけてはこないので、聖司はいやな予感がした。

「あしたの夜、甲陽園のうちに来てほしいねん」

「何かあったんか？」

「相談したいことがあって……」

「あした、何時に仕事が終わるか、わかれへんけど、遅うなってもええか？　夜の十時までには行けると思うけど」

聖司の言葉に、母は、遅くなっても起きて待っていると答えて電話を切った。

撮影は日が落ちるまでには終わるはずだったが、聖司はいちど京都のマンションに戻りたかったのだ。


仕込み蔵での撮影は時間がかかったが、聖司たちは午後の三時には角長でのすべての写真を取り終えて帰路についた。

聖司は、丸山澄男が造った春ニシンのモルトビネガー漬があまりにうまかったので、残った三切れが入っている壜を桐原から貰って、松ヶ崎のマンションに戻ると、大前美佐緒の父が大門重夫に依頼して造った革表紙の大きな本を持って甲陽園の実家に向かった。

名神高速道路の下り線が事故のために渋滞していたので、甲陽園に着いたのは夜の九時近かった。

姉の涼子は、きょうは夜勤明けで、あしたは久しぶりの休みだという。

「看護師がふたり辞めたから、この二週間、一日も休みが取られへんかってん」

と涼子は祖母が愛用していたリクライニング式の椅子に体を横たえて言った。

「これ、ニシンの酢漬。口のなかでニシンがとろりと溶けていく感じで、香辛料が程良く効いて、うまいねん。ぜひ、母上と姉上に召しあがってもらおうと思て……」

そう言って、聖司は壜をテーブルに置いた。

母は、すぐに二階の自分の部屋に行き、プラスチックのひらべったい箱を持って降りてきた。そこには、船木路子名義の預金通帳数冊と印鑑が入っていた。

路子は、テーブルの上に、古い順に通帳を並べ、聖司と涼子にそれを見るようにと言った。

「これがいちばん古い通帳。こっちがいちばん新しい通帳」

聖司と涼子は、古いほうの通帳を見た。

昭和四十六年十二月二十八日に、最初の二万円が振り込まれ、振り込み人の欄にはカタ仮名で〈サクマヒサツグ〉と記されてあった。

そしてそれは毎月二十八日に振り込まれつづけて、去年の十二月二十八日で終わっていた。

「サクマヒサツグって、誰?」

と涼子は訊いた。

「ひったくりと間違うて、大阪駅の階段で、あんたらのお父さんを倒した人や」と母は答えた。そして、プラスチックの箱の底にある一通の封書を出した。

表には、船木路子様とペン字で書いてあり、裏には差し出し人の住所と名前がしたためられてあった。住所は大阪市住吉区で、氏名は佐久間久継だった。

母は封筒から手紙を出し、それを聖司と涼子に読むよう促した。

手紙には、船木路子の夫を結果的に死に至らしめてしまったことへの謝罪の言葉が綴《つづ》られていて、最後に、三歳の娘さんと、もうお生まれになったであろうお子さんが成人するまで毎月二万円の養育費を支払いつづけたいという意味の文章がしたためられていた。

プラスチックの箱から、母は佐久間久継が同封していたという当時の給与明細書を出した。

佐久間久継は昭和四十六年のとき三十二歳で、給料は九万三千円。保険料や税金を引かれた手取り額は七万三千三百円だった。

「私は一度もこの佐久間さんにお金を要求したことはあらへんねん。冷静に考えたら、佐久間さんのやったことは刑法でも民法でも裁けるものではないもん……。『ひったくりや！』って声がうしろから聞こえて、びっくりして振り返ったら、まるでひったくりして逃げてきたように駅の階段を駆けのぼってくる男が目に入った……。佐久間さんは、反射的に、その男をつかまえようとして手が出たんや。そしたら、どういう物のはずみか、男は、もんどりうって後頭部から逆回転して階段にひっくり返った……」

事故の直後は、この佐久間という男を憎んだが、ただただ運が悪かったのだと自分に言い聞かせているうちに、もし自分が佐久間だったら、咄嗟に同じ行動をとったかもしれないと思うようになった。ちょうどそのころ、この預金通帳と印鑑が、書留郵便で届いたのだ……。

母はそう説明した。

「私、このお金は受け取ってはいかんお金やって気がして、佐久間さんに返すために逢いに行ったんや。聖司が生まれて四ヵ月目や。佐久間さんは、ベルトコンベアを製造する会社の営業マンで、そのときはまだ独身やった。会社が休みの日は、母校の柔道部でコーチをしてはった。私は、手取り七万円とちょっとのサラリーマンにとって、毎月二万円の出費がどれほど大きいかはわかってたんや。そやけど、断りに行ったくせに、心のどこかでは、この男にそのくらいの償《つぐな》いをしてもろても罰は当たれへんていう思いもあっててん」

母は、預金通帳をひらき、これまでに二回、百万円ずつ引き出したと言った。

「一回目は、涼子が高校を卒業して、看護学校へ入るときや。二回目は、聖司が大学へ入るとき。入学金とか授業料とかを、この通帳から引き出して納めたんや」

そして母は、去年の十二月二十八日の振り込み以後記帳されていない通帳を見つめ、三日前に佐久間久継の勤め先に電話をかけたのだと言った。

「佐久間さん、二月の十五日に亡くなりはったんや。去年の十月に入院して療養してはったそうやねん。私は奥さんは、この毎月の二万円のことは知りはれへんかったんやと思う」

「私と聖司が成人するまでって、この手紙には書いてあるのに、なんでふたりが成人してからも、お金を振り込みつづけはったん？」

と涼子は問い詰めるように訊いた。その口調は涼子には珍しく険があった。

「さあ……」

母はそうつぶやいて首をかしげ、

「なんでやろなァ……。私は、聖司が二十歳になったとき、佐久間さんに手紙を出したんや。もう私たちのことで思い煩《わずら》うのはやめてほしい、って。私が望んだことではないけど、佐久間さんが私のふたりの子供のために振り込みつづけてくれたお金で、娘は看護学校を卒業して看護師になり、息子も大学に入学して、ことし二十歳になった。法的に支払いの義務があるわけでもないのに、二十年間、ただの一度も滞《とどこお》ることなく、毎月二万円を銀行に振り込みつづけて下さったことをありがたく感謝してる、って……。私たちのことは、もう忘れてくれ、って……。そやのに、佐久間さんは、それ以後も毎月お金を振り込みつづけはってん……」

「なんで、いままで、ぼくらに黙ってたんや」

と聖司は母に言った。

母の路子は、しばらく考えてから、

「あんたらにとったら、この佐久間久継って人は、やっぱり悪人やろから……」

と言った。

「毎月二万円を三十二年間かァ……」

聖司は通帳を見つめながら暗算した。

一年で二十四万円。十年で二百四十万円。三十二年間で七百七十万円。

通帳には、そこから二百万円を引いた額に利子が加算された数字が記帳してあった。

「このお金、あんたらふたりで分けなさい」

と母は言って、春ニシンの酢漬が入っているガラス壜を見つめた。

「たったの三切れ？　あしたの朝ご飯のおかずにもなれへんわ」

母のあきれたような口調に、

「文句があるんやったら、食べんとってんか。俺が全部食べる」

と言い返し、聖司は、数冊の預金通帳に見入った。

「この佐久間って人、三十二年前も、亡くなるときも、ずっとこの住吉区で暮らしてはったん？」

と涼子は訊いた。

「途中、三回、転勤しはった。九州の博多と福井と静岡と。大阪本社に戻ってきはったのは二十年くらい前で、それから定年まではずっと大阪やったみたい。大阪に戻ってきはったころに、寝屋川市に家を買いはったんや。それをしらせる手紙を貰《もろ》たけど、その手紙はどこに行ったんかなァ……。失くしてしもたんやと思うねん」

涼子は母を見つめ、

「なんか急に大金が転がり込んできて落ちつけへんわ。何に使おうかなァ」

と言い、二階の自分の部屋に行ってしまった。

「あの子、えらい機嫌が悪いなァ。私がこのお金のこと内緒にしてたからやなァ」

母は笑みを浮かべてそう言ったが、聖司は姉の機嫌の悪さには、もっと他の理由があるような気がした。

「サラリーマンが、毎月二万円のお金を奥さんに内緒で捻出《ねんしゅつ》するのは至難の業やで」

と聖司は言った。

「それも三十年以上やからなァ……。佐久間さんは、なんでこのお金を奥さんに内緒にしてたんやろ……」

聖司は言って、リクライニング式の椅子に坐って両脚を伸ばした。

「そんなこと、私らがいちいち心配することやあらへんわ。私がふたりの子供のために払えって言うたわけやないねん。佐久間さんが自分の意志でそうさせてくれって頼みはったんや。私がなんぼ断っても、この人は私名義の銀行口座にお金を振り込みつづけはったやろ。それを私がどうやって阻止できるのん」

母も怒ったように言って、二階にあがっていった。

聖司はいささか呆気《あっけ》にとられて、母と姉のいなくなった居間のリクライニング椅子に横たわっていた。

いざというときには根性を発揮する姉ではあったが、基本的には穏やかな性格で、母と口論になることは滅多になく、母も子供に自分のやり方や考えを押しつけるようなことはしなかったし、ふたりの子供に対しては感情的に接しないよう心がけているといったところがあった。

それなのに、今夜はふいにふたりのあいだで火花が散ったなと聖司は思った。

姉もまた、自分の父を死に至らしめた人間として、きょうまで名前も知らなかった男に憎しみを抱きつづけてきたのであろうか……。

その男が、罪ほろぼしとして毎月二万円という金を支払いつづけてきたことを、母が甘受していたという事実に思わず腹を立てたとしても、それは致し方のないところであろう……。

聖司はそう思いながらも、自分がいやに冷静である理由を分析してみた。

いつのころからか、自分のなかからは、ひったくり犯と間違えて父を死に至らしめた男への憎悪の感情が消えてしまった。いつのころからかと考えてみると、それはつい最近のような気がする。

もし今夜、母から佐久間久継という男のことを聞かなかったとしたら、自分のなかから憎しみが消えていたのにも気づかなかったかもしれない。

それはなぜであろう……。聖司は二階のほうに神経を注ぎながら、しばらく目を閉じて考えつづけた。

祖母のお陰だ、と聖司は思った。

ひとりの客として「トースト」を訪ね、彦市の手からトーストパンを買って、急な坂道をゆっくりと歩いて帰る祖母の姿が、この自分のさまざまな部分を変えたのだ。

そして、さらには、この四ヵ月のあいだに、自分は「待つ」ということを仕事の大切な要素とせざるを得ない人々を見てきたのだ。

祖母の姿からも、伝統的製法で発酵食品を造る人々からも、自分は「時間」というものによってのみ与えられる宝物が存在することを知ったのだ。

船木路子名義の預金通帳に佐久間久継が三十二年間にわたって毎月振り込みつづけた二万円という金額の居並びを見た瞬間、この自分の心を占めたのは、祖母のうしろ姿と同じもの、「待つ」ことを仕事とした人々の息づかいと同じものだったのだ。

聖司は、そんな自分の思いを胸のなかで整理してから、足音を忍ばせて二階にあがり、姉の部屋のドアをノックした。

「入ってもええ？」

「うん、ええよ」

ドアをあけると、姉はベッドに腰をおろし、壁に背をもたせかけて、音楽を聴いていた。聖司の知らないバロック調の曲だった。

「あの度胸のある外科医とは、その後、どう？」

と聖司は訊いて、ＣＤのラベルを見た。

「体に合う靴ができて、歩くことが苦痛でなくなったって喜んではったわ」

姉の涼子はそう言って、ぶあついパンフレットを聖司に渡した。ＣＤアンプやスピーカーのパンフレットだった。

「あっ！　いよいよ買う決心をしたな。このアンプ、二百二十万円もするのん？　このスピーカー、百四十万円やがな」

「そんなん、よう買わんわ。そんなアンプとスピーカーをつけても、この家では聴かれへん。近所迷惑やんか」

「話をはぐらかしたなァ。あの外科医とはどうなってんねん？」

「私は、あの人を好きや」

なんだか幼い少女がすねているような言い方をして、姉が視線を自分の指の爪に移したので、聖司は笑った。

「えらい素直やなァ。ふられたような言い方やがな」

「お互い、忙しいから……」

「忙しいから、何やねん？」

「ゆっくりふたりきりで話をする時間がないの」

「さっさと結婚してしまえよ」

「私を奥さんにしたいかどうか、わかれへんねんもん」

「なさけないこと言うなよ。死にかけの爺《じい》さんを奮い立たせるっちゅう噂のナースが言うセリフやないがな」

その聖司の言葉に、姉は、くすっと笑い、

「誰がそんな噂を耳に入れたん？」

と訊いた。

「大震災のとき、避難所におったおっちゃんたちが言うとった」

「そんなん、もう九年も前や。九年前は、私もまだ二十六やもん。あのころは、ぴちぴちで艶々やったわ」

そう言って笑ってから、

「私、女やねん」

と姉は小声で言った。

何を言いたいのかと、聖司は姉の顔をのぞき込み、

「当たりまえやがな、お姉ちゃん、男には見えんで」

とからかうように言った。

「お母ちゃんは、二十五歳で未亡人になってしもてん。お前がまだお腹にいてるときや。私は三歳。それからずっと、ひとりで生きてきたんや。私とお前を育てて、おばあちゃんの世話をして。……寂しいときもあったやろなァ」

聖司は、いままで一度もそういうふうに母のことを考えたことがなかったので、二十五歳で夫を亡くして今日までの、母の「女」の領域についてふいに思考をめぐらせてしまった。

そして、姉が、佐久間久継が作った船木路子名義の預金通帳と、そこに三十二年間毎月欠かさず振り込まれた金額の累積《るいせき》を目にして、姉にしては珍しく険をむき出しにした理由にやっと気づいた。

姉と向かい合う格好でカーペットの上に立て膝で坐り、

「……まさか」

と聖司は言った。

「お姉ちゃん、あの佐久間って人とお母ちゃんのことを怪しんでるのん？」

それには応じず、姉はＣＤを消し、パンフレットに見入ると、

「お母ちゃん、もうそろそろ仕事をやめようかなァって真剣に考えてるみたい」

と言った。

母は、この一、二年で急速に老眼が進んだのだという。

「採血をするときも、血圧計の目盛りを見るときも、注射液とか薬の箱の字を見るときも、老眼鏡をかけへんかったら、ちゃんと見えへんねんてェ。うっかり間違いを犯したら大変やから、って……」

と姉の涼子は言った。

「それで、こないだ遠近両用の眼鏡を作ったんやけど、慣れへんからいらいらするらしいねん」

「話をはぐらかすなよ。お母ちゃんと、あの佐久間って人の仲を怪しむ根拠がお姉ちゃんにはちゃんとあるわけやな」

少し腹を立てながら、聖司は姉を問い詰めた。

「根拠なんて、あれへん。ちょっとそんな気がしただけ。単なる邪推《じゃすい》や」

「邪推では済まんがな。佐久間って人、俺とお姉ちゃんの親父を殺した男やで。その男と、俺らの母親が怪しい仲やったなんて、簡単に口にすることやないやろ」

「邪推や。ただの邪推。というよりも、私のなかの物語。私が小学四年生か五年生のころ、お母ちゃんにときどき電話がかかってきてん。サクマって男の人から」

と姉は笑みを浮かべて言った。

「そのころ、おばあちゃんが出たら切れる電話が多かってん……。そやけど、私の記憶も曖昧《あいまい》やねん。十歳くらいのときやから、その電話の人がサクマって名前やったかどうか、いまとなってはほとんど消えかけてるから」

「不愉快な邪推やな。気を乱すだけの、何の益もない物語や。お姉ちゃんが、そんなお伽噺《とぎばなし》を作る女やったとは驚きや」

そう言って立ちあがり、聖司が部屋から出て行こうとすると、

「お前、さっき、佐久間って人を、親父を殺したやつって言うたやろ？」

といつもの張りのある声で姉は言った。

「私もそういう考え方をしてた時期があるけど、殺したんと違うで。結果として、そうなってしもただけや。運が悪かってん。お父ちゃんも、その佐久間って人も」

「俺も、いまはそう思うようになったよ」

そう言って、聖司は階段を降り、居間のテーブルに戻った。そして、二階の母に向かって、

「俺、晩飯、まだやねん」

と大声で言った。

「あんたまでが機嫌悪いんか？」

そう言いながら、いつもと変わらぬ表情で階段を降りて来た母は、今夜は湯豆腐と炊き込みご飯だったがそれでいいかと訊いた。

「あっ、湯豆腐も炊き込みご飯も、長いこと食べてないなァ。それでもええどころやないわ。食べたい、ありがたい」

聖司は数冊の預金通帳を一束にすると、

「つまり、この佐久間さんて人は、三十二歳のときから六十四歳で亡くなるまで、ずっと俺とお姉ちゃんに毎月二万円を払いつづけはったんやなァ」

と言った。

「なんで、三十二年間、奥さんに内緒にしつづけはったんやろ」

「さあ、結婚する前の事件やったからなァ、奥さんには言いにくかったんとちがうやろか」

「俺、このお金、貰うわ」

「うん、半分は聖司のお金や」

小さな土鍋に昆布を入れている母を見ながら、聖司は皿にニシンの酢漬を一切れ移し、それを母の口に持って行った。

聖司が、箸でふたつに切ったニシンの身を、母は大きく口をあけて受けた。

「おいしいわ。胡椒と月桂樹の葉と、いろんな香辛料とが、ほんのり効いて……。ニシンの身も柔かいし。口のなかで溶けそうや」

と母はそのうまさにびっくりしたように微笑んだ。

「そやろ？　ほんまにうまいやろ？　俺、きのうの夜、コンビニで買うて来たお握りを、このニシンの酢漬をおかずに食べたんや。ガラス壜のなかには、二十切れ入ってたんやけど、俺が五切れ、助手の男の子が五切れ、桐原が七切れ食べて、この三切れが残っててん。残り物で申し訳ないけど、あんまりおいしかったから、持って来てん。丸山先生に作り方を教えてもろたけど、生の新鮮なニシンなんて手に入らへんから……。ニシンの代わりにイワシの身を使うてもおいしいらしいで」

聖司はそう言って、昨夜、電話で丸山澄男に訊いた作り方をメモした紙を出した。

「へえ、イワシの身で作ってみようか」

母は豆腐を掌の上で切り、それを土鍋に入れながら言った。

父のことでいちばん印象深い思い出は何かと聖司は訊いた。

母は口のなかのニシンを食べ終わると茶をいれ、テーブルの椅子に坐ってそれを飲んだ。

「一緒に映画館に行くのが恥かしかったわ」

と母は言った。

「へえ、なんで？」

「悲しい場面になったら、周りの人にわかるくらい洟《はな》をすすりあげて泣くねん。涙もろいっていうのか……、子供よりも泣き虫やというのか……」

「へえ」

「あの人が泣いてる音で、周りの人が声を殺して笑いだすねん。私、それが恥かしいて……」

その涙もろさは、そっくりそのまま涼子が引き継いだと言って、母は笑った。聖司は意外な思いで階段の上のほうに目をやった。姉が涙もろいなどとは、これまでまったく気がつかなかったのだ。

「俺のお姉ちゃん、涙もろいのん？」

「この子の涙腺《るいせん》はどないなってるんやろ、ってあきれるくらいや。私、涼子と一緒に映画館に行ったら、お父さんのことを思い出すねん」

「驚きやなァ。あいつがそんなに涙もろいなんて……。俺、小学生のころ、お姉ちゃんには絶対服従やったんや。お姉ちゃんに右を向けて言われたら、お許しが出るまでずっと右を向いとったで」

「弟っていうのは、お姉ちゃんに対してはそういうもんらしいで。なんぼ歳を取っても、弟はお姉ちゃんには頭があがらんそうやねん。守口先生もそうや。六十二歳になっても、三つ歳上のお姉さんに頭があがれへん」

母の口から勤め先の病院の院長の名が出たので、聖司は、看護師の仕事から身を引こうと考えているのかと訊いた。

「老眼鏡をかけてても、注射液のアンプルの字を目を細めて見てたら、患者さんが怖がるもん」

「守口先生はどない言うてはるのん？」

「俺も六十五になったら引退するつもりやから、船木さんもそれまで俺の病院で勤めてくれ、って言うてくれはんねんけど、薬を間違うたりしたら、えらいことやもん」

聖司は、預金通帳を母の前に置き、

「これで、ええ眼鏡を作りィな」

と言った。

母は笑いながら、炊き込みご飯をよそい、

「ええ眼鏡を作ったんやけど、私がまだその眼鏡に慣れへんねん」

と言った。

聖司は、昔、祖母が炊いたのとまったく同じ味の炊き込みご飯を味わい、

「運て、いったいどこから発生するんやろ」

とつぶやいた。

「運？」

母はそう言い返し、

「運がええ、運が悪い、のあの運か？」

と訊き返した。

「さっき、お姉ちゃんが、お父ちゃんも、佐久間って人も、運が悪かったんやて言うてたわ。運て、確かに存在するもんなァ。運ていう言葉でしか説明でけへんことが、ぼくらの人生には多すぎる。そやけど、なんで運のええ人と悪い人とがいてるねん？　運て、どこからどうやってその人にまとわりついてくるねん？　どうやったら、運のええ人間になれるねん？　いったい運て何やねん？」

「そうやなァ……。何かにつけて、ついてる日と、ついてない日とが、確かにあるもんなァ」

母は聖司と向かい合って坐り、テーブルに頬杖をついて、老眼用のレンズが組み込

まれた遠近両用の眼鏡を見つめた。そして、それをかけて、聖司の顔を観察するかのようにのぞき込み、

「お父ちゃんは、自分の運を、全部、私と涼子と聖司にくれはったんやわ。きっとそうに違いないわ」

と言った。

昔、涼子の友だちの家が火事で全焼し、一家四人が焼死するという事件があった。涼子が看護学校に入学した年だ。

涼子はその友だちの家に泊まるつもりで遊びに行ったのだが、高校一年生になったばかりの聖司が、夜の十時になっても学校から帰って来ず、聖司の机の上に家出をするという書き置きがあり、理由はお姉ちゃんに訊いてくれと書かれてあった。

母からの電話で、涼子は友だちの家に泊まるのをやめて、慌てて帰って来た。火事は、涼子がその家を出て二時間後に起こった……。

「あのとき、私、不思議なことがあるものやって思て……。それから何日間か、ずっとその不思議の正体について考えたわ」

その前日、聖司は姉の涼子とかなり烈しい口げんかをした。原因は、死んだ父のことであった。

姉が、自分はまだ三歳ではあったが、父のことをよく覚えていると聖司に自慢するように言ったのだった。

聖司はそれが悔しくて、三歳の子が覚えているはずはないと反論した。

それがどのように展開していったのか、いまとなっては思い出せないのだが、家出ができるかできないかという、本題からまったく外れた言い争いになり、「聖司に家出をする度胸なんかあれへんわ」と言われて、売り言葉に買い言葉で、聖司は書き置きを残して家出を敢行した。

姉を慌てさせてやろうという魂胆だけだったので、電車で大阪の梅田まで出て、繁華街や地下街をうろつき、最終の電車で帰って来た。その夜、姉が友だちの家に泊まりがけで遊びに行ったことを知らなかったのだ。

「うん、あのときのことを思い出すと、心がしんとするなァ」

と聖司は炊き込みご飯を頬張ったまま言った。

「俺の家出が、あの夜やなかったら、お姉ちゃんは死んでたやろからなァ」

だが自分も姉のお陰で、大事故に巻き込まれていたかもしれない旅行を中止したことがあったと聖司は思った。

大学二年生のとき、友だちの車で琵琶湖畔にキャンプに行く日、看護師として働いていた姉は夜勤明けで帰宅してすぐにシャワーを浴びるために浴室に行った。

聖司は寝坊して、約束の時間に遅れそうで急いでいた。京都の河原町の交差点で友だちの車に乗る予定だったのだ。

急いで家を出ようとしたとき、浴室から姉の悲鳴が聞こえた。窓から浴室をのぞいている男がいたと、体にバスタオルを巻きつけた姉が言った。

その言葉で反射的に外に走り出た聖司は、植木鉢に水をやっていた祖母に体当たりする格好になった。祖母は門扉にぶつかって肩や腰を打ち、動けなくなってしまった。

祖母を介抱し、念のために近くの外科医院につれて行ったため、約束の時間に間に合わず、聖司は仕方なく友だちに電話をかけて、先に行ってくれ、自分はあとから電車で行くと告げた。

友だちは、河原町の交差点で他の仲間を車に乗せ、京都東インターから名神高速道路に入り、大津をめざした。そこで、トラック同士の追突事故に巻き込まれた。車十七台が横転したり大破するという大事故で、六人が死亡し、十一人が重軽傷を負った。

友だちの車も大破して、命にはかかわらなかったが、ひとりは額を十六針も縫い、三人が肩や胸や膝の骨を折った。

そんなことを知らないままに、聖司は電車と徒歩で琵琶湖畔のキャンプ場に行った。すでに到着して湖で泳いでいるはずの友だちの姿がないので、聖司は日暮れまで待ち、不審に思いながら仕方なくまた徒歩と電車で甲陽園まで戻って、テレビのニュースで高速道路での大事故を知ったのだ。

「思い起こすと、他にもそれに似たことがあったなァ」

と聖司は母に言った。

「そんな生死にかかわるほどのことやないけど、なんやしらん、うまいことといったなア、というのが……」

そう言いながら、聖司は、けれどもそのような幸運は、なぜか必ず、意に反した、ツキのない事態が事前に生じたのちに起こっていることに気づいた。

予期せぬ幸運は、一見、望んでもいない良くない出来事を前兆としているということがあたかも決まり事か方程式であるかのように思えるのだ。

聖司は、自分の心に生じたそんな考えを口にして、

「将来を嘱望《しょくぼう》されたスポーツ選手が怪我をして、その道を断念せざるを得なくなって、失意のまま他の分野に進んだら、その分野で大きな花が咲いて、スポーツの世界

におったら到底得られへんかった収入や地位を築いたようなもんやなァ」

と母に言った。

「ああ、そんな人、ぎょうさん、いてるような気がするわ。私も、仕事や状況は違うても、心ならずも意に反した境遇で生きなあかんようになって、十年二十年たって、それが大きな幸福に変わったって人、何人か知ってるわ」

と母は言った。

「それは『運』という次元の問題かなァ」

「やっぱり、『運』というしかないやろなァ。『禍《わざわ》い転じて福と為《な》す』というても、禍いが、さらに大きな不幸へとつながる人も多いんやから」

母はそう言って、風呂に入るために、着替えやパジャマを取りに二階にあがった。

その母と入れ替わるように姉が居間に降りてきたので、聖司は、傷つけないように段ボール箱に入れて京都のマンションから持って来た革装の豪華本をテーブルに運んだ。そして、その本の由来を姉に説明した。

「手描きの楽譜？」

姉の涼子は、大きな段ボール箱の蓋をあけ、ぶあつい本を出した。

その、この世に一冊しかない豪華限定本を造ったのが、大前美佐緒の父であることは、聖司は黙っていた。

「あっ、これモーツァルトの『ジュピター』や」

本をひらいて、題名に目をやる前に、五線の上に並んだ音符を見ただけで、姉はそう言った。

「おっ、さすがやなァ。音符をぱっと見ただけでモーツァルトの『ジュピター』やとわかるかァ」

「私、この楽譜、看護学校の時代に買《こ》うて来て、毎日、見てたんやもん」

と姉は微笑みながら言い、最初の一小節を口で奏でた。

「こんな不思議な楽譜、初めて見たわ。この楽譜を描いた人、きっとモーツァルトの『ジュピター』を何百回も聴いたんやと思うなァ。あっ、これはリヒャルト・シュトラウスの『死と変容』。凄い。音が鳴り響いてるよ、この楽譜から聞こえてくるよ」

はしゃいだように言って、姉は立ったまま指揮者のように指を振った。

「お姉ちゃんは芯《しん》から好きやねんなァ、こういう音楽が」

と聖司はなかばあきれて言い、姉が看護学校の受験勉強に突入する前、二年ほどチェロを習いに行っていたことを思い浮かべた。

姉は、そのころ、もっと小さいときに、どうしてピアノかバイオリンを習わせてくれなかったのかと母をなじったものだった。

「この本、私にちょうだい」

と姉は言った。

「ちょうだい？　ただで？　ようもまあそんなにあっさりと言うてくれるなァ。この本、幾らすると思うねん」

「幾ら？」

聖司は、十万円で手に入れたと言いかけてやめた。

正直に、十万円で手に入れたと喋ったら、姉は十万円を払って、この風変わりな豪華本を買うだろうと聖司は思ったのだ。

オペラやクラシック音楽は、姉にとってはもはや趣味の範疇《はんちゆう》ではない。生活の必需品なのだ。

姉は高校生のとき、ヨーロッパの著名な指揮者と交響楽団が東京で演奏会を催した際、学校を一日休んで、ひとりで泊まりがけで聴きに行った。

母は、姉が学校を休むことには難色を示したが、コンサートのチケット代と、旅費や宿泊費はせがまれるまま出してやった。

看護学校時代も二回、学校を休んでコンサートに出向いたし、看護師になってからも、どうしても行きたい演奏会には、会場がたとえ東京よりも遠いところであっても足をのばしている。

聖司は、からかうつもりで、

「三十万円」

と言った。

姉は、豪華本に見入ったまま、

「うん、三十万円で買うわ」

と答えた。

「えっ！　買うって、三十万円やで」

「ええよ。私に売って」

聖司は仕方なく、正直に、自分が手に入れた際の金額を口にした。

「ひどいやつ！　この大恩あるお姉ちゃんから二十万円もの暴利をむさぼろうとしたの？」

姉はあきれ顔で聖司をにらみ、これはもう自分のものだというふうに革表紙の本を持ちあげて胸に抱いた。

「十万円で売ってもええけど、もう一ヵ月くらい、俺のところに置いときたいねん」

そう言いながら、聖司は、はたして大前美佐緒は、この本を自分がみつけだしてきたことを喜ぶだろうかと考えた。

頼んでもいないのに、なぜ船木聖司という男はこの本をみつけだしてきたのかと不審に思うだけでなく、気味悪く感じるかもしれない。ただの親切でもない、大きなお世話でもない、ある種偏執的な何かを船木聖司という男から嗅ぎわけるかもしれない。

聖司は、この本を手に入れて以来、ずっとそう考えてきたのだ。

姉は、聖司には仕事上の事情があると思った様子で、

「一ヵ月後には私のもんよ。お金はそのときに払うから」

と言い、重くてぶあつい本を持って自分の部屋にひきこもってしまった。

聖司はテーブルの上の通帳の束を見つめ、また烈しくちらつき始めた大前美佐緒の容姿を心から消すために、佐久間久継という人物を自分のなかで空想してみた。

体格のいい、角張った顔の、どこか傲岸《ごうがん》そうなひとりの男の像が浮かんだ。

どんな男だったのか、いちどその顔を見てみたいなと聖司は思った。

すると、なぜかふいに「ヒコイチ」を見たいという衝動に駆られた。

大前彦市……。祖母が産んだ子。母の異父兄……。

彦市は祖母と似ているだろうか。母とも似ているだろうか……。

聖司は階段をのぼって姉の部屋に行き、ちょっと調べたいことがあるのでと言って本を返してもらうと、それを段ボール箱に入れて家から出た。

夜ふけの甲陽園の街は風が強かった。

聖司は、段ボール箱を持って、駅前の坂道を苦楽園のほうへと歩いた。犬を散歩させている人の白い息が眼下へと流れていた。

美佐緒の夫はもう退院したのだろうか。あすの早朝に焼くトーストパンの仕込みは、もう始まったのだろうか。彦市は不自由な体で、今夜もパン生地を練る美佐緒に指示しているだろうか……。

腕時計を見ると十一時半だった。甲山のほうからやって来た車がスピードを出し過ぎて、ゆるやかな曲がり角でブレーキをかけ、大きな音を響かせたので、散歩している犬が吠《ほ》えた。

「ああいう連中が、夜中にここで事故を起こしよるんです」

と犬を散歩させている初老の男が聖司に言った。

「下り坂でスピードが出ますからねェ」

と聖司は応じ返し、歩を速めた。美佐緒の顔をほんのちらっとでもいいから見たかった。

もし美佐緒が店の作業場で仕事をしていたら、この豪華本を持ってトーストの店のガラス窓を叩こうと聖司は思った。

甲陽園から苦楽園までの坂道は、大地震のあと何度も徒歩で行き来していたし、それ以前にも、たったの一駅のために電車を使う気になれなくて歩いたこともあった。自転車は、苦楽園からの昇り道がつらいので高校生のときは使わなかったが、小学生のときはどっちが速いか友だちと急勾配《きゅうこうばい》を自転車で競ったりしたものだった。

聖司は、予想していたよりも冷え込みがきつい夜道を下りながら、周期的に襲ってくる美佐緒への烈しい思いを扱いあぐねて、途中で何度も立ち止まった。自分が、近づいてはならない場所に一目散に向かっている犬のように思えた。

苦楽園口駅が見えてくると、聖司は手描きの楽譜をぶあつい一冊の豪華本にした美佐緒の父が、なぜ空巣に盗まれたと嘘をついて大門重夫に売ったのか、という解けない謎に考えをめぐらせた。

この本を美佐緒に見せて、自分はいったい何を得ようとしているのか……。

ただ単に、美佐緒に近づく口実を得たいだけではないのか……。

自分はじつに愚かな徒労をやろうとしている……。

そう思って、聖司はまた歩を止めた。そのとき、夙川駅からやって来る最終の電車の明かりが見えた。

仕事で疲れた人が、酒に酔った人が、あるいはさまざまな事情で最終電車に乗らざるを得なかった人が、駅から出て、それぞれのすみかに散っていくのだな……。

そう思うと、聖司は、最終電車というものへの自分の陳腐な感慨に馬鹿らしくなり、駅へと走った。電車に乗って甲陽園まで帰ろうと決めたのだ。

だが、自動券売機で切符を買ったのに、電車から降りてきた意外に多い人々が駅前の道を左右に急ぎ足で散っていくのを見て、その人々の、群れとは言い難い一瞬の塊にまぎれ込み、トーストへの道を曲がった。

前を行くふたりの人間のあとから、トーストの前を通りすぎながら、聖司は、三分の一ほどシャッターの降ろされている店先のガラス戸の向こうをのぞいた。

作業場に、白い布を頭に巻きつけた美佐緒がいた。作業場の明かりは、店先の細い道にまでは届いていなかった。

聖司は、いったんトーストの前を通りすぎてから、そっと引き返した。

作業台に凭《もた》れかかるように立っている銀髪の男の顔が見えた。男は笑いながら美佐緒に語りかけ、トーストパンを焼くための長方形の金属製の型を並べていた。

ああ、あの人が大前彦市なのかと聖司は思った。

作業台から少し離れたところに車椅子があった。大前彦市は、車椅子は使わず、杖をついていた。

聖司は、彦市の顔をつぶさに見てみたいという衝動を抑えることができなくて、躊躇なくガラス戸を押した。彦市と美佐緒は、ほとんど同時に店の入口のほうを振り返って聖司を見た。

「まだパンは焼けておりませんが」

と彦市は柔かい笑顔で言った。

「お仕事中、申し訳ありません」

そう言って、聖司は差し出すように段ボールの箱を両手で突き出した。自分の声が震えているのに気づいた。

美佐緒は不審気な表情で作業場から出て来ると、はめていた薄いビニール手袋を取った。

「これをみつけたので、お見せしようと思って」

声の震えを抑えながら、聖司は段ボールの箱をガラスケースの横の台に置き、蓋を取って本を出した。

「あしたにしようと思ったんですけど、お店の前を通りかかったらお顔が見えたもんですから」

美佐緒は本の革表紙に見入り、怪訝そうに聖司を見やった。頭に巻いた白い布は額のところが汗で濡れていた。

「偶然、ぼくのところに廻って来たんです。たぶん、この本じゃないかと思って……」

その聖司の言葉で、美佐緒は、目の前の本が何であるかに気づいたようだった。美佐緒の頬が、上気して桃色に染まった。

大前彦市は、杖をつき、壁やガラスケースにもう片方の手を添わせながら近づいて来て、美佐緒のうしろから本をのぞき込んだ。

「これ、どうやってみつけたんですか？」

と美沙緒は訊いた。

「ぼくのような仕事は同業者が少ないですから、こういう珍しい本の情報がすぐに入ってくるんです」

聖司はそう言いながら、何かにせきたてられるような自分の行動をひどく後悔した。

美佐緒はこのあと、夫の父に、この本について説明しなければならないであろうし、船木聖司という男がなぜ盗まれた本をみつけだして、それを夜遅くに届けに来たのかについても黙っているわけにはいくまい。自分が求めたわけではないのに、本のことや船木聖司のことを説明しなければならないのは、美佐緒にとっては面倒なはずなのだ。

聖司はそう考えて、

「ほんとに偶然にぼくの手元に転がり込んできたものですから……。この近くに用事があったので、もし大前さんがお店にいらっしゃったらお見せしようと思って……」

と言った。

「こんな夜分に突然、申し訳ありません」

いっときも早くトーストから退散したくなっていたが、聖司は意外に小柄な彦市の、色白で血色のいい顔から視線を外せないまま、昼間よりも濃いイースト菌の匂いを、大きく息を吸って嗅いだ。

誰に説明されなくても、大前彦市は俺の祖母の子だとわかると聖司は思った。

目元から鼻筋にかけてが、とくによく似ている。もしここに祖母がいれば、誰もがふたりは親子だと信じて疑わないはずだ。

祖母と彦市は、客とパン屋の主人としてこの店で言葉を交わしたことがあったはずだ。彦市はそのとき、ひょっとしたらと考えなかったであろうか……。

聖司はそう思いながら、六十五歳の大前彦市を見つめつづけた。

「いまトーストパンの生地の仕込みが終わったんです。このまま生地を寝かせて、朝の三時半から焼き始めるんです」

美佐緒は、聖司が作業場を見つめていると思ったらしく、そう説明して、

「この本に間違いないです。空巣に盗まれた本が、私のところに戻って来るなんて……」

と言った。そして本のページをめくり、奥付を見た。

「この発行者の名前、私の父の名前です」

「置いていきますから、どうぞゆっくりご覧になって下さい」

そう言って、聖司は店から出て行きかけた。

「おいしい紅茶の葉が入ったんです。どうぞ召しあがっていって下さい」

美佐緒は、店の出入口のところまで追って来て、聖司にそう勧めた。彦市も、どうぞどうぞと笑顔で招いてくれて、不自由な体で客用の椅子を出してきた。

美佐緒は作業場のほうに行きながら、涼子の勤めている病院の名を彦市に言って、

「お義父さん、船木さんて看護師さんを知ってはります？　その方の弟さんなんです」

と聖司のことを説明した。

「ぼくは二回しか病院に行ってへんからなァ」

大前彦市はそう応じ返して、自分も客用の椅子に腰を降ろした。

そして、

「やっと最近、杖をついて歩けるようになりまして」

と言った。

「息子の病気のお陰です。嫁ひとりではパンを焼けませんので、なんとか手伝おうと思うたんですが、車椅子ではあの作業場で動きがとれません。それで決心して、歩く練習に励みまして。息子が入院せえへんかったら、ぼくはもうこのままずっと寝たきりで一生を終えるとこでした」

「あの大地震で怪我をなさったって聞きました」

と言って、聖司は勧められるまま椅子に坐った。

「箪笥が、ここに倒れまして」

彦市は体を少し捻《ひね》って、背骨と腰骨とのつなぎめあたりを指さした。

「ここの関節のところの骨が折れたんです。二回、手術をしましたけど、どうしても立てんのです。リハビリの先生に厳しく叱られて、寝たきりになってもええのかって脅されるんですが、歯をくいしばってまでリハビリをする気になれへんのです。そうしてるうちに、ほんまに動けへんようになってしまいまして」

白い布を取り、紅茶をいれるための準備をしながら、

「船木さんのおばあさまは、しょっちゅううちの店でチーズとかジャムとかを買って下さってたんですよ」

と美佐緒は言った。

「ぼくのおばあちゃん、昔からこのお店の常連やったんです。麻生《あそう》篤子っていいます。八年前に亡くなったんですけど」

そう言って、聖司は彦市の表情を見つめた。

「いつごろから、私の店をご贔屓にして下さってたんでしょう」

と彦市は訊いた。

「さあ、いつごろからでしょうか。ぼくが赤ん坊のとき、祖母はこのお店でチーズを買ってました」

その聖司の言葉で、彦市は顎を突き出すようにして天井に目をやり、記憶を探る表

情を見せたが、そのまま壁にかかっている時計に視線を移した。

　聖司は、椅子から立ちあがり、

「ぼくが紅茶をいただいてたらお仕事の手を止めてしまいますし」

　と言った。

「私たちは、これからちょっと一服の時間なんです。もう紅茶もはいるでしょう」

　彦市がそう言って作業場のほうを振り返ると、美佐緒が紅茶ポットとカップをトレーに載せてやって来た。

　どうやったら、こんなにいい香りが出せるのだろう。紅茶の葉が優れているだけではあるまい。紅茶をいれる技術の問題なのだ。

　そう思いながら、聖司は温めたミルクをたくさん紅茶に入れて飲んだ。

「普通の人たちとは、昼夜がまったく逆の生活なんですか？」

　と聖司は美佐緒に訊いた。

「それでよく体がもちますねェ」

「いいえ。昼の二時から五時までは店を閉めますから、そのときにも少し寝るんです」

　と美佐緒は答えて、何かを考えるような顔つきで革表紙の大きくてぶあつい本を見つめた。

そのとき、聖司は、自分が肝心なことを忘れてしまっていたことに気づいた。

滝井野里雄の手描きの楽譜を一冊に纏めたこの本を、自分が所持しているのは道理に合わないのではないか、と。

この本は空巣に盗まれたのだ。美佐緒の父は家族にそう主張したし、美佐緒はそう信じている。そうであるならば、この本は持主に返されなければならない。自分は盗品と知っていて手に入れ、それを所持していることになる……。

「この本、どうしましょうか」

と聖司は紅茶カップを持ったまま訊いた。

「どうするって?」

と美佐緒は訊き返した。

「元の持主のところに帰るべきやと思うんです」

そう言ったが、聖司は本を十万円で買ったことは口にできなかった。

美佐緒も、聖司に言われて気づいたというふうに、いささか途方に暮れた表情で、

「さあ、どうしましょう……」

とつぶやいた。

「この本、船木さんの手に、ただで廻って来たわけじゃないでしょう？　どなたか持主がいてはったはずですし……」

「ええ、そうです。その人は、お金を払ってこの本を手に入れたんです」

「船木さんは、その人からお買いになったんですか？」

聖司は、自分の言い方が誤解を招くものであったと思い、

「ぼく、この本を大前さんに売りに来たのとは違うんです。みつかりましたよ、この本でしょう？　ってお見せしたくて。そやけど、いま、ふっと気づいたんです。これは大前さんのもとに帰るべき本やないのかって……」

「でも、この本のいまの持主は、どなたかにお金を払って手に入れたんでしょう？」

「たしかにそうですけど……。こういう場合、法律的には、どうなるのかなァ……。盗品やと知らずに買った人が悪いんでしょうね」

するとこと美佐緒は、母や兄と相談するので、しばらく手元に預からせてくれと言った。

「父は亡くなりましたけど、父の思い出として、この本を取り戻したいって言うかもしれません。でもそのときは、私たちはいまの持主にお金を払わんとあかんのでしょうか」

「いや、そんな必要はないと思います。盗品やと知らずに買った人が悪いんです。ぼくが……」

聖司がさらに言いかけたとき、

「いまの持主が、簡単に納得するやろか」

と彦市は言った。

ああ、自分はどうして初めからこの本を差しあげると言わなかったのだろうと聖司は後悔した。自分は、夜遅くに突然美佐緒に厄介事を持ち込んだだけではないのか、と。

聖司は、夜分に訪ねて来た非礼を詫び、

「この本、返さなくてもいいですよ」

そう笑みを作って言うと急ぎ足でトーストから出た。

静まりかえった住宅地の細道から苦楽園口駅の前に出て、聖司はさっきよりもはるかに強い悔悟の念に襲われながら、しばらく立ち止まって甲陽園への坂道を見つめた。

自分は、大前彦市と美佐緒に、どのように思われていることであろうと考えて、目の前の坂道を全速力で駆けのぼって逃げて行きたくなった。六甲おろしの風が聖司の頭髪を立ちあがらせた。聖司は身を屈《かが》めて、風に向かってゆっくり歩きだした。歩いているうちに、祖母はいつも、トーストからの帰り道、悔悟の念とともにあったのではないかと思った。

後方から車がやって来て、聖司の横で停まった。

「お送りします」

店名を書いた軽自動車のなかから美佐緒が言った。

わざわざ甲陽園まで送ってくれるために車で追いかけて来てくれたのだと知り、

「運転がてら、歩こうって思ったんです」

と言い、聖司は美佐緒が運転席から腕を伸ばしてあけてくれたドアに顔を近づけた。

助手席には革表紙の本があった。

「この本、私が頂戴するわけにはいかないんです。せっかく、みつけてきて下さったのに申し訳ないんですが」

「ええ、かえってご迷惑やろなァって思いながらお持ちしたんです」

「どうぞ、乗って下さい」

その美佐緒の、せきたてるような言い方にひきずられて、聖司は本の入った段ボール箱を持つと助手席に坐った。

「この本、盗まれたんと違うんです」

と美佐緒は言った。

「母も兄も妹も、盗まれたっていう父の言葉を信じてますけど、私、それが父の嘘やってことを知ってるんです」

美佐緒はそう言うと、車をゆっくりと甲陽園へと走らせた。

「たぶん、父はこの本を誰かにあげたのか売ったのか……。どちらにしても、盗まれたっていうのは、父の嘘なんです」

聖司は、かすかにうわずっている美佐緒の声を、なまめかしいものに感じて、その横顔に見入った。

「お店にはお義父さんがいたから、本当のことを言えなくて……。まさか船木さんが、この本をみつけだして、持って来てくれるなんて、考えもしてませんでしたから」

美佐緒はそう言って、やっと笑みを浮かべた。

「この本、父と母の争いの因《もと》やったんです」

美佐緒は、甲陽園駅の前で車を停めた。

「でも、なつかしい……」

「なつかしいって？」

と聖司は訊いた。

「私、父や母に内緒で、よくこの本をひらいて、楽譜に見入ったことがあるんです。お伽噺の世界に入っていく気がして、私、この楽譜の本を見るのが好きやったんです」

「じゃあ、やっぱり差しあげます。ぼくは……」

言いかけて、聖司は口をつぐんだ。

美佐緒は、その言葉を促すかのように、聖司の顔をのぞき込んできた。

「ぼくは、美佐緒さんに差しあげようと思って、みつけだしてきたんです」

イースト菌の匂いが強くなった。

聖司は自分の心臓の音が怖くなり、それを消そうとして、本を手に入れたいきさつを話して聞かせた。だが、十万円で買ったことは口にしなかった。

「いま、滝井野里雄の最後の絵を捜してるんです。ぼくの個人的な興味からです。滝井野里雄は、濃淡の異なる墨をペンにつけて描いたそうなんですけど、ペンといっても万年筆じゃないんです。ガラスペンなんです。この楽譜を見てわかったんです。これは万年筆の線とはちがいます。それに、墨には膠《にかわ》が使われてますから、万年筆では描けないはずなんです。そう思って、この線をルーペで見たら、ガラスペンやってことがわかりました。ガラスペンを扱ってる画材屋が京都に一軒だけあります」

聖司は自分が何を言いたいのかわからなくなってきて、再び心臓の音が大きく響きだすのを感じた。

「これ、美佐緒さんが持っておいて下さい。もしどうしてもご迷惑なら……」

「じゃあ、頂戴します」

と美佐緒は言った。そして、聖司が車から降りると、駅前でUターンして坂道を下りかけたが、また車をUターンさせて戻って来た。

美佐緒は車から降りてきて、髪を風にあおられるままにさせながら、

「滝井野里雄さんの最後の絵、見たいですか?」

と聖司に訊いた。

聖司が頷き返すと、美佐緒はどうしてかと訊き、

「あの楽譜で興味をもったんですか?」

とさらに質問した。

聖司はあの豪華本の最後のページに書かれてあった滝井野里雄直筆の古代ラテン語

のことを話そうかと思ったが、それには時間を要するだろうと考えて、

「ええ、そうです。あんな凄い線をガラスペンで描ける人の、生涯最後の絵を見てみたくて」

と答えた。

「畳一畳くらいの大きさの和紙に描かれてるんです。その和紙は、滝井さんが頼んで、わざわざ漉《す》いてもらったそうなんです。女の子と犬が、海を見おろせる高台の、太い欅《けやき》の木の横に坐ってて、海には何隻かの船が浮かんでます。いろんな船です。客船とか漁船とかヨットとか貨物船とか……。あっ、船頭さんが櫓《ろ》で漕《こ》ぐ木舟もあります。そんな船が、眼下の海に所狭しと浮かんでるんです。じっと観てると、こちらの平衡感覚がおかしくなってくるんですけど、それが凄く心地いいんです。その絵は、いまたぶん、くるくるっと丸められて輪ゴムで巻かれて、押入れの上の天袋かどこかで埃《ほこり》をかぶってると思います」

美佐緒はそう言って、風にあおられている髪を両手でおさえた。

「美佐緒さんは、その絵をご覧になったんですか？」

と聖司は訊いた。

「その女の子、私がモデルなんです」

と美佐緒は言って微笑んだ。

聖司は、無言で長いこと美佐緒を見つめてから、絵はいまどこにあるのかと訊いた。

「たぶん、その絵のための和紙を漉いた人のおうちに」

美佐緒は白い作業衣の上着のポケットからメモ帳を出したが、筆記具は持っていなかった。聖司は自分のポケットからボールペンを出して美佐緒に手渡した。

「紙を漉いた人はもう亡くなりました。跡を継ぐ人がいてへんかったから、その紙屋さんは廃業したそうなんです。息子さんが、おうちを改造して古民家風の居酒屋さんをやってはるそうです」

と美佐緒は言った。

そして美佐緒は、「福井県今立町《いまだて》。林田芳子《よしこ》」とメモ用紙に書き、

「私、輪ゴムで巻かれたままのあの絵を、ちゃんと表装したいって、独身のころずっと思いつづけてきたんです」

と言った。

「なんでそうしなかったんですか？」

聖司は訊いた。

「私の絵とちがいますから。どんなに粗末に扱われてても、他人の持物ですから」

「そやけど、くるくるっと丸めて輪ゴムでとめて、天袋の奥に放り込んであるんでしょう。譲ってくれって頼んだら……」

聖司のその言葉を、美佐緒は笑みを消して顔を左右に振ることで遮った。

「結婚してパン屋の嫁になって、すぐに阪神淡路大震災に遭って、夫の父が大怪我をして、もうあの絵のことなんか忘れてしまってたんです」

そう言って、美佐緒は車の運転席へと戻り、窓から顔を出して、

「この本、ほんとに頂戴してもいいんですね」

と言った。

聖司は、はい、とだけ応じ返して小さく手を振った。そして、坂道を下って行く軽自動車が視界から消えてしまうまで、甲陽園駅の前に立ちつくしていた。

滝井野里雄と美佐緒の両親には、なにかさまざまないきさつがあるのだなと聖司は思った。

「人にはそれぞれ事情があるもんなァ……」

そう胸のなかでつぶやきながら、聖司は家に帰った。

「どこに行ってたん。忽然と姿が消えたから京都に帰ったんかと思たやんか」

風呂からあがったばかりらしい姉が、バスタオルを持ったまま言った。

「ちょっと知り合いの家に行ってきたんや」

「知り合いって、誰?」

「誰でもええやろ。小学校のときの友だちや」

「さっきの本、どこに置いたん? 聖司の部屋を捜してもあれへんねん」

「友だちに貸した。ああ、それから、あの本は売られへん。貴重な本やからな。百万円払うと言われても、売らへんから悪《あ》しからず」

その聖司の言葉に不審気な表情を浮かべたが、テーブルの上の預金通帳を指さすと、

「このうちの半分、あした、私の口座に移すわ」

と姉は言った。


(下巻へつづく)

|著者|宮本 輝　1947年兵庫県神戸市生まれ。追手門学院大学文学部卒。'77年『泥の河』で太宰治賞、'78年『螢川』で芥川賞、'87年『優駿』で吉川英治文学賞をそれぞれ受賞。'95年の阪神淡路大震災で自宅が倒壊。2004年『約束の冬』で芸術選奨文部科学大臣賞、'09年『骸骨ビルの庭』で司馬遼太郎賞をそれぞれ受賞。著書に『道頓堀川』『錦繍』『青が散る』『避暑地の猫』『ドナウの旅人』『焚火の終わり』『ひとたびはポプラに臥す』『草原の椅子』『睡蓮の長いまどろみ』『星宿海への道』『三千枚の金貨』『三十光年の星たち』『宮本輝全短篇』（全2巻）など。ライフワークとして「流転の海」シリーズがある。近刊に『真夜中の手紙』『水のかたち』『満月の道』『田園発　港行き自転車』『長流の畔』。

にぎやかな天地《てんち》(上)
宮本《みやもと》 輝《てる》
© Teru Miyamoto 2012
2012年6月15日第1刷発行
2024年3月15日第9刷発行

発行者──森田浩章
発行所──株式会社　講談社
東京都文京区音羽2-12-21　〒112-8001
電話　出版　(03)　5395-3510
　　　販売　(03)　5395-5817
　　　業務　(03)　5395-3615
Printed in Japan

講談社文庫
定価はカバーに
表示してあります

KODANSHA

デザイン─菊地信義
本文データ制作─講談社デジタル製作
印刷────株式会社KPSプロダクツ
製本────株式会社KPSプロダクツ

落丁本・乱丁本は購入書店名を明記のうえ、小社業務あてにお送りください。送料は小社負担にてお取替えします。なお、この本の内容についてのお問い合わせは講談社文庫あてにお願いいたします。
本書のコピー、スキャン、デジタル化等の無断複製は著作権法上での例外を除き禁じられています。本書を代行業者等の第三者に依頼してスキャンやデジタル化することはたとえ個人や家庭内の利用でも著作権法違反です。

ISBN978-4-06-277289-1

講談社文庫刊行の辞

二十一世紀の到来を目睫に望みながら、われわれはいま、人類史上かつて例を見ない巨大な転換期をむかえようとしている。

世界も、日本も、激動の予兆に対する期待とおののきを内に蔵して、未知の時代に歩み入ろうとしている。このときにあたり、創業の人野間清治の「ナショナル・エデュケイター」への志を現代に甦らせようと意図して、われわれはここに古今の文芸作品はいうまでもなく、ひろく人文・社会・自然の諸科学から東西の名著を網羅する、新しい綜合文庫の発刊を決意した。

激動の転換期はまた断絶の時代である。われわれは戦後二十五年間の出版文化のありかたへの深い反省をこめて、この断絶の時代にあえて人間的な持続を求めようとする。いたずらに浮薄な商業主義のあだ花を追い求めることなく、長期にわたって良書に生命をあたえようとつとめるところにしか、今後の出版文化の真の繁栄はあり得ないと信じるからである。

同時にわれわれはこの綜合文庫の刊行を通じて、人文・社会・自然の諸科学が、結局人間の学にほかならないことを立証しようと願っている。かつて知識とは、「汝自身を知る」ことにつきていた。現代社会の瑣末な情報の氾濫のなかから、力強い知識の源泉を掘り起し、技術文明のただなかに、生きた人間の姿を復活させること。それこそわれわれの切なる希求である。

われわれは権威に盲従せず、俗流に媚びることなく、渾然一体となって日本の「草の根」をかたちづくる若く新しい世代の人々に、心をこめてこの新しい綜合文庫をおくり届けたい。それは知識の泉であるとともに感受性のふるさとであり、もっとも有機的に組織され、社会に開かれた万人のための大学をめざしている。大方の支援と協力を衷心より切望してやまない。

一九七一年七月

野間省一

講談社文庫　目録

森 博嗣　すべてがFになる〈THE PERFECT INSIDER〉
森 博嗣　冷たい密室と博士たち〈DOCTORS IN ISOLATED ROOM〉
森 博嗣　笑わない数学者〈MATHEMATICAL GOODBYE〉
森 博嗣　詩的私的ジャック〈JACK THE POETICAL PRIVATE〉
森 博嗣　封印再度〈WHO INSIDE〉
森 博嗣　幻惑の死と使途〈ILLUSION ACTS LIKE MAGIC〉
森 博嗣　夏のレプリカ〈REPLACEABLE SUMMER〉
森 博嗣　今はもうない〈SWITCH BACK〉
森 博嗣　数奇にして模型〈NUMERICAL MODELS〉
森 博嗣　有限と微小のパン〈THE PERFECT OUTSIDER〉
森 博嗣　黒猫の三角〈Delta in the Darkness〉
森 博嗣　人形式モナリザ〈Shape of Things Human〉
森 博嗣　月は幽咽のデバイス〈The Sound Walks When the Moon Talks〉
森 博嗣　夢・出逢い・魔性〈You May Die in My Show〉
森 博嗣　魔剣天翔〈Cockpit on knife Edge〉
森 博嗣　恋恋蓮歩の演習〈A Sea of Deceits〉
森 博嗣　六人の超音波科学者〈Six Supersonic Scientists〉
森 博嗣　捩れ屋敷の利鈍〈The Riddle in Torsional Nest〉
森 博嗣　朽ちる散る落ちる〈Rot off and Drop away〉
森 博嗣　赤緑黒白〈Red Green Black and White〉
森 博嗣　四季 春～冬
森 博嗣　φ《ファイ》は壊れたね〈PATH CONNECTED φ BROKE〉
森 博嗣　θ《シータ》は遊んでくれたよ〈ANOTHER PLAYMATE θ〉
森 博嗣　τ《タウ》になるまで待って〈PLEASE STAY UNTIL τ〉
森 博嗣　ε《イプシロン》に誓って〈SWEARING ON SOLEMN ε〉
森 博嗣　λ《ラムダ》に歯がない〈λ HAS NO TEETH〉
森 博嗣　η《イータ》なのに夢のよう〈DREAMILY IN SPITE OF η〉
森 博嗣　目薬α《アルファ》で殺菌します〈DISINFECTANT α FOR THE EYES〉
森 博嗣　ジグβ《ベータ》は神ですか〈JIG β KNOWS HEAVEN〉
森 博嗣　キウイγ《ガンマ》は時計仕掛け〈KIWI γ IN CLOCKWORK〉
森 博嗣　χ《カイ》の悲劇〈THE TRAGEDY OF χ〉
森 博嗣　ψ《プサイ》の悲劇〈THE TRAGEDY OF ψ〉
森 博嗣　イナイ×イナイ〈PEEKABOO〉
森 博嗣　キラレ×キラレ〈CUTTHROAT〉
森 博嗣　タカイ×タカイ〈CRUCIFIXION〉
森 博嗣　ムカシ×ムカシ〈REMINISCENCE〉
森 博嗣　サイタ×サイタ〈EXPLOSIVE〉
森 博嗣　ダマシ×ダマシ〈SWINDLER〉
森 博嗣　女王の百年密室〈GOD SAVE THE QUEEN〉
森 博嗣　迷宮百年の睡魔〈LABYRINTH IN ARM OF MORPHEUS〉
森 博嗣　赤目姫の潮解〈LADY SCARLET EYES AND HER DELIQUESCENCE〉
森 博嗣　馬鹿と嘘の弓〈Fool Lie Bow〉
森 博嗣　まどろみ消去〈MISSING UNDER THE MISTLETOE〉
森 博嗣　地球儀のスライス〈A SLICE OF TERRESTRIAL GLOBE〉
森 博嗣　レタス・フライ〈Lettuce Fry〉
森 博嗣　僕は秋子に借りがある I'm in Debt to Akiko〈森博嗣自選短編集〉
森 博嗣　どちらかが魔女 Which is the Witch?〈森博嗣シリーズ短編集〉
森 博嗣　喜嶋先生の静かな世界〈The Silent World of Dr.Kishima〉
森 博嗣　そして二人だけになった〈Until Death Do Us Part〉
森 博嗣　つぶやきのクリーム〈The cream of the notes〉
森 博嗣　ツンドラモンスーン〈The cream of the notes 4〉
森 博嗣　つぼみ茸《きのこ》ムース〈The cream of the notes 5〉
森 博嗣　つぶさにミルフィーユ〈The cream of the notes 6〉
森 博嗣　月夜のサラサーテ〈The cream of the notes 7〉
森 博嗣　つんつんブラザーズ〈The cream of the notes 8〉
森 博嗣　ツベルクリンムーチョ〈The cream of the notes 9〉
森 博嗣　追懐のコヨーテ〈The cream of the notes 10〉

森 博嗣 積み木シンドローム〈The cream of the notes 11〉
森 博嗣 妻のオンパレード〈The cream of the notes 12〉
森 博嗣 カクレカラクリ〈An Automaton in Long Sleep〉
森 博嗣 DOG&DOLL
森 博嗣 森には森の風が吹く〈My wind blows in my forest〉
森 博嗣 アンチ整理術〈Anti-Organizing Life〉
萩尾望都 森 博嗣 原作 トーマの心臓〈Lost heart for Thoma〉
諸田玲子 森家の討ち入り
森 達也 すべての戦争は自衛から始まる
本谷有希子 腑抜けども、悲しみの愛を見せろ
本谷有希子 江利子と絶対〈本谷有希子文学大全集〉
本谷有希子 あの子の考えることは変
本谷有希子 嵐のピクニック
本谷有希子 自分を好きになる方法
本谷有希子 異類婚姻譚
本谷有希子 静かに、ねぇ、静かに
茂木健一郎 「赤毛のアン」に学ぶ幸福《しあわせ》になる方法
森林原人 セックス幸福論〈偏差値78のAV男優が考える〉
桃戸ハル編・著 5分後に意外な結末〈ベスト・セレクション〉
桃戸ハル編・著 5分後に意外な結末〈ベスト・セレクション 黒の巻・白の巻〉
桃戸ハル編・著 5分後に意外な結末〈ベスト・セレクション 心震える赤の巻〉
桃戸ハル編・著 5分後に意外な結末〈ベスト・セレクション 心弾ける橙の巻〉
桃戸ハル編・著 5分後に意外な結末〈ベスト・セレクション 金の巻〉
桃戸ハル編・著 5分後に意外な結末〈ベスト・セレクション 銀の巻〉
森 功 高倉 健〈隠し続けた七つの顔と「謎の養女」〉
森 功 地面師〈他人の土地を売り飛ばす闇の詐欺集団〉
望月麻衣 京都船岡山アストロロジー
望月麻衣 京都船岡山アストロロジー2〈星と創作のアンサンブル〉
望月麻衣 京都船岡山アストロロジー3〈恋のハウスと檸檬色の憂鬱〉
山田風太郎 甲賀忍法帖〈山田風太郎忍法帖①〉
山田風太郎 伊賀忍法帖〈山田風太郎忍法帖③〉
山田風太郎 忍法八犬伝〈山田風太郎忍法帖④〉
山田風太郎 風来忍法帖〈山田風太郎忍法帖⑪〉
山田風太郎 新装版 戦中派不戦日記
山田正紀 大江戸ミッション・インポッシブル〈顔役を消せ〉
山田正紀 大江戸ミッション・インポッシブル〈幽霊船を奪え〉
山田詠美 晩年の子供
山田詠美 A《エイ》2《トゥ》Z《ズィ》
山田詠美 珠玉の短編
柳家小三治 ま・く・ら
柳家小三治 もひとつま・く・ら
柳家小三治 バ・イ・ク
山口雅也 落語魅捨理《ミステリ》全集〈坊主の愉しみ〉
山本一力 深川黄表紙掛取り帖
山本一力 牡丹酒〈深川黄表紙掛取り帖(二)〉
山本一力 ジョン・マン1 波濤編
山本一力 ジョン・マン2 大洋編
山本一力 ジョン・マン3 望郷編
山本一力 ジョン・マン4 青雲編
山本一力 ジョン・マン5 立志編
椰月美智子 十二歳
椰月美智子 しずかな日々
椰月美智子 ガミガミ女とスーダラ男
椰月美智子 恋愛小説
柳 広司 キング&クイーン
柳 広司 怪談
柳 広司 ナイト&シャドウ

講談社文庫　目録

講談社文庫　目録

よむーくよむーくノートブック
隆　慶一郎　花と火の帝(上)(下)
隆　慶一郎　時代小説の愉しみ
リレーミステリー　宮辻薬東宮
令丈《れいじょう》ヒロ子　原作・文　吉田玲子　脚本　小説　若おかみは小学生！〈劇場版〉
渡辺淳一　失楽園(上)(下)
渡辺淳一　男と女
渡辺淳一　泪《なみだ》壺《つぼ》
渡辺淳一　秘すれば花
渡辺淳一　化粧(上)(下)
渡辺淳一　あじさい日記(上)(下)
渡辺淳一　熟年革命
渡辺淳一　幸せ上手
渡辺淳一　新装版　雲の階段(上)(下)
渡辺淳一　麻酔〈渡辺淳一セレクション〉
渡辺淳一　阿寒に果つ〈渡辺淳一セレクション〉
渡辺淳一　何《い》処《こ》へ〈渡辺淳一セレクション〉
渡辺淳一　光と影〈渡辺淳一セレクション〉
渡辺淳一　花《はな》埋《うず》み〈渡辺淳一セレクション〉
渡辺淳一　氷紋〈渡辺淳一セレクション〉
渡辺淳一　長崎ロシア遊女館〈渡辺淳一セレクション〉
渡辺淳一　遠き落日(上)(下)〈渡辺淳一セレクション〉
輪《わ》渡《たり》颯介　古道具屋　皆塵堂
輪渡颯介　猫除け　古道具屋　皆塵堂
輪渡颯介　蔵盗み　古道具屋　皆塵堂
輪渡颯介　迎え猫　古道具屋　皆塵堂
輪渡颯介　祟《たた》り婿《むこ》　古道具屋　皆塵堂
輪渡颯介　影憑《つ》き　古道具屋　皆塵堂
輪渡颯介　夢の猫　古道具屋　皆塵堂
輪渡颯介　呪い禍　古道具屋　皆塵堂
輪渡颯介　髪追い　古道具屋　皆塵堂
輪渡颯介　怨返《おんがえ》し　古道具屋　皆塵堂
輪渡颯介　闇試し　古道具屋　皆塵堂
輪渡颯介　溝猫《どぶねこ》長屋　祠之怪《ほこらのかい》
輪渡颯介　優しき悪霊〈溝猫長屋　祠之怪〉
輪渡颯介　欺きの童霊《わらしれい》〈溝猫長屋　祠之怪〉
輪渡颯介　物の怪斬り〈溝猫長屋　祠之怪〉
輪渡颯介　別れの霊祠〈溝猫長屋　祠之怪〉
輪渡颯介　怪談飯屋古狸
輪渡颯介　祟《たた》り神　怪談飯屋古狸
輪渡颯介　攫《さら》い鬼〈怪談飯屋古狸〉
綿矢りさ　ウォーク・イン・クローゼット
和久井清水《きよみ》　水際のメメント〈きたまち建築事務所のリフォームカルテ〉
和久井清水　かなりあ堂迷鳥草子《めいちょうぞうし》
和久井清水　かなりあ堂迷鳥草子2　盗蜜《とうみつ》
若菜晃子　東京甘味食堂

2023年12月15日現在